KB093514

소년은 지나간다

스물네 개의 된소리 홑글자 이야기

소년은 지나간다

구효서
산문집

H
현대문학

차례

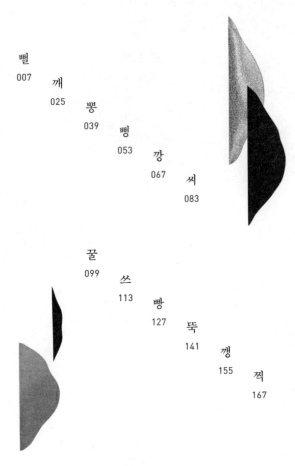

일러두기

* 이 책에 수록된 스물네 편의 에세이들은 2016년 1월부터 2017년 12월까지 2년간 『현대문학』에 연재되었던 것이다.

뻘

한 놈은 담배를 피웠고 다른 한 놈은 내 쪽으로 침을 뱉었다.

아, 시발 말야, 자꾸자꾸 만지게 돼. 자꾸 만지게 되는 거야.

순칠이와 경칠이었다.

만지면 주무르면 기분이 존나게 이상해.

순칠이가 말했다. 담배를 피우는 쪽도 말하는 쪽도 순칠이었다.

이상한데도 이상한 게 이상해서 자꾸 만져. 어, 야, 넌 안 그러냐?

경칠이는 대답 없이 침을 뱉었다. 뱉고 또 뱉었다.

나는 짜고 검고 곱고 넓었다. 번들거렸다. 짜고 검고 넓은 것에라면 아무리 침을 뱉어도 괜찮다는 거겠지. 경칠이는 그래서 그러는 거겠지. 그러니까 아무렇지도 않게, 계속, 침을 뱉는 것일 테지 나한테. 나도 아무렇지 않았다. 정말 아무렇지도 않았나? 나는 아주 넓었다.

입속의 것을 다 뱉었는지 경칠이는 목구멍의 가래까지 긁어 올렸다. 끅 끄억. 진득한 것을 앞으로 그러내어 혀로 동그랗게 만 뒤 허파의 힘으로 하나, 둘, 퉤, 뱉어냈다.

가래가 탄환처럼 허공을 갈랐다. 그럴 때마다 경칠이의 턱 밑이 가마우지의 멱처럼 부풀었다가 꺼졌다. 경칠이는 담배를 배운 지 오래되었지만 담배를 피울 때마다 침을 뱉었고 피우지 않을 때도 침을 뱉었다. 과하게 뱉었다.

나는 짜고 검고, 곱고 넓었다. 번들거렸다. 곱다는 것은 아름답다는 뜻이 아니라 콩가루나 백회 가루처럼 입자가 작다는 말이다. 아주아주 작다는 말이다. 단지 그런 뜻일 뿐.

그 때문에 순칠이가 시발 말야, 하고 말했던 것이다. 곱다는 것 때문에. 젖은 개흙을 한 줌 쥐고 주물럭거리던 순칠이는, 개흙보다 몇 배나 더 고운 백회 가루를 얼른 떠올렸다. 그랬을 것이다. 백회 가루 감촉에 빠져 사는 순칠이에겐 당연한 일이었다.

백회 부대에 손 넣어봤어? 어? 넣어봤어?

순칠이가 물었고 경칠이는 침을 뱉었다.

넣고 휘휘, 이렇게 휘휘 저어봤냐고. 팔꿈치까지 쑤욱 넣고, 어? 저어봤냐고? 휘휘.

날이 저물었다. 저물기 시작했다. 경칠이는 연속 침을 뱉었다. 서쪽 하늘이 혈흔 빛깔로 어두워지며 개밥바라기가 떠올랐다.

순칠이와 경칠이는 하릴없는 청춘의 하루를, 또 보냈다. 보내는 중이었다. 집으로 돌아가 잠드는 일. 오로지 그 일밖에 남지 않은 청춘의 하루가, 저물어갔다.

너도 인마 만져봤을 거 아냐? 어?

순칠이가 다급해졌다. 넣고 만지고 휘젓는 것에 밑도 끝도 없이 끝탕했다 순칠이는.

가루인가 하면 물이고 물인가 하면 가루인 거. 그거. 백회 가루. 시원하기까지 해. 아주 서늘하잖아. 쑥 넣으면. 응? 휘휘 저을 때마다 손가락 사이를 빠져나가는 백회 가루 느낌 넌 몰라? 모르니? 어? 경칠아. 그 느낌을 몰라? 살갗을 스치는 아, 시발 살! 갖! 을! 스치는 백회 가루 말이야. 안 해봤어? 손에 안 쥐어봤어? 쥐어봤어? 쥐어봤지? 아무것도 안 잡히지? 물이지? 고스란히 빠져나가지? 그치? 그런데 그건 가루잖아. 손이 젖질 않잖아, 젖지를. 뽀송뽀송한 가루니까. 고체 말이야 고체. 어?

경칠이는 침만 뱉었다.

창말 안동네 가옥들의 외벽이 흙벽에서 회벽으로 바뀌기 시작했다. 언젠가부터 그랬다. 볏짚 토막을 지저분하게 드러

10

냈던 황토 외벽이 새하얗게 반들반들 분칠을 했다. 묵새긴 초가지붕은 그대로고 벽만 반들반들.

그 모양이 가관이었지만 마을 사람들은 웬일로 그 일을 묵묵히 해냈다. 이해할 수 없는 일일수록 창말 사람들은 입을 꾹 다물고 그 일을 해냈다. 아주 옛날에도 그랬고 가까운 옛날에도 그랬고 지금도 그랬다.

회칠을 적지 않게 거들던 경칠이었으므로 마른 백회든 반죽한 백회든 그 감촉을 모를 리 없었다. 모를 리 없었으나 경칠이는 침만 뱉었고 순칠이는 어제처럼 아무 일 없이 저무는 하루가, 어딘지 막, 억울했을 것이다.

해방이 되고 전쟁이 나고 그런 것이 휙휙 지나갔는데도 모든 오늘은 오래된 어제와 같았다. 순칠이와 경칠이는 저녁마다 바닷가에 나와 뻘을 바라보며 담배를 피우고 침을 뱉고 욕을 하고 자신들의 뱃가죽을 긁다가, 오래오래 그러다가 집으로 돌아갔다.

창말 사람들은 펄을 뻘이라고 했다. 아무도 펄이라고 하지 않았다. 뻘이 어둠에 잠겼다. 샛집들도 잠든 짐승의 등처럼 잦아들었다.

안동네와 달리 기둥 하나 없이 개흙과 띠와 새로만 지은 바닷가 막촌幕村의 샛집들은 저녁이면 실제로 몸피를 줄이며 선사先史의 밤하늘 아래 웅크렸다.

어느 굴뚝에서도 더는 연기가 오르지 않았다. 오래전에

식어버린 굴뚝 꼭대기로 크기만 큰 달이 떠오를 것이다. 샛집 안에서는 일찍 배가 꺼진 아이들이 방 안의 흙벽을 핥다 잠들 것이다.

백회 분칠은 그나마 안동네의 일이었고 막촌 움막의 벽들은 예나 지금이나, 안이나 밖이나, 신문지 한 조각 붙이지 않은 알쭌한 개흙 벽이었다.

맨 벽을 핥으면 찝찔한 개흙이 배고픈 목구멍 안으로 눈물처럼 흘러들었다. 먹어놓고 "먹어도 돼?"라고 묻는 겁먹은 아이들에게 "죽지 않아"라고 어미들은 오래전부터 나른하게 말해왔다. 어미의 어미의 어미 때부터. 이미 아이들은 잠들고 벽에는 아이들이 핥아놓은 혀 자국만 소리 없이 마르고 있을지도 몰랐다.

군대 가면 담배를 더 피워야 하잖아.

순칠이가 말했다.

응.

경칠이는 침을 뱉었다.

화랑담배를 피워야지.

응.

안 그러면 깔봐. 잘 못 피우면. 기합 받아. 담배를 잘 피워야지. 멋지게. 애들처럼 보이지 않으려면.

응.

경칠이는 진심으로 고개를 끄덕였다.

우린 사촌이지. 너는 경칠, 나는 순칠. 칠 자 돌림이지.

어.

두 살 차이지.

움막 굴뚝 위로 큰 달이 느리게 떠올랐다.

응, 두 살.

월남에는…… 갈 거지?

…….

경칠아, 갈 거지?

응.

경칠이의 눈이 반짝였다. 갑자기 차려 자세를 취할 기세였다 모르긴 해도.

나도 갈 거야. 어쩌면 내가 그곳에서 돌아올 때쯤 경칠이 너는 그곳에 가게 될지 모르겠구나.

그럴지도.

우린 두 살 차이니까.

어.

순칠이의 눈빛도 빛났다.

살아서 돌아온다면. 그치 경칠아?

응.

일생에서 가장 일다운 일을 앞둔 사람들 같았다. 입대를 그런 걸로 아는 것 같았다. 둘은 서로를 바라보았다.

나는 저런 달이, 아 시발, 젤 싫어.

하늘을 올려다보며 순칠이가 성을 냈다.

순칠이는 열아홉, 경칠이는 열일곱 살이었다. 입영 영장을 받기엔 이른 나이였으나 둘은 그것만 기다렸다.

이곳이 아닌 곳으로 그들을 합법적으로 데려다줄 것은 그것밖에 없었다. 이곳이 아니기만 하다면, 그곳이 어디든, 탄환처럼 날아가버리려 했다.

경칠이도 달을 바라보았다.

안 그러냐? 넌 안 그래? 저 달이?

그래, 나도.

경칠이가 고개를 끄덕였다.

나이는 바란다고 해서 얼른 먹어지는 게 아니었다. 그게 화가 났다 순칠이와 경칠이는 막. 몇 시간 남지 않은 하루마저 어제와 하나도 다르지 않다는 이유로 그들은 어찌할 줄 몰랐다.

매일 그랬다. 순칠이는 담배를 피우며 더디게 뜨고 지는 달을 욕했고, 경칠이는 넓고 넓고 넓고 넓어 지겹기만 한 내 낯짝에 찍, 침을 뱉었다.

그들이 막 움막을 돌아 달을 등질 때였으므로 또 다른 움막의 그늘에서 모습을 나타낸 사내를 그들은 보지 못했다. 순칠이와 경칠이는 굽이진 푸른 밤길을 걸어 자신들의 안마을로 들어갔다.

하늘 아래엔 이제 사내뿐이었다. 낡고 우그러진 양은 빠께쓰를 들고 그는 나의 몸 한가운데로 성큼성큼 걸어 들어왔다. 하늘은 커다란 보름달이, 땅은 짜고 검고 곱고 넓은 내가 차지했다. 달빛을 받아 번들거리는 내가.

사내의 머리통은 몹시 굵었고 구부정한 어깨는 두툼했다. 그것들이 드리운 그늘에 묻혀 그의 낯은 그을음처럼 꺼멨다.

걸음걸이만으로도 그가 전혀 낯선 자라는 걸 나는 알았다. 웬 놈일까. 나문재 밟는 낌새를 보건대 그는 해이도 먹을 줄 모르고 병정노란丙丁虜亂도 모르는 자였다.

얼마나 멀고 낯선 곳에서 온 놈일까 놈은. 병자 정묘년에 쳐들어온 호래자식들과 맞서 싸우다 칼과 창과 총에 찢겨 전멸한 섬 사내들의 피가 나문재를 붉게 물들였다는 이야기를 알까 놈은? 아직도 썩지 않고 짠 흙 속에 침향처럼 박혀 있는 섬 사내들의 검은 뼈를 알까 놈은?

뼈를 위한 의식을 치르듯 봄마다 내게서 붉은 해이를 뽑아 더 붉게 붉게 고추장에 무쳐 먹는 창말 사람들이라면 나문재를 밟지 않고 뻘을 딛는 법을 모를 리 없다.

아무래도 놈은 창말이 처음이며 뻘도 처음인 듯 동작의 본새가 낯설고 투박했다. 나문재가 아자작아자작 소리를 내며 그의 발아래 밟혔다.

'작은 갯고랑'에 도달한 사내는 양은 빠께쓰를 내려놓았다. 무성한 나문재를 손바닥으로 음탕하게 쓰다듬는가 싶더니 무릎을 꿇고 굵은 팔뚝을 대뜸 내 몸에 밀어 넣었다.

역시, 음, 게 구멍도 못 찾는 놈이었다.

달이 없는 날도 참말 사람들이라면 귀신같이 구멍을 찾았다. 사내는 구멍 아닌 아무 곳에, 겨드랑이까지 팔뚝을 집어넣었다. 곱고 질고 매끄럽기가 한량없는 몸이 내 몸이어서 놈의 크고 무식한 팔뚝이 뚫고 들어오긴 했으나 뻐근한 느낌까지 어찌할 수는 없었다.

사내는 번번이 허탕을 움켜쥐었다. 그가 움켰다 폈다 폈다 움켜쥐는 손아귀 가까이에서 게와 짱뚱어와 갯장어가 숨을 죽였다. 먼 옛날과 가까운 옛날에 묻힌 섬 사내들의 검은 뼈가 스르륵 눈을 떴다. 그러나 사내의 팔은 눈깔 없는 몽둥이였다. 우악스럽게 내 몸속을 휘휘, 휘저었다. 휘휘. 나는 그저 뻐근뻐근하였다.

허탕 친 맨 구멍에서 빠져나온 사내의 손에는 아무것도 들려 있지 않았다. 굵고 긴 팔뚝에서 검고 짜고 묽은 개흙이 번들거리며 뚝뚝 떨어질 뿐.

사내는 다시 무성한 나문재 그늘 밑을 더듬어 뻣뻣한 팔뚝을 쑤셔 넣었다. 무릎을 꿇고 엉덩이는 달을 향해 뻗쳤다. 아, 글쎄 거기가 아니래도. 구멍이 아니라니까 거긴. 그러나 사내는 어깨까지 내 몸에 밀어 넣었다.

그의 한쪽 뺨이 진흙에 닿는 바람에 그을음처럼 꺼멓던 낯이 더 꺼메졌다. 아랑곳 않고 사내는 깊은 흙 속을 만지고 주무르고 휘저었다.

넓고 넓고 넓고 넓은 개펄 위에는 게 구멍도 제대로 찾지 못하는 이방인 사내 하나뿐이었다. 대체 어떤 놈일까. 움직이는 것은 놈뿐이었다. 달은 도래방석만큼 크고 낮아서 당장이라도 그를 덮칠 것 같았다. 아무려나 나는 또 도리 없이 뻐근뻐근하였다.

해이 뽑는 광경은 볼만했다. 해이는 봄 개펄을 온통 자운영 빛으로 물들였다. 바늘만큼 가늘고 바늘만큼밖에 길지 않은 해이가 짐승의 터럭처럼 짜고 검고 무른 땅 위에 촘촘하게 싹텄다.

끝 간 데 없었다. 온 동네가 먹고 남을 만큼 많았다. 온 동네 사람들이 몇 날 며칠 몰려나왔다. 봄 한철 그것만 먹었다.

해이 뽑기가 낮의 일이라면 게 잡기는 밤의 일이었다. 엄지손가락만 한 갈게를 잡았다.

석유 넣은 병의 주둥이를 헝겊으로 막고 불을 붙여 드는 것을 화염병이라고 했다. 휘발유를 넣어 던지면 폭발하는 무기가 된다고 했으나 그건 먼 세상의 일일 뿐 창말에서는 밤을 밝히는 횃불이었다.

한 달에 두 번 닥치는 조금 때는 애 어른 할 것 없이 화염병을 들고 동학군처럼 몰려나왔다. 불빛의 습격에 미처 제 구멍을 찾지 못하고 우왕좌왕하는 방게와 갈게를 사람들은 자루에 쓸어 담았다.

이때 게의 희생이 가장 많았다. 게는 게처럼 많았다. 드글드글. 다른 어떤 비유도 게처럼 많은 게를 대신할 수 없었다.

사태를 짐작한 게들이 뒤늦게 구멍으로 숨었다. 게보다 동작이 빠른 사람과 그렇지 못한 사람으로 나뉘는 순간이었다.

빠른 사람은 눈을 번득이며 게를 긁어 담았고, 그렇지 못한 사람들 중 몇몇 총각은 슬쩍 처녀의 허벅지에 개흙을 처바르거나 갯고랑으로 밀쳐 넘어뜨렸다.

순칠이도 경칠이도 그 짓을 하는 축이었다. 옷을 아무리 적셔도 상관없었다. 어차피 게 잡이를 끝내고 집으로 돌아갈 때는 한 사람의 예외도 없이 흙 칠갑이 되어버리니까.

게는 장독 안에 엉킨 채 밤새 바스락거렸다. 그 소리 때문에 어떤 사람은 게한테 골을 파 먹히는 꿈을 꾸었다.

아침에 큰솥에다 간장을 펄펄 끓여서 거품 문 채 꼼지락거리는 것들 위에 남김없이 부었다. 석 달 열흘이 지나면 꺼내어 아자작아자작 밥과 함께 씹어 먹었다.

그랬던 것인데 어느 사리날 저녁, 쉬이이익 하고 불덩이가 날아와 사람의 몸에 박혔다. 게를 긁어 담던 한 사람이 죽고 두 사람이 다쳤다.

예광탄이라는 것이 밝혀졌으나 출처는 밝히지 못했다. 두 달 뒤 해병대 사령부에서 '저쪽'의 총탄이라고 말했다. 실은 '저어쪽'이라고 말했다. 저어쪽. 턱으로 염하 건너편을 가리키며 저어쪽. 개 짖는 소리가 들리는 저어쪽 북조선.

그 뒤로 바닷가에 철기둥과 철조망이 들어서기 시작했고 철기둥에는 영락없이 '반공' '방첩'이 붙었다. 한낮의 해이 뽑기에 한해 개펄 출입을 허락한다는 사령관의 명령이 빨간 간판에 적혔다.

'일몰 전 해이 뽑기에 한해 개펄 출입을 허함'이라는 글자는 노란색 중에서도 아주 샛노랑이었다. 해병대들은 모든 글씨를 빨간 바탕에 샛노랑으로 썼다.

아무도 없는 밤중에 혼자 아무 데나 쑤시는 사내가 그런 저런 사정을 알 리 없었다. 누구일까 예광탄에 맞아 죽으려고 환장한 이놈은.

사내의 빠께쓰에서 언제부터인가 바스락거리는 소리가 났다. 진흙을 뒤집어쓴 갈게 몇 마리가 그 안에서 꼬물거렸다. 제대로 구멍을 찾기 시작한 것일까 이놈이?

그런가 보았다. 매끄러운 개흙 표면을 살살 쓰다듬다가 손끝에 작은 함몰의 기운이 잡히면 가운뎃손가락을 몇 번 슬쩍 넣었다 뺐다 하며 구멍인 것을 확인하고는 마침내 굵고 긴 팔뚝을 기세 좋게 들이밀었던 것.

하지만 사내는 게 잡이에 그다지 열성을 보이지 않았다. 빠께쓰 안에서 꼼지락거리는 게가 여남은 마리를 넘지 않았다.

사내는 허리를 펴고 우뚝 서서 달을 올려다보더니, 진흙물을 뚝뚝 떨구며 내게서 빠져나갔다. 그가 갈 곳은 따로 있었다. 나는 그가 가려는 곳을 알 것 같았다.

'진짜 갯고랑'에 가려는 것이었다. 진짜 갯고랑. 하늘의 달을 예사롭지 않게 쳐다볼 때 알았다. 이놈이 영 맹한 놈은 아니구나. 개간지 논 사이에 길고 깊게 굽이굽이 놓여 있는 것이 진짜 갯고랑이었다.

한때 개펄은 지금의 열 배였다. 일본인 농장주는 창말 사람을 몽땅 사서 바다를 막았다. 굳은 개흙을 밤낮없이 지게로 지어 날라 둑을 쌓았다.

바다를 막을 동안 창말 사람들은 해이와 게 대신 이밥에 다꾸앙을 먹었다. 지금 남은 개펄의 아홉 배에 달하는 개간지가 완성되었다.

그것은 효서가 다니는 강후국민학교 교가에 '광활한 하점벌'이라는 가사로 등장했다. 일본인 농장주는 광활한 그걸 놓고 가면서 울었다. 창말의 광복은 그렇게 왔다. 창말 사람들은 돌아가는 농장주에게 참외를 깎아 먹이면서 너희 나라에 돌아가 잘 먹고 잘 살길 바란다고 말했다.

평야에 해당하는 하점벌 개간지 한가운데에 큰 용이 헤엄치는 모양의 수로가 있었다. 행정기관에서나 버스를 대절해 낚시 오는 서울 사람들은 그것을 수로라고 불렀으나 창말 사람들은 너나없이 갯고랑이라고 했다. 개간지가 개펄이었을 적에 가장 큰 갯고랑이었으니까.

그 갯고랑을 더 깊고 넓게 파서 담수를 채워 농수로 썼다. 언제나 맑은 담수로 그득했으나 장마철 홍수에 대비해 한조

금에는 갑문을 열고 물을 몽땅 바다로 방류했다.

바닥이 보일 만큼 갯고랑 물이 빠지는 때를 사내는 기다렸던 것이다. 물보다 고기가 더 많아지는 때를.

가장 인기 있는 고기는 붕어나 잉어 같은 비늘 고기가 아니라 팔뚝 두어 개 이어놓은 크기의 굵은 장어였다. 고추장에 버무려 졸이면 기름 촬촬 흐르는 메기도 나쁘지 않았다.

특히 민물과 짠물이 합수치는 곳의 풍천 장어와 창말 장어는 먹고 죽어도 좋을 만큼 맛있어서 임금님에게도 안 보냈다는 말이 있었다. 갯고랑이 바다을 보일 때 가장 먼저 그곳에 도착하기 위해 일찌감치 빠께쓰를 들고 나타난, 그을음처럼 시꺼먼 낯의 이 사내는 정말 누구일까.

퍼런 달빛이 떨어져 내렸고 갯고랑은 수런거렸다. 바닥에 물이라고는 없었는데 진흙에 섞인 물고기들의 설레발 때문에 물이 소용돌이치는 것 같았다.

사내는 갯고랑 가운데로 천천히 걸어 들어갔다. 달빛을 반사한 개흙이 그의 검은 가랑이 사이에서 은박지처럼 빛났다. 사내는 허리를 굽히고 수런거리는 것들을 말없이 집어 담았다. 여간해서는 그의 낯이 달빛에 드러나지 않았다.

크고 작은 고기들을 양은 빠께쓰에 주워 넣었다. 그중 많은 것은 장어와 메기였다. 장어 중 가장 실한 것은 한 발이나 되는 꺼먹장어였다.

사내는 그것을 갯고랑 한가운데, 깊은 어둠 속에서 건져

냈다. 뽑아내는 것 같았다. 어딘가에 단단히 박혀 숨은 것을 억센 팔과 손아귀로 쑤욱 잡아 뺐다.

그는 알까. 한 해에 한 번 갯고랑 바닥까지 물을 뺄 때 마을의 비밀이 하나씩 드러난다는 것을. 도난당했던 오토바이라든가, 지폐가 빽빽하게 들어찬 돈궤라든가, 누군가를 찔렀을 흉기. 갯고랑의 물을 뺄 때마다 그런 것들이 하나씩 드러나며 때로는 마을이 몹시 술렁인다는 것을.

알 리 없겠지. 마을 사람들도 그것들의 정체를 모두 알아차리지는 못했으니까. 그것들 중에는 1년이라는 시간 동안 완전히 썩거나 붇거나 모양새가 변해서 내가 아니고는 도저히 알아볼 수 없는 것들도 많았으니까.

그러니 사내는 모를 것이다. 한 해는 창말에서 살고 한 해는 어딘지 모를 곳에 나가서 살다 감쪽같이 들어오는 막촌의 신기한 아낙을 알지 못할 것이다. 아낙을 찾으러 전국을 돌던 그녀의 남편이 충주에서 데려온 다른 여자와 산 지 세 계절이 넘었다는 것을 그가 어떻게 알까.

모를 것이다. 더구나 지금 자신의 발아래 한 덩이 검은 개흙으로 구겨져 있는 외로운 넋이 집 나간 아낙의 몸이라는 것을. 꺼먹장어가 한사코 코를 박고 버틴 구멍이 한때 그녀가 목숨과 사랑을 부지하기 위해 부단히 씹고 삼키고 싸던 소화기관이라는 것을.

자꾸 기어만 들어가려는 꺼먹장어를 기어코 빼냈을 때 그토록 경쾌한 '뻑' 소리가 났던 이유를 아무래도 사내는 모르는 모양이었다. 갯고랑에서 나와 달빛 젖은 푸른 길로 유유히 접어드는 모습을 봐도 사내는 아무래도, 아무래도 그런 것 같았다. 모르는 것 같았다.

그의 양은 빠께쓰가 묵직해 보였다. 꺼먹장어는 너무 커서 빠께쓰에 차마 담지 못하고 다른 한 손으로 콱 움켜쥐었다.

꺼먹장어 한 마리가 빠께쓰 무게와 맞먹었다. 꺼먹장어는 몸부림쳤다. 사내의 투박한 실루엣이 묵묵히 멀어질 동안 꺼먹장어는 U, R, S, Q 자 따위를 격정적으로 허공에 그리며 사내의 손끝에서 몸부림쳤다. 누가 저걸 먹을까. 나는 그것이 궁금했다.

사내는 막촌도 안마을도 아닌 샛말 너머 쪽으로 향했다. 어두운 산그늘로 그가 사라지고 나서야 나는 두 가지 새로운 사실을 알았다. 갯고랑 바닥에 검은 개흙으로 구겨져 있는 아낙의 넋이 외롭지는 않으리라는 것. 그리고 아낙의 남편이 그동안 아내를 찾아 전국을 누빌 필요까지는 없었다는 것.

갯고랑의 불룩한 진흙 더미는 1인분이 아니었다. 그것의 반은 물론 아낙의 것이었지만 나머지 반은 멀지 않은 마을에 살던 어떤 남자의 것이었다. 한 덩어리로 붙은 둘이었다.

깨

나는 공연한 깨다. 정말 공연도 하지. 그런데 공연하다는 게 뭘까? 하여튼 깨인데 그중에서도 나는 들깨다. 들개가 아니고.

이파리가 문제였다. 들깻잎. 이걸 순칠이가 못 먹었다. 냄새를 견디지 못했다. 순칠이에겐 결코 향이 될 수 없는 냄새. 문제라면 그러니까 순칠이지 내가 아니었다. 그래도 언제나 내가 문제인 것만 같았다. 그래서 공연한 깨인 것이다 내가.

공연한 건 그래도 좀 나았다. 애매한 경칠이가 더 불쌍했다. 순칠이가 들깻잎을 못 먹고 냄새를 못 견디기 때문에 공연한 나를 갖고 경칠이만 억울하게 만들었으니까. 정말 경칠이는 되게 애꿎게 되었다.

순칠이는 멋진 군인이 되는 게 꿈이었다. 입대하면 말뚝을 박아버릴까 생각 중이지만 말뚝은 사고를 친 대가로 박는 것이라고 알려져 있으므로 망설이는 중이었다.

맨 정신으로는 말뚝을 안 박겠다는 말이었다. 그냥 그렇고 그런 군인이 되고 싶다면 말뚝 박기를 망설이지 않았을 것이다. 그러나 순칠이는 그냥 그렇고 그런 군인이 아닌, 멋진 군인이 되고 싶었다. 그냥 그렇고 그런 군인으로 3년을 보내더라도 최소한 담배는 멋있게 피우고 먹는 것 따위 가리지 않아서 따돌림 같은 거 받지 않는 군인이 되고 싶었다. 어쨌든 군인은 되고 싶었다.

늘 먹는 게 아쉽지. 먹을 게 없어. 그래서 말야. 구보하다 깻잎 같은 걸 왕창 뜯어 오는 거야. 어. 남의 밭에 막 들어가서, 알어? 그걸 씻지도 않고 말야, 전투복에다 대충 슥슥 문질러서, 어, 된장에 쌈밥 싸 먹는 거지. 그래야만 된 마 군대에서는 흐흐…….

순칠이에게는 총도 포도 지뢰도 문제가 아니었다. 제대한 외사촌한테서 그 말을 들었을 때 심장이 덜컥 내려앉았다. 순칠이는 깻잎을 못 먹었다.

들깨밭 근처에도 안 가던 순칠이가 들깨 벨 때가 되자 들깨를 베겠다고 제 발로 나섰다. 헛, 별일일세. 그의 어미 홍씨가 말했지만 순칠이의 귀에는 들리지 않게 얼버무렸다.

누가 뭐라나. 자기 집 깨를 베겠다는데. 그런데 순칠이는 만만한 사촌, 경칠이를 들깨밭으로 데리고 갔던 것이다.

그게 문제였나? 경칠이를 데려간 게?

걸핏하면 순칠이는 짜증을 냈다. 더운 날 밭작물이 내뿜는 열기를 견디는 것 자체가 힘든 일인데, 이건 다른 밭도 아닌 들깨밭이었던 것.

들깨는 순칠이 키만 했다. 순칠이는 숨을 못 쉬었고 얼굴은 성났을 때의 제 놈 자지처럼 뻘게졌다. 아 씨발 좀 거 단 좀 밟지 말라고! 경칠이에게 소리를 질렀다.

경칠이는 깨가 잘 마르도록 밭이랑에다 방금 벤 깻단을 ㅅ 자로 세워 열을 지었다. 순칠이는 깨를 베고 경칠이는 그것을 단으로 묶어 세웠던 것.

깨를 베자니 깨 냄새가 진동했고 깨를 묶어 세우자니 깨 냄새가 코를 찔렀다. 깨를 수확하는데 수수 냄새가 나겠는가 감자 냄새가 나겠는가.

아 씨발 툭툭 차고 다니지 좀 말라니까! 경칠이에게 소리를 질렀다. 경칠이가 무슨 죄인가. 품삯을 줄 것도 아니고. 사촌이라는 이유로 맘대로 부려먹으면서.

아 또 또 또 증말! 순칠이는 계속 소리를 질렀다. 도가 지나쳤다. 낫을 쥔 경칠이의 손이 부르르 떨렸다. 나는 그저 공연하기만 했고.

순칠이가 한 살 때 순칠이 아버지가 개간지 논두렁에다 오줌을 누었다. 한 살 때뿐이었을까마는 하여튼. 이것이 순칠이가 깻잎을 못 먹는 사연이 되었다.

순칠이 아버지는 창말에서 유일하게 고등교육을 받은 사람이었다. 그러나 다른 농투성이들처럼 잠에서 깨면 논밭에 나가 종일 살았으므로 그가 고등교육을 받았다는 사실은 곰이 마늘 먹고 사람 됐다는 이야기와 다르지 않았다.

순칠이 아버지가 어느 날 논두렁에다 오줌을 누었는데, 논두렁에 오줌 누는 것은 창말이 아니더라도 촌에서라면 조선 천지 다반사였다. 하지만 방뇨의 다반사도 입 싼 인사가 보면 쏠쏠하기 그지없는 뒷말이 되는 법. 그걸 본 사람이 다름 아닌 서른 살의 풋풋한, 순득이 엄마였다면 더욱더.

순칠이 아버지 것의 생김새와 크기를 말하던 순득이 엄마의 얼굴이 자꾸자꾸 붉어지다 못해 자색고구마처럼 아주 질려버리더라고, 그러더라고, 정말 그러더라는 말이, 동네를 다 돌고 맨 나중에야 순칠 어미 홍 씨의 귀에 쏙 들어갔다. 쏙. 입에서 귀로 귀에서 입으로 다시 입에서 귀로 건널 때마다 순칠이 아버지의 것은 자꾸자꾸 커졌다. 말도 못하게 커졌다.

그날 홍 씨는 깻막에서 들깨를 털고 있었는데 들깻단이 곤죽이 되었다. 빌어먹을 인간! 깻막이라는 것은 깨가 튀는 것을 방지하기 위해 대나무로 얼키설키 뼈대를 세우고 비료 부대와 천 따위를 에둘러 텐트 비스름하게 만든 거였다.

그 안은 좁고 어둡고 더웠다. 머리끝까지 화가 오른 홍 씨는 등 뒤에 업힌 아이의 발악을 아랑곳 않고 막대기로 들깻단을 조졌다. 빌어먹을 인간이 싸려면 제 논에 싸지 왜 굳이 남의 논에 싸? 입 싼 년한테 그걸 빼줘서 뭐하자고?

깨와 잎과 줄기를 한꺼번에 싸잡아 곤죽이 되도록 작살을 냈다. 하이고 야 진짜로 크다면야 말을 안 하겠다 말을 안 하겠어 참 내 기가 막혀서. 깻막은 훅훅 쪘다. 어미 등 위에서 울다 울다 지쳐 혼절하고 말았던 것이 생후 7개월짜리 순칠이었다.

제 아비보다 크게 자란(키를 말하는 것이다!) 순칠이가 깨밭이라면 무조건 멀찌감치 피해 다니는 이유를 순칠이 자신도 홍 씨도 지금껏 알지 못했다. 다만 순칠이는 군대에 가기 위해 담배를 더 피웠듯 지금은 깻잎의 공포와 맞서는 중이었다. 나를 공연하게, 경칠이를 한껏 애꿎게 만들며.

야, 다닐 때, 잘 봐. 잘 디뎌. 밟지 말라니깐. 야, 다닐 때, 다리를 이만큼 벌려. 이만큼. 야, 다닐 때…….

순칠이는 핏대를 올리며 쉬지 않고 소리를 질렀다. 쇄골에서 귀밑으로 이어지는 여러 줄기의 푸른 핏대가 왕지렁이처럼 꿈틀거렸다. 워낙 빼락거리는 목소리인 데다가 죽을 만큼 소리를 질러서 저 먼 별립산 폐채석장까지 쩡쩡 울렸다.

아, 저 새끼 미친 거 아냐? 왜 저래 오늘 더? 속으로만 툴툴거릴 뿐 경칠이는 알았어, 알았다니까, 라며 울상을 지었다.

대추나무 몽둥이처럼 새카맣고 빼빼 마른 두 청춘이 죽을 힘을 다해 소리 지르고, 있는 힘을 다해 울상 짓는 가을 땡

별 들깨밭이라니. 참 이토록 공연할 데가 없지 않은가.

이왕 공연해진 김에 좀 더 공연해지자면, 저 순칠이 새끼의 발악이 정작은 경칠이와도 깨밭과도 무관하다는 걸 말하고 싶은 것이다 나는. 안 좋은 기억과 함께 뼛속 깊이 사무친 냄새라서 그 냄새에 진저리치는 것이겠지만, 지금 하고 있는 저 발악은 18년 전 그날 깻막 속 어머니의 등에서 내지르던 발악과는 아무 관련도 없다는 말이다.

쟤가 저러는 이유는 명백했다.

그것은 저기, 저쪽의 길 때문이고 지금 그 길 위를 느리게 지나는 사람 때문인 것이다. 순칠이가 환장을 하는 여자. 나이 같은 것 따질 겨를도 없이 보기만 해도 무작정 숨이 막혀 죽을 것만 같은 여자.

순칠이와 경칠이는 지금 깨밭에 있는데, 깨밭을 'ㅇ' 이런 식으로 동그라미 쳐 표시하고 저기, 저쪽의 길을 'ㅡ' 이런 식으로 직선을 그어 표시한다면 그림은 '으'가 된다. 으. 그 '으' 때문인 것이다 순칠이는.

죽을힘을 다해 깻잎 냄새에 맞서는 것이 아니라, 그리고 경칠이가 뭘 잘못해서가 아니라, 미친 듯이 무언가를 '으으으으' 견딘다는 것. 그러니 나는 공연하고 경칠이는 애꿎다는 말을 자꾸 하는 것이다.

'ㅇ'과 'ㅡ'. 그러니까 '으'.

깨밭과 길. 그 사이의 거리가 묘했다. 거리. 가깝다면 'ㅡ'

를 오가는 사람들은 'ㅇ'를 어쨌거나 쉬 지나쳤을 것이다. 가까우니까 획. 순칠이의 팻대 오른 악다구니도 들었을 것이다. 멀었다면 'ㅡ'를 오가는 사람이 누군지 'ㅇ'에서는 잘 알아볼 수 없었을 것이다. 순칠이의 악다구니도 들리지 않았을 테고.

그러니까 결론적으로 'ㅇ'와 'ㅡ' 사이의 거리라는 것은 이거였다. 'ㅡ'를 지나는 여자가 누구인지 'ㅇ'에서 알아볼 수 있으면서, 그 여자가 얼른 시야에서 획 사라지지도 않는 거리. 그리고 순칠이의 악다구니를 여자가 알아들을 수 없는 거리. 순칠이가 미친 듯이 '으으으으' 참고 있었던 것이 바로 그 묘한 '거리'였다.

'ㅡ'는 그냥 길이었다. 순칠이와 경칠이가 바닷가에서 담배 피우고 배를 긁다가 집으로 돌아가는 그 길이었다. 샛말 저 너머의 사내가 꺼먹장어를 들고 돌아가던 길. 효서가 달걀을 훔쳐 건빵과 캐러멜로 바꿔 먹으러 뻔질나게 가는 길이었다. 닭장 밖에 숨어서 암탉이 알을 낳기를 기다려 득달같이 훔쳐낸 달걀이므로 따뜻했다. 깨뜨리지 않으려고 품에 안고 막촌의 가게까지 조마조마 상궁 나인처럼 걸었다. 돌아오는 길 절반도 못 되어 건빵과 캐러멜은 배 속으로 사라졌고 효서는 나머지 헛헛한 빈 길을 걸었다. 따뜻했던 달걀을 떠올리면서. 온 길을 되돌아보면서.

그런 길이었다 'ㅡ'는. 대기 어머니가 첫 휴가 나오는 대기를 맞이하기 위해 버선발로 질주하던 길, 언묵이를 연행하러 검은 지프가 가끔씩 달려오는 길이었다.

언묵이 배가 조류를 못 이겨 '저어쪽'으로 넘어갔다가 온지도 3년이 지났다. 언묵이는 효서 형 찬서의 친구였는데 누구보다 바다를 사랑했던 청년이었다. 창말 사람들은 저쪽을 저어쪽이라 할 뿐 그곳을 북한이나 북괴라고 하지 않았다. 언묵이를 저어쪽 사람들은 한 대도 때리지 않고 보내주었다. 그랬다고 했다.

그게(안 때린 게) 이상해서인지 가끔씩 지프가 와서 언묵이를 어디론가 데려갔다. 대개는 대통령이 잘못해서 나라가 술렁거릴 때 그랬다. 어딘가로 끌려갔다 온 언묵이는 며칠 동안 집 안에 틀어박혀 꼼짝하지 않았다. 겨우 몸을 추스르고 논에 나가면 바다와 저어쪽은 바라보지도 않았다. 그렇게 언묵이는 바다와 저어쪽을 등지고 농사를 지었다. 그러다 보면 또 어느 날 지프가 길 위에 나타났다. 날 데리러 오시네, 오셔. 언묵이는 중얼거리며 논물로 발을 씻고 지프에 올랐다.

그런 길이었다. 여름이면 빗물로 골이 지고 겨울이면 달빛에 퍼렇게 얼던 길이었다. 한마디로 누구나 오고 가는, '─'는 그냥 길이었다.

그 길 이쪽 끝에 그녀의 모습이 나타났고 순칠이의 목줄에 주체할 수 없는 핏대가 오르기 시작했다. 빼락 빼락 빼락.

목소리가 미쳐갔다.

여자가 보이면 언제나 제정신이 아니었다. 솟구치는 욕정 (이라는 것을 숫총각 순칠이는 알지 못했다)을 주체하지 못해 엉뚱한 데다 쏟아부었다.

야, 다닐 때, 아 쫌 밟지 말라니까! 아, 아, 야, 야, 쫌, 쫌!

발을 동동 구르며 딱따구리처럼 짖었다. 한심한 일은 경칠이도 순칠이가 왜 그러는지 도무지 모른다는 거였다.

여자는 어린 겨끔이의 손을 잡고 걸었다. 발목까지 내려오는 옥양목 치마 끝이 바람에 날릴 때마다 언뜻 종아리가 드러났다. '으'는 종아리가 보일 만큼 가까운 거리면서 여자의 걸음이 매우 더디다고 느껴질 만큼 또 먼 거리였다.

여자는 길 이쪽 끝에서 저쪽 끝으로 천천히 움직였다. 천천히 움직이는 것처럼 보였다. 시각은 오후 네 시에서 다섯 시를 향해 달렸다.

들깨가 익는 계절의 오후는 햇살이 왕이었다. 햇살이 가녀린 모녀를 적셨다. 여자의 모습이 사라질 때까지 경칠이는 순칠이의 온갖 신경질을 다 받아야 할 터였다.

순칠이가 왜 그러는지 불쌍한 경칠이는 정말 몰랐다. 순칠이가 하라는 대로 똥 싼 아이처럼 다리를 벌려 어기적거리며 깨를 묶고 깨를 세우고 욕을 먹었다.

순칠이의 흥분은 가라앉지 않았다. 여자가 아직 햇살 밝은 노정路程에 있기 때문이었다.

순칠이의 발악은 눈 뜨고 볼 수 없었다. 소리를 지를 때마다 어찌나 온 힘을 다하는지 검고 가느다란 그의 긴 몸이 작대기처럼 경직되곤 했다. 없는 치약 짜듯 역정을 냈다.

야, 야, 야, 씨발, 경칠아! 경칠아!

온몸의 핏줄과 신경과 근육이 일시에 수축했다. 9볼트 건전지에 접촉당한 개구리—창말 아이들이 가끔 하는 고급 놀이다—처럼 저 스스로 몸을 떨며 전율했다.

말 들어, 말 들어 새꺄, 경칠아, 말 들어!

입으로 볼 때마다 쪽쪽 소리를 내며 앞으로 쪽쪽 내뺀는 코끼리 나팔처럼, 소리를 지를 때마다 순칠이의 가는 몸이 쪽쪽 뺐었다. 뺀는 것 같았다.

그의 외침에 쩡쩡 울리는 별립산 폐채석장 메아리도 공연하기가 내 신세와 다르지 않았다.

그렇게 미친 듯 온몸으로 바락바락 흥분만 하다가는 벌어진 입에서 그만 정액이 쏟아져 나올 것 같단 마 순칠아 이 새끼야.

이런 내 말이 들릴 리 없었다. 내 말이고 뭐고 그에게는 나의 모든 것이 그저 견디고 버티고 이겨내야 할 악취였겠지. 어쩌면 순칠이는 저기 저 여자 때문에 온몸이 딱딱하고 시뻘겋게 굳어버려서 내 냄새를 못 맡을지도.

아, 또, 저, 씨, 경칠아! 경칠아 씨발 놈아! 내 말 안 들려? 이쪽으로 돌아. 돌아서 가라구! 아니 이쪽으로! 이쪽으로!

그렇잖아도 까무잡잡한 터에 과하게 흥분하고 땀마저 질질 흘려서 순칠이의 시커먼 몰골은 참혹하기 그지없었다. 충혈된 눈을 반쯤 내리뜨고 바락바락 소리 질렀다. 가쁘게 숨을 몰아쉬었다.

저 혼몽한 눈빛이라니. 쟤 아무래도 곧 돌아버릴 것 같아 경칠아. 이미 돈 것 아닐까. 단말마의 고통으로 딱 벌어져 닫히지 않는 입. 더는 소리조차 나오지 않으려나. 눈을 홉뜨고, 숨을 들이켜려 하나 늑막이 멈춘 것 같아. 눈알이 바닥으로 떨어질 것 같아. 멱을 감싼 핏줄들이 터질 듯 부풀었어. 안타깝다. 순칠이가 불쌍해. 툭 치면 들깻단처럼 쓰러질 것 같다. 아, 그런데 그 지경이면서도 쟨 뭘 한다니? 경칠아, 쟤 좀 봐라. 순칠이 좀 봐라. 저러고도 팔은, 팔뚝은 움직인다. 슬슬. 아무래도 지금 쟤, 팔은 상상 속 백회 부대 안에 들어가 있나 보다. 쑥 들어가 있나봐. 깊이깊이 들어가 있나봐. 쑥. 환장하는 백회 부대. 휘휘휘 그걸 젓나 보다. 휘휘. 쟤 웃는다. 봐라. 완전 돌았다. 팔 젓는 것 좀 봐. 아으, 좋댄다 저 봐라. 히죽히죽. 어쩌면 좋으냐 쟤를. 팔뚝을 아주 다 넣는다 다 넣어. 백회 부대에 머리 처박고 들어가겠다. 지금 가을 땡볕 아래인 줄도 모르고. 백일몽인 줄도 모르고.

자기 때문에 청춘 하나가 숨넘어가는 줄도 모르고 여자는, 겨끔이 엄마는 느릿느릿 가을볕 농밀한 '_'를 천천히 지

36

났다. 'ㅇ'에서는 깻잎의 공포보다 천배나 감당하기 어려운 무언가를, 순칠이가, 저토록 으으으으 견디고 있는데.

뽕

무슨 일이란 말인가 나는 놀라 정신을 차렸다.

나는 뽕나무에 달린 뽕인데 저 아래, 내 발치에서, 한 여인이 죽어가고 있었다. 그런 것 같았다 아무래도. 어쩌자고 뽕을 따러 뽕나무에 올랐을까 그냥 지나갈 일이지 어쩌자고 올랐을까 뽕나무에. 나이나 적은가 저 아낙 환갑도 훌쩍 넘겼으면서.

아주 죽었을까 꼼짝도 하지 않았다. 조금 전만 해도 몸을 움직였는데 그랬는데 기척이 없어.

5월의 바람은 조금 전 막 6월의 바람으로 바뀌었다. 악, 하고 그녀가 떨어져 내릴 때 토라지듯 더운 바람이 가지와 이파리를 훅, 스쳤다.

햇살은 여전히 5월이건만 나는 아는 것이다 5월과 6월의 바람이 어떻게 성글고 차진지, 어떻게 수더분하고 되바라지는지.

햇빛과 바람으로 한생을 지나는 나는 별림산 자락의, 실은 꾸지뽕나무인데, 참말 사람들은 뽕이면 다 뽕이지 이런 뽕 있고 저런 뽕 따로 있냐며 사이좋게 다 뽕이라 불러서 나는 뽕이다.

바람은 언제나 햇볕을 앞질러 계절을 알렸다. 6월 바람은 5월 바람에 비해 확실히 단단하고 팽팽한 게, 성깔이 있었다. 그 바람에 치여 늙은 여자는 미끄러져버린 것일까.

악, 하고 떨어져 내릴 때 토라지듯 더운 바람이 분 것이 아니라, 토라지듯 더운 바람이 불어서 그녀가 악, 하고 떨어져 내린 것은 아닐까.

어디선가 새가 울었다. 이상하지. 이곳에 반백년을 꼼짝없이 서 있었건만 처음 듣는 새소리였다. 아주 높고 아주 느린 소리로 울었다.

긴꼬리딱새도 아니고 덤불해오라기도 아니었다. 한없이 가느다란 목을 길게 늘이며 토하듯 뽑아내는 울음인 것은 분명했으나 새의 이름과 모양은 떠오르지 않았다.

6월의 바람은 성가셨다. 내 이파리를 자꾸 들볶았다. 흔들리는 이파리 사이로 아직은 5월의 것인 햇살이 쏟아져 내려 늙은 여자의 낯을 간지럽혔다.

웃는 건가? 늙은 여자의 표정에 움직임이 보였는데 웃는 것 같았다. 그래서 햇살이 그녀를 '간지럽혔다'는 생각이 들었던 건지도.

그녀의 낯은 웃는 표정이었다가 평온한 것이었다가 찡그리는 모습으로 변했다. 새 울음만큼이나 느리게 그런 표정을 차례로 되풀이했다. 그러다가 영 죽은 사람처럼 아무 기척이 없었다.

나무에서 떨어진 사람답지 않게 늙은 여자는 좌우 정확한 대칭의 대자로 누웠다. 조금도 구겨지지 않은, 잘 펼쳐진 대大. 오가는 이 없는 뽕나무 그늘 아래 어디 한번 편히 누워나 볼까 하고 누운 사람의 모양이었다. 그러고 싶은 6월의 바람 5월의 햇볕이었으니까. 흰 치마와 적삼도 가지런했다.

그녀 주위로 아직은 때깔이 다 짙어지지 않은, 그러나 제 키만큼은 자란 뽀리뱅이가 무성했다. 꽃대궁 연한 연둣빛 뽀리뱅이들이 늙은 여자의 새하얀 치마 적삼을 포근하게 아우르는 형국. 그녀의 입이 달싹거렸다.

새가 또 울었다.

살려, 사람 살려요.

목소리는 먼 새소리보다 작았다. 속삭이듯 말해서 옆의 개미도 듣지 못할 것 같은.

살려주오.

그래도 늙은 여자는 말했다.

살려주어.

말이라기보다는 숨이었다. 숨. 한 줌 숨은 입에서 빠져나오자마자 허공에 흩어져버렸다. 그녀를 비상하게 바라보는 것은 세상에 나뿐이었다.

햇살은 햇살대로 바람은 바람대로 무심한 늦봄. 별립산은 신록으로 뒤덮였고 아직은 나무들이 제각각의 빛깔들을 내지 않았다.

연초록 일색인 숲에서 나만 일찍이 작고 오돌토돌하게, 붉거나 검게, 살금살금 물들었다. 나를 따려다 떨어져 바닥에 누워버린 늙은 여자를, 까만 눈으로 내려다보는 것은 나뿐. 그녀가 누워 대면한 세상이란 그야말로 구름 한 점 없이 깊고 푸른 봄 하늘, 창천蒼天밖에 없었다.

살려주시오, 제발.

그 무한 창공에다 대고 하는 것이니 실은 한 줌 숨도 못되는 말이었다. 그래도 늙은 여자는 다섯 번째 말을 달싹거렸다.

살려주게. 살려주어.

보아하니 쇄골이 성치 않았다. 쉬는 숨을 따라 어깨뼈와 쇄골이 확연히 어긋났다. 왼편 옆구리도 심상치 않았다. 적삼 자락이 함몰된 것으로 보아 부러진 갈비뼈가 한두 개가 아닌 모양.

꼼짝 못하고 밭은 숨을 할딱거리는 것으로 봐서 척추도 다리뼈도 정상은 아니었다. 그런 것 같았다. 굴러떨어진 그녀는 심하게 바스러진 것이었다.

소리를 지르려 해도 허파에 바람을 모을 수 없고, 그나마 사력을 다해 모은 바람도, 어긋난 몸속의 뼈들끼리 서로 마치는 통에 힘주어 내뱉지 못했다.

늙은 여자의 허파는 작고 힘없는 풍선처럼 느리게 부풀었다가 여리게 꺼졌다. 그 숨을 타고 이따금씩 새어 나오는 구원 요청마저 성가신 6월의 바람이 지워버려 속절없어졌다.

살려…….

여섯 번째 말은 중동이 잘렸다. 일곱 번째 말까지는 오랜 시간이 걸렸다. 그동안 바람이 몇 번 더 귀찮게 이파리를 휘저었고 새의 울음이 가까워졌다.

바람과 새 울음에 끝물 아카시아 꽃향기와 새로 핀 밤꽃 냄새가 섞여 왔다. 햇살은 갈수록 강렬해져 이미 산과 들과 마을을 제 발아래 두고도 점령의 범위를 끝없이 넓혀갔다.

늙은 여자가 평생을 함께하고 마지막 이 순간까지 마주하고 있는 하늘과 햇살과 바람은, 그녀의 생사에 어떻게든 간여할 수 없는 나와 더불어, 야속하고 무심하기가 태산에 댈 것이 아니었다.

하늘은 아무것도 슬프지 않고 바람은 아무것도 안타깝지 않으며 마을은 그 속내야 어떻든 이렇게 바라보는 경치로는 예나 지금이나 정겹기 그지없었다.

저 산 아래 쇠뜨기풀밭에 배를 깔고 되새김질하는 효서네 암소의 반쯤 감긴 졸린 눈을 보라지. 세상은 그렇게 넓고 아

득해서 넓고 아득할 뿐. 작고 보잘것없는 늙은 홀어미 하나
가 뽕나무 아래서 숨을 거둔들…….

늙은 여자는 아무려나 야속타 하지 않고, 다 그러려니 그
러려니, 오래오래 들이켜 모은 작은 숨에 겨우 한 줄 말을
실어 일곱 번째이자 마지막을 뱉으니,

미안허네 영랑이,

였다.

영랑은 그녀 자신의 이름이었다. 그녀는 평생 애야 둘째
야 싱겁아 어멈아 석관네라고 불렸을 뿐 영랑이라고 불린
적은 매우 드물었다. 호적에조차 이름 없이 청주 한씨 순흥
안씨 따위로만 적히거나, 기껏해야 언년이 둘렘이 끝순이로
불리던 판국에 그녀의 이름은 영랑이었다.

그녀의 이름을 영롱하게 지었던 그녀 부모의 사정은 특별
히 알려진 바 없으나 이름만으로도 그녀에 대한 그녀 부모
의 특별한 애정이 와락 느껴질 만했다.

그러나 그녀의 일생은 이름처럼 영롱하지 못했다. 그녀의
이름이 매우 드물게 불리거나 아예 불리지 않았던 것도 그
래서였는지 모른다. 6월의 시원한 뽕나무 그늘이긴 해도 지
금 그녀가 뽀리뱅이풀 위에 누워 있는 사정 또한 영롱한 것
과는 거리가 멀지 않은가.

게다가 그녀에게는, 그녀에게도, 지겹지만 어찌할 수 없

는 통속사가 있는 것이다. 꾸미는 얘기에서라면 가장 먼저 피해야 할 통속이 여기서는 통속痛俗의 통속通俗이어서, 그리고 또 어찌할 수 없는 사실이어서 빼놓을 수가 없는데, 그녀의 남편이 태평양전쟁 때 마구잡이 징용의 희생자가 되었다는 것이고 그녀의 하나밖에 없는 아들 석관이가 이 땅에 일어난 전쟁의 희생자가 되었다는 것이다.

이것은 책에 나오는 통속일 것도 없이, 흔하디흔한 창말의 통속이어서 더욱 빼놓을 수 없는, 홀로 죽어가는 한 늙은 여자의 역사인 것이다.

그녀는 끝내 영롱하지 못하게 숨을 거두었다.

그런 자신의 이름에게 미안하다는 것이겠지.

미안허네 영랑이.

나는 안다 그녀의 옷과 몸은 머잖아 밥물처럼 땅으로 잦아들 것이라는 것을. 지나는 사람의 눈에 쉬 띄면 모를까 그렇지 않다면 묵은 한지나 거미집처럼 시나브로 얇아지며 백魄은 나의 영양이 되고 혼魂은 바람과 햇살과 새의 울음을 따라 흩어져 하늘의 영양이 될 거라는 것을.

그녀에게서는 아무 기척이 없었다. 이상할 만큼 길고 높아지기만 하는 새 울음과 이파리 사이에서 설레발치는 6월의 바람 때문에 늙은 주검의 기척 없음은 더 기척 없어졌다. 하늘이 높고 햇살이 강렬할수록.

새소리는 때로 사람의 소리처럼 구성져서 심청이 팔려 간 사실을 나중에야 안 심 봉사의 장탄식처럼 이어지거나, 큰 칼 쓰고 옥방에 갇힌 쑥대머리 춘향의 절규로 흐르거나, 앙 장을 휘감고 도는 상여꾼의 길고 긴 만가 같았다.

새소리는 그랬다. 오래오래 그녀의 넋을 들어 올려 추억 의 꽃가마에 실었다.

저 소리, 들려요?

내가 가만히 물어보았다.

들리고말고.

그녀가 대답했다. 그럴 줄 알았다.

길어요.

길지.

소리가요.

그래.

저 새는 숨도 안 쉬나 봐요.

긴 새니까.

긴 새요?

응, 긴 새.

긴 새는 숨을 안 쉬나요?

숨이 따로 없으니까.

무슨 새가 그래요?

긴 새.

긴 새?

긴 새라서.

무슨 말을 하고 있는 건가 내가? 그런 말을 하고 있었다 나는. 발치에 죽어 누운 늙은 여자와 나도 모르게.

좋을 때죠? 봐요.

보리가 좋을 때지.

화창해요. 다.

삼단 같고 청대 같은 날이다.

눈부시지만요…….

풋보리가 연해서, 음, 많이 뜯어 무쳐 먹었지. 많이도.

무심해요. 다. 좋은 빛과 바람이지만. 이토록. 봐요, 이토록.

뽕도 싱그럽다.

무심해요 나도. 당신 입에 뽕 하나 떨굴 줄도 몰라요.

저어기, 남식이네 소 헤엄쳐 갯고랑 건넌다.

억울하지도 않아요?

바람이 다른 거다. 부는 바람이 달라.

너무 외로웠잖아요.

벌써 다 건넜네 저 소.

평안한가요 이제?

이미 그쪽 바람의 일이 아니다. 이쪽 바람에 있다 나는.

무슨 말인데요?

그래, 화창하다.

참 나.

좋을 때다.

근데 왜 계속 반말이에요?

다섯 살이었잖니 너는. 내가 스물이었을 적.

알아요?

알지.

알고 있었어요 나를?

알지.

그래요?

옛날에 이 길은 꽃가마 타고 말 탄 님 따라서 시집오던 길.

말은 안 탔죠.

꽃가마도 아니었어.

신랑은 말 대신 짓궂은 친구들의 무동을 탔다. 그녀는 그들 뒤를 종종걸음 쳐 따랐다. 6월이었고 화창했다. 그렇게 온 시집이었다.

신랑 친구들은 종종걸음 치는 어린 신부를 놀렸다. 신부를 아랑곳 않은 채 신랑을 빼앗아 제멋대로 무동을 태우고 먼저 마을 쪽으로 줄달음쳤다. 발갛게 달아오른 뺨으로 신부가 허둥지둥 겨우 따라잡으면 친구들은 기다렸다는 듯이 다시 줄행랑을 놓았다.

코끝에 땀이 맺히고 눈에 이슬이 서렸다. 더는 따라가지 않고 신부는 산길에 멈추었다. 데리러 올 때까지 움직이지 않을 심산이었을 것이다.

산길에는 복사꽃 곱게 피어 있지도 않았고 어디선가 저만치서 뻐꾹새 구슬피 울어대지도 않았다. 이미자 노래와 같지 않았다. 심술 난 그녀가 저도 모르게 뜯어 바닥에 내던졌던 것은 그때 길가에 애꿎게 서 있던, 수령 5년의 여린 뽕나무 잎이었다. 그때는 어려서 뽕도 맺지 못했던.

그랬던 거구나. 뽕이 탐나 노구를 불구하고 기어오른 것만은 아니었구나. 내 위치를, 그러니까 스무 살의 그녀가 멈추어 서서 신랑을 기다리던 위치를 떠올렸던 거구나. 그리고 나이 먹은 사람도 오를 수 있을 만큼 가지 많은 뽕나무로 비스듬히 자란 나를 기억해낸 것이구나. 그랬던 거구나.

그날 신부는 꽤나 오랜 시간을 산길에 서서 견뎠다. 신랑의 짓궂은 친구들이 '당까'를 들고 와 그녀를 실어 갈 때까지.

모래나 곡물을 나르기 위해 네모난 송판함 밑에 기다란 막대기 두 개를 나란히 받쳐 댄 들것. 사람들은 그것을 뜻도 모를 당까라고 불렀는데 몸이 작은 신부는 그 안에 쏙 들었다.

모양새가 좀 꼴사납기는 했으나 그래도 당까에 얼기설기 만병초와 쑥부쟁이와 돌양지꽃과 붉은 칸나까지 붙어 있어서 꽃가마가 아니랄 수 없었다.

바람만큼 요원하고 햇살만큼 광막한 새소리가 점점 더 크고 가까워졌다. 긴 새. 긴 새. 그것이 꽃가마도 꽃상여도 없이 푸르기만 푸르고 여리기만 여린 뽀리뱅이풀 위에, 백목련 꽃잎처럼 누운 그녀 곁으로 운명인 듯 다가왔다. 긴 새.

긴 새 소리가.

크고 가까워질수록, 그 소리가 모든 것을 압도하면 할수록, 늙은 여자를 에워싼 적막한 풍경은 이상하리만치 더 적막하고 적막해졌다.

하늘은 소리로 가득 찼다. 소리의 긴 꼬리가 하늘을 덮었다. 나는 차마 고개를 들지 못했다. 왠지 알 것 같았다. 그것이 사람들한테서 말로만 듣던, 하루 구만리를 날아가는 붕새라는 것을.

무서워요.

느끼는 모양이구나.

언제 다 지나가나요 으으으 이거? 이 큰 새?

아무것도 아니다. 늘 지나가던 거다.

늘 지나가던 것이라구요?

그랬지, 늘 지나갔지.

뭐, 뭔데요 지금 이게? 지나가는 이게?

나 말이냐?

네.

넌 뭐더냐?

뽕이오.

숨이다.

뭐가요?

내가. 지금 니가 궁금해하는 것.

아, 마지막은 이미자 노래와 같았다. 늙은 여자는 이제, 한 세상 다하고 돌아가는 길이라는 것. 그리고 저무는 하늘가에 노을이 섧다는 것.

이제는 이승이 아닌 저승의 바람 속에 있다는 그녀. 보고 있을까. 보일까. 올 때도 돌아갈 때도 정녕 꽃가마 따위는 감불생심이었던 저 빈 길이. 한생이.

잘 가요, 영랑.

뼝

나는 창倉 같은 것이리라. 창말의 창. 창말 사람들의 창.

창말은 창이 있는 마을이라는 뜻인데 창, 이게 없었다. 창말에 창이 없었다. 오래전 언젠가 창말의 어디쯤에 창이 있었던 모양인데 흔적조차 없는 것이다.

보았다는 사람도 기억하는 사람도 없었다. 이름만 있었다. 창. 창말이라는 이름으로만. 한자로 쓰면 창촌倉村이겠지. 창말. 그런데 이 창이 없으니 그게 뻥이 아니고 무엇이겠는가.

뻥하고 비슷하게 쓰이는 것이 껑이었다. 껑이란 거짓말을 속되게 이르는 말. 뻥과 껑. 그게 뭐 다 거기서 거기지, 하고 말하는 사람도 있겠지만 글자가 다른데 뜻이 같을 수 있을까 공연히 성가시게?

그 뜻의 미묘한 차이를 내가 모른다면 말이 되겠나. 나는 뻥이지 않은가. 저 껑하고 나 뻥이 어떻게 다른지를 내가 모른다면 나를 껑이라 해도 할 말이 없지 않겠는가. 껑은 단순하고 뭐랄까, 기능적인 놈이라 싫었다 나는.

껑은 말 그대로 거짓말이라는 뜻이지만 나(에게)는 거짓이라는 것이 필요조건이 아니었다. 나를 설명하자면 이렇다. 뻥은 뻥 뚫렸다, 뻥 터졌다의 뻥이었다. 그런 데서 온 것이었다 뻥은. 막혀 있던 어떤 것이 확 뚫려서 환해진 것. 팽팽하게 부풀었던 어떤 것이 갑자기 터져서 흩어진 것. 없어진 것.

그러니 내가 되기 위한 필요조건이라면 거짓이 아니라 '있다가 홀연히 없어진 상황, 혹은 상태'쯤이 되겠다. 홀연히라는 말은 뭐, 빼도, 상관은 없겠지만.

야 야, 거기에 가면 말이야, 아주 어마어마한 창고가 있어! 그렇게 말해놓고 막상 가 보니 아무것도 없다. 그러면 거짓말인 껑이 되겠으나 예전에 그곳에 정말 커다란 창고가 있었다면 온전한 거짓말은 아닌 셈이었다. 미필적 실수랄까. 이럴 때 뻥이라는 말이 어울렸다.

거짓에는 특정한 소리나 느낌이 없으나 뻥에는 뻥이라는 분명한 소리와 느낌이 있었다. 풍선이 갑자기 터지는 소리, 막힌 벽이 갑자기 뚫리는 느낌. 거기에는 기압이 갑자기 증가하거나 기류가 빠르게 이동하거나 사물이 소멸하며 남기는 적막과 여운의 회오리 같은, 움직임의 기운마저 있는 것이다. 뻥.

뿐인가. 증가, 이동, 회오리 등의 움직임까지 마침내 멈추어버린 텅 빈 여백에서조차 중뿔나게 솟구치는 알 수 없는 기운이 뺑이었다. 그런 기운. 아무 가진 것 없으면서 큰소리치는 놈. 안동네 지상이가 대표적인 놈인데, 그런 놈을 두고 뺑친다고 하지 않던가.

속이 빈 허당에서 나오는 그것을 뺑이라 이름한 것은, 생판 아무것도 없으면서 있는 척하는 사기나 거짓 따위와는 좀 다르다는 뜻이었다. 지금은 아무것도 없지만 이전의 언젠가는 무언가 대수로운 게 있었다는 것이고, 그 대수로운 것의 약발이 여운이나 잔향처럼 아직 기운생동한다는 의미였다.

그렇지 기운생동. 지금은 쥐뿔도 없는데 어찌 그것이 감히 기운생동할 수 있을까. 하지만 나는, 그게 나니까, 알았다. 기운생동할 만하니까 하는 것이라는 걸. 뺑이 먹힐 만하니까 뺑치는 것이라는 걸.

뺑은 일방적일 수 없었다. 뺑치는 놈과 뺑이 먹히는 대상 사이에는 공유된 무언가가 있어야 했다. 공유된 무엇. 그래야 뺑이 통하지. 하여튼 그런 것. 지상이가 안동네가 아닌 저 고려산 너머 붉은면이라든가 화도면의 어떤 마을에 가서 뺑을 쳐보라지. 그게 먹힐까. 뺑은 먹혀야 치는 것이다.

안동네 사람들은 지상이를 아는 것이다. 지상이를 안다는 것은 지상이를 둘러싸고 있는, 보이지 않고 말할 수 없어서 딱히 있다고도 없다고도 할 수 없는, 그러나 아니꼬워도 영 무시를 못하는, 게다가 그것이 한두 가지도 아니어서 한마디로 말해버릴 수도 없는, 묘한 어떤 것의 존재를, 다랍더라도, 알고 인정한다는 뜻이었다. 아, 뻥이라는 말 참 아리다. 아려서 말이 뒤틀리고 좀 그렇긴 한데, 뻥이라는 것이 원체 말로 다 할 수 없는 것이라서 어쩔 수 없다. 어쩔 수 없어.

두루뭉술하게 말하자면 지상이와 안동네 사람들 사이에 공유된 그 무엇이란 '안동네의 역사' 같은 거였다. 아니면 배경이라고 해야 할까.

굳이 지상이의 경우에 한하지 않더라도, 개개 가구의 가족사와 가구 간 관계사와 이 나라 질곡의 국가사가 어우렁더우렁 뒤엉킨 것이 안동네의 역사였다.

말해도 되는 것과 말하면 안 되는 것이 불안하고 위태로운 구조로 뒤엉켜 있어서 공연한 손해를 보지 않으려는 사람들은 차라리 그것에 관해 침묵을 지켰는데 사실은 안동네 사람들 모두가 그랬다.

침묵했다. 아닌 척. 모르는 척. 은근슬쩍. 그래서 여러 사람이 모여 하는 울력도 떠들썩하기는커녕 침묵이 흘렀다. 묵묵히, 묵묵히 일만 했다 참말 사람들은.

조용한 와중이라고 해야 할까. 하여튼 괴이쩍은 기운이었는데 말하자면 나는 그것들 한가운데 서식하며 호시탐탐 기운생동할 기회만을 엿보았다.

조용한 와중. 그것은 저기 저 틈만 나면 닭장의 달걀을 훔쳐다 백마건빵과 바꿔 먹는—머잖아 설탕 묻힌 신제품 오복건빵을 더 좋아하게 되었지만— 효서가 태어나기 직전에 생겨난 마을 분위기여서, 효서는 그러거나 말거나 태평하게 신제품 건빵에 알량하게 묻혀놓은 저급한 설탕만 황홀하게 탐했다.

효서가 1957년 9월 18일에 세상에 나왔으니(주민등록상으로는 1958년 9월 25일생으로 돼 있다), 그가 태어나기 직전이라고는 해도 침묵의 전사前史는 아무래도 1953년 휴전협정 전후거나, 1950년부터 3년간 이어진 전쟁 중이거나, 그전의 해방 공간이거나 좀 더 앞으로 간다면 일본의 압제가 기승을 부리던 태평양전쟁 때까지 거슬러 올라가지 않을까.

이때를 사람들은 말하지 않았다. 음, 음, 거리다 말았다. 가구별 가족사와 가구 간 관계사와 질곡의 국가사가 가장 첨예하고 복잡하고 치명적으로 한데 뒤엉키던 시절이었을 테니까.

보통 대수롭지 않은 일. 엄청 대수로운 일. 그런 일이 있었음에 틀림없었다. 그런데 그 일은 창말의 창처럼, 사람들에 의해 기억되지도 말해지지도 않았다. 무슨 일이 있었든 창말에서, 예전처럼 농사를 짓거나 고기를 잡으며, 살아야 했으니까 살아야.

그러니 저 효서 같은 놈은 이런 걸 알지 못했다. 또 모르

지. 나중에 커서 걔가 무슨 작가라도 하나 된다면 이리저리
알아내서 소설로 쓸지.

창말의 한가운데는 비어 있었다. 뭔가 있었던 자리가 텅
비었다. 뻥. 뚫리고 터지더니 스윽 자취를 감추었다. 소리도
느낌도 없어진 침묵의 빈터는 거짓과도 같은 고요한 뻥으로
남았다.

나 뻥은 이제 한껏 수상한 기운의 유령처럼 텅 빈 공허를
배회하다가, 때로는 4H 완장을 찬 지상이나 왕근이 같은 사
람에게 쳐들어가 그들의 무람없는 허세가 되고, 침묵의 무
게에 눌려 일찌감치 이부자리에나 들고 마는 창말 아낙과
사내의 감당할 수 없는 욕정으로 기운생동했다.

그래서 이즈막 창말에는 57 닭띠 58 개띠들이 우수수 쏟
아져 나왔다. 쏟아지는 출산. 상실되거나 유실되어 아연 황
폐해진 땅에 농부의 본능으로 미친 듯 씨를 박은 결과였다.

전사가 초래한 결락과 훼손의 깊은 구멍을 어떤 수로든
회복하려는 눈먼 몸부림은 효서네도 예외는 아니어서 전쟁
뒤로만도 딸, 딸, 아들 이렇게 셋을 생산했는데 효서는 그중
막내였고 효서를 낳았을 때 어미의 나이 마흔하나였다.

창말에는 그런 묘한 기운의, 뻥이 있는 것이다. 터져 흩어
진. 텅 빈. 뚫려 환해진. 구멍. 빈터. 없음. 유실. 훼손. 결락.
기운. 생동. 과거의 것이면서 현재의 것이고, 있는 것이면서
없는 것이고, 그러다 다시 있는 것이었다 그것은.

뻥

볼 수도 기억할 수도 얘기할 수도 없는 것. 알 수 없는 것. 알려 하지 않는 것. 그러면서 온갖 분노와 욕정과 수수께끼 같은 창말 사건들의 기원이 되고 마는 것.

그것이 창말의 창 같은 나, 요망한 뼁이었다. 쑥구렁의 여자가 이름 없이 '여자'로만 불리는 것. 여자의 아이가 겨끔이로 불리는 이유. 여자와 아이 사이에 남성이 부재하는 까닭. 열일곱 살이나 많은 여자에게 저 혼자 애처롭게 빨려드는 불쌍한 순칠이. 오늘도 이웃한 하군이네 어머니와 순득이네 어머니가 동시에 아이를 하나씩 쑥쑥 낳는 까닭. 그 모든 이유와 원인과 궁금증 뒤에 없는 듯 깊이 도사린 것이 나였다. 나도 모를 나긴 하지만 뼁 뚫린 이 깊은 훼손의 구멍을 알지 못하고 창말을 안다고 할 수 있을까.

앞서 꺼냈던 창 얘기를 좀 해야겠다. 뼁이 창말을 감싸고 도는 미묘한 기운에 대한 이해를 돕는 말이라면, 창은 창말의 지리와 지명에 대한 이해를 돕는 말이기도 했다.

창이라는 말과 관련된 지명은 창말, 창후리, 창교부락 등이었다. 모두 창倉이라는 한자를 썼다. 그러니 어딘가에 커다란 창고가 있었던 모양이라고 짐작할밖에.

창말 앞의 드넓은 평야가 예전에는 창말 사람들이 뻘이라고 부르던 개펄이었다. 바다를 막아 농지로 만들기 전에는 개펄이었다. 밀물이 들면 바다가 되던 뻘.

많은 배가 드나들던 곳이었으므로 커다란 창고 하나쯤 있는 것은 자연스러운 일이었겠다. 남한강변의 가흥창, 낙동강변의 감동창, 한강변의 광흥창처럼 창말의 포구에도 그러저러한 이름의 창고가 있었을 것이다.

창후리倉后里는 창고 뒤쪽 마을이라는 뜻으로 이강리梨江里와 더불어 하점면河岾面을 이루었다. 이강리와 하점면도 모두 물과 관련된 지명이었다. 효서가 다니는 강후국민학교江后國民學校는 이강리와 창후리 지역의 학교라는 뜻이었다. 가운데 글자를 따서 붙였다.

창말이라는 지명은 사람들의 입에만 남아 있거나 오래된 지도에나 적혀 있어서 구역이 정확치는 않았다. 지금의 창후리 대부분을 차지하는 지역이었을 것이라고만 짐작할 뿐.

효서네 주소는 강화군 하점면 창후리 창교부락이었다. 우편 주소에는 창후리 725번지라고만 쓸 뿐 창교부락은 적지 않았다. 창교부락은 다시 샛말과 욕골과 안동네와 막촌으로 나뉘었다. 이것은 행정구역 명칭이 아니라 그냥 마을 사람들끼리 예전부터 나누어 부르던 이름인데 동네 경계의 기준은 손가락처럼 흘러내린 작은 산줄기들이었다.

어린 효서의 세상이란 그중 안동네가 전부였고 욕골과 샛말 정도가 아슴푸레한 영역에 속했다. 막촌은 건빵 사 먹으러 뻔질나게 오가는 곳이어서 아주 훤했다. 그 밖의 저 먼 사촌부락이나 후동부락 혹은 이강리는 아득한 세상이었다.

창말은 창고에서 시작된 이름인 게 분명한 듯한데 창고의 이름과 위치와 모양에 관해 말하는 사람은 아무도 없었다. 그럼 창은 창고가 아닌가?

倉. 알고 보니 정말 창은 창고만이 아니었다. 倉. '갑자기 당황한다'는 뜻이 있었다. 『한서漢書』에 창졸지난倉卒之難 같은 말이 나온다고 했다. 좀 더 알아보았다. 倉. 푸르다. 바다. 슬퍼하다. 마음 아파하다. 서두르다. 그리고 꾀꼬리. 꾀꼬리?

창말. 꾀꼬리 마을? '갑자기 당황한다'는 뜻이 있다더니 아 정말 갑자기 당황했다. 창말에 꾀꼬리가 있었던가. 많았던가. 없지 않았겠지만 꾀꼬리에 관한 특별한 기억이 없을 정도였으니 꾀꼬리 마을은 아닌 것 같았다.

그럼 뭐지? 뭘까? 푸르다. 바다. 슬퍼하다. 마음 아파하다. 서두르다……. 이름과 관련될 만한 뜻이라면 아무래도 푸르다와 바다가 가장 그럴듯한데, 푸르다와 바다는 거기서 거기니까 이 두 가지 뜻이 함께 유력하지 않을까. 푸른 바다가 보이는 마을?

창말 앞이 정말 바다였으니까. 뻘 때문에 그다지 푸르다고는 할 수 없었으나 어쨌든 푸른 먼 바다와 이어져 있었으니까. 푸르다는 것이 영 맘에 걸리면 푸르다를 빼도 상관없겠지. 창倉에는 바다만을 한정하는 독립적인 의미가 따로 있었으니까. 바다가 보이는 마을. 바다마을. 창말.

하지만 창말에서만 바다가 보이는 것도 아니고 창말만 바다와 접한 것도 아니었다. 건너편 신삼리나 오상리, 구하리도 바다가 보이거나 바다와 접했으니 창말이라는 이름을 창말 혼자 독점할 리가 없었을 뿐만 아니라 따라서 이름이 갖는 고유의 변별력도 없었을 터.

혹시 창말이 신삼리나 오상리보다 먼저 생긴 걸까? 창말이 생길 때 그럼 다른 마을은 아예 있지 않았던 걸까? 그렇다면 창말이 바닷가에 접한 마을들 중 가장 먼저 형성된 마을? 그러면야 창고가 있든 없든 창말은 창말일 것이었다. 바다마을.

그럼 창후리는 뭐지? '창고 뒤의 마을'이라면 자연스러운데 '바다 뒤의 마을'은 어딘가 좀 그렇지 않나. 바다에도 앞뒤가 있나? 이처럼 창은 그 뜻이 여럿이어서 따지면 따질수록 뺑만큼이나 묘연해졌다.

창고 기둥을 받쳤던 깨진 주춧돌 하나만 있어도 헷갈리지 않겠는데 누대를 창말에서 살아온 사람들의 기억에조차 그런 창고는 없었다.

정말 기억에 없는 건지, 알면서도 말들을 안 하는 건지……. 그러는 거라면 왜 그러는 건지. 효서도 몰랐고 순칠이도 몰랐고 경칠이도 지상이도 언묵이도 몰랐다.

그러면서도 창은 창말이라는 이름으로 엄연히 창말 한가운데 있었고, 뺑은 창말 사람들의 침묵 속에 깊이 서식하면서 언제든 생동할 기회를 엿보는 수상한 기운으로 설쳤다.

그래서 뺑인 내가 창 같고, 창이 나 같다는 말을 했던 것이다. 길게도 했다.

여름방학 아침의 조기회도 창과 뺑이 함께 출몰하는 한 사례였다. 방학이 됐으나 학교는 아이들을 가만두지 않았다. 학기 내내 건답직파乾畓直播한다고 아이들을 논으로 내몰고 퇴비 증산한다고 아이들에게 낫을 쥐게 하던 학교는 여름방학에는 아침 조기회로 아이들을 새벽잠에서 깨우고 겨울방학에는 아카시아 씨앗과 코스모스 씨앗과 쥐 꼬리를 잘라 모으게 했다. 학교는 그랬다 애들에게. 문교부는. 국가는. 뺑뺑 큰소리쳤다.

조기회는 부락별 여름방학 학생자치회였으나 학기 중 매주 월요일 첫째 시간에 열렸던 학급별 자치회의와 더불어 학생 자치율 0퍼센트 학교 주도율 100퍼센트의 행사였다.

죽어도 일어나기 싫어하는 아이들을 그나마 새벽잠에서 깨웠던 것은 불타는 자치의식도 겁나는 벌점제도 아니었다. "감 다 주워 간다 일어나라!" 부모의 이 한마디였다.

늦게 일어나면 밤새 떨어진 땡감을 다른 아이들이 주워 가서 하루치 군것질거리를 빼앗겼던 것. 땡감은 미지근한 논물이나 뜨물에 담갔다가 사흘 후에 먹는 거였다. 매일매일 주워 매일매일 담가야 매일매일 먹을 수 있었다.

조기회는 부락 단위로 진행됐으므로 효서는, 역시, 슬의 존재가 완연한 창교부락 조기회에 이름이 올랐는데 창교부락 여름 조기회의 대빵은 그 이름도 빛나는 왕근이었다.

빛나는 왕근. 안 빛날 수 없는 이름 왕근王根이어서 빛나는 왕근이었지만, 애국가 봉창에 이어 강후국민학교 교가를 엄숙히 제창할 때 마지막 소절 '그 이름도 아름답다 빛나는 강후!' 대신 '빛나는 왕근!'을 외치라고 왕근이가 장난친 데서 시작이 되었다.

왕근이는 장난이었다지만 애들은 겁나서 계속 빛나는 왕근!으로 불렀다. 왕근이야말로 향도생 완장을 찬 근사하게 뺑치는 6학년이었던 것. 조기회에서는 왕근이가 학교고 문교부고 국가였다. 더럽게 뺑뺑거렸다.

모두 쪼그려 앉아 국민교육헌장을 외우게 해놓고는 창교의 향도생 빛나는 왕근이는 근엄하게 뒷짐 지고 아이들 사이를 오가며 "똑바로 못해!" 소리 질렀다.

사내아이 계집아이 할 것 없이 모두 속곳 없는 짧고 헐렁한 무명 반바지를 입었던 터라 쪼그려 앉으면 어쩌다 거기가 슬쩍 보이기도 했는데 왕근이 이 짜식은 6학년인 데다가 이름도 왕근이어서인지 음흉했다.

그런데 어쩌랴. 나는 엉큼한 맘을 먹는 사람에게, 무슨 조화인지, 속수무책 이끌려―실은 옳다구나 쌩 내달아가―그의 주체할 수 없는 허세가 되어주니 말이다. 저 어린 왕근이 새끼한테까지도.

아무려나 이와 같이 창말에는 창처럼, 부재의 존재랄까,

그런 수상쩍은 것이 턱 있었는데 그것은 침묵의 깊은 구멍
인 뺑과 짝을 이루며 기억이 아닌 어떤 서슬로 마을의 숲과
사람들 사이에 고여 있었다.

깡

창말 소년 구효서는 젖 뗀 지 2년 만에 학교에 갔다. 정말. 강후국민학교 1학년에 입학을 했는데 아홉 살이었다. 효서는 일곱 살까지 어미의 젖을 먹은 것이다.

나는 이런 애들이 싫었다. 멀찍이서 쩨려볼 뿐 나는 그런 애들한테 썩 다가서지 않았다. 내가 좋아하는 애들은, 내버려두어도 저 혼자 기어 다니며 흙 파먹고 자란 애들이었다. 막촌에 이런 애들이 많았는데 그런 애들을 보면 막 신났다.

효서 같은 애들이 종종 딱해 보이긴 하지만 그렇다고 내가 먼저 손을 내밀지 않았다. 나는 깡이었으니까. 깡은 그러면 안 되게 돼 있는 이름이었으니까.

저쪽에서 먼저 의지를 보여야, 음, 나는 다가갔다. 애당초 그렇게 생겨먹은 게 나니까. 어쩔 수 없다. 말하자면 생리가 그래서. 그러니 지금도 가만 지켜만 보는 것이다. 저놈이 어쩌는지.

날은 어두웠고 바람이 불었고 추웠다. 효서는 아까부터 거북이언덕 넘는 일로 사뭇 걱정이었다. 거북이언덕은 사태말(공식 명칭은 사촌이지만 창말 사람들은 사태말이라고 했다)과 샛말 사이의 가파른 언덕. 그곳을 넘지 않고는 효서는 안동네 자기 집에 갈 수 없었다. 어째서 이름이 거북이언덕인지는 나도 알 수 없었다.

힘들어서 거북이처럼 느리게 넘을 수밖에 없는 고개라는 뜻일까. 하여간 언덕 이름 때문에 언덕 아래 사는 안 씨만 애매해졌다. 애들이 그를 무조건 '거북이네 아부지'로 불렀던 것.

거북을 낳았나? 허긴 안 씨의 거시기가 영락없는, 응, 거북이 대가리긴 허지. 어른들도 장난삼아 따라 부르다 이참에는 아주 그렇게 굳어버렸다. 거북이네 아부지…… 안 씨가 딱히 싫어하는 것 같지도 않았고.

효서는 학교에서 돌아오는 길이었다. 돌아오다가 마지막 고비를 만났다. 거북이언덕.

귀가가 많이 늦었다. 효서는 종종 하교하는 아이들의 걸음걸이를 따라잡지 못했다. 횟배 때문이었다. 내처 집으로 내닫는 아이들한테서 처져 길 위에 쪼그리고 앉았다. 그리고 하염없이 니침을 흘렸다.

그 작은 몸에서 어쩌면 그다지도 많은 침이 쏟아져 나오는지, 효서는 알았다. 배 속 창자에 우글우글 살고 있는 거위 때문이라는 것을.

사람들은 회충을 거위라고 했다. 그래서 니침을 거위오줌이라고 했는데 니침은 어째서 니침인지 모르게 니침이었다.

멀겋고 걸쭉한 그것이 마른 길바닥을 맷방석만 하게 적셨다. 효서는 배를 부둥켜안고 고통으로 몸을 꼬았다. 얼굴이 백지장처럼 하얘지고 눈동자는 푸르게 질렸다.

마지막 침을 끊어내고 간신히 일어서더라도 하늘이 노랗고 무릎에 힘이 빠져 얼른 움직이지 못했다. 이틀이 멀다 하고 벌어지는 일이었다.

그때 회오리바람이 불어와 효서의 몸을 휘감았고 마른 흙바람이 눈 속을 비집고 들어갔다. 길 위에는 아무도 없었다. 아이들이 모두 돌아간 텅 빈 길 위에 홀로 서서 효서는 일찌감치 고독이라는 것의 가혹함을 깨달았을 것이다. 마침 '나머지 공부'를 하고 오던 형원이가 아니었다면 걷지도 못했겠지.

형원이는 반에서 키가 제일 커서, 커도 이만저만 큰 게 아니어서, 깔축없이 꺽다리라고 불렸다. 세상에 그처럼 착하고 심성이 바른 아이도 없었는데 그만 받아쓰기를 잘 못해서 나머지 공부를 하고 오던 중이었다.

형원이는 눈을 제대로 뜨지 못하는 효서를 자기 집으로 데려가 따뜻한 물을 먹이고 무릇설탕조림을 주었다. 그의

70

어머니는 거침없이 효서의 눈꺼풀을 까고 혀로 눈알을 핥아 모래를 꺼내주었다.

눈을 뜨고 다시 볼 수 있게 되어 감격의 눈물을 흘렸지만, 효서의 뇌리에는 무릇설탕조림의 형언할 수 없이 이상한 맛과, 충혈된 눈알로 느꼈던 형원이 어머니의, 역시 형언할 수 없이 민망한 혀끝의 감촉이 어린 뼛속에 각인되었다.

그러느라 귀가가 늦어졌다 그러느라.

어여 조심해서 가아.

어른처럼 굵은 형원의 목소리에 기가 죽어 효서는 대답도 못 하고 고개만 끄덕였다. 형원이는 자기 동네 초입까지 효서를 배웅했다.

아, 벌써 어두웠네 그랴.

형원이는 중얼거렸다. 1학년생의 말투라니. 쟨 어쩌면 중학생이어야 하는데 받아쓰기 때문에 계속 계속 계속 낙제해서 아직도 국민학교 1학년인 건지도 몰라.

이건 내 생각이었다. 나는 형원이 같은 애를 좋아하는데 너무 좋아했던 나머지 형원이가 나무에서 떨어진 적이 있었다. 깡 하면 형원이었고 형원이 하면 깡이었다. 겨울 난로 땔감 하느라 범학교 차원에서 솔방울을 따러 전교생이 산에 올랐는데 솔방울을 가장 많이 딴 것이 형원이었다.

소나무에 가장 높게 올라가는 게 언제나 겁 없는 형원이었으니까. 내가 또 막 응원하고 부추겼으니까. 그러다 바닥으로 떨어졌다. 쿵. 형원이의 덩치 떨어지는 소리와 진동 때문에 온 산의 새들이 일제히 하늘로 날아오르던 광경을 반 친구들 모두가 지켜보았다.

효서가 형원이 앞에서 고개만 겨우 끄덕였던 것은 염치없이 신세만 진 때문도 굵은 목소리 때문도 아니었다. 못 가진 자가 느끼는 가진 자의 늠름한 기품. 그것 때문에 어쩔 수 없이 주눅이 들었다. 효서에게는 한 줌도 없고 형원이에게는 자루 속 쌀처럼 그득한 것이 깡이었다.

거북이언덕 앞에서 효서가 걱정에 휩싸인 것도 그 때문이었다. 매일 넘나드는 언덕인데 딱히 오늘만 더 힘들 리 없었다. 그러나 오늘은 많이 늦었다. 그래서 어두웠고 무서웠다.

거북이언덕이 그냥 거북이언덕이 아니었던 것이다. 가파르고 움푹 파인 박석고개며 그 꼭대기가 서낭당이었던 것. 밤이면 서낭 귀신이 깨금발로 내려온다는 서낭당.

내 도움 없이 효서는 결코 거북이언덕을 넘지 못할 것이다. 하지만 효서는 어이없게도 나를 귀신과 다르지 않게 여기니 맘대로 하라지. 나는 재미나게 지켜볼 뿐. 저놈이 어쩌는지.

창말에는 귀신 나오는 곳이 두 곳인데 거북이언덕 서낭당이 하나고 다른 하나는 안동네와 막촌을 잇는 길섶의 우물이었다. 우물이랄 것도 없이, 그냥 엎드려 입을 대면 물을 먹을 수 있는 샘이었다. 평소에는 맑고 차가워서 이 집 저 집이 김치 그릇을 동동 띄우는 곳. 동이에 물을 길을 때 옥잠화 두어 잎 함께 따라 올라오는 정겨운 샘이었다.

그러나 밤이면, 그곳에서 하얀 소복 귀신이 다소곳이 앉아 밤새도록 밑 빠진 바가지로 물을 길었다. 아이들은 그 샘 곁을 지날 때 전후 100미터 도합 200미터쯤을 목에 핏대가 서도록 노래를 불렀다.

겁에 잔뜩 질린 눈으로나마 고래고래 노래를 부르며 기어코 샘을 지나는 아이는 그래도 깡이 있는 아이로, 그렇지 못한 아이들의 부러움을 샀다. 나는 느긋하게 지켜보다가 너끈히 샘을 지나는 아이가 있으면 얼른 다가가 어깨에 올라타주었고 아이는 부쩍 으쓱거리며 백마부대 노래 청룡부대 노래를 줄줄이 이어 불렀다.

200여 미터의 칠흑을 노래로 지나려면 레퍼토리가 만만치 않아야 하는데 부를 노래가 없으면 깡이라도 세야 하고 깡이 없으면 노래라도 많이 알아야 했다. 둘 다 못하면 귀신에 잡아먹히든가 당초 밤 나들이를 말거나.

하여간 샘을 지나려면 아는 노래를 사력을 다해 기억해내야 하는데 아이들이 아는 노래라고 해봤자 「퐁당퐁당」부터 「예비군 가는 길엔 승리뿐이다」까지였고 그걸 다 부르면 얼추 바닥이 나게 마련이었다. 마지막 비장의 레퍼토리는 누구에게나 4절짜리 「애국가」였다. 4절이니까. 이것마저 다 불렀는데도 미적미적 샘을 지나지 못하면 귀신한테 먹힌다고 했다. 그래서 '동해물과 백두산'은 아주 비장했고 '무궁화 삼천리 화려강산'은 피를 토하듯 했으며 '대한 사람 대한으로 길이 보전하세'는 처절하고 장렬했다.

효서는 샘 근처에도 못 가고 밤만 되면 일찍 자는 아이였다. 한낮의 샘을 지나칠 때조차 밑이 쫄밋거리는 아이. 정말 난 이런 애가 싫었다.

불행 중 다행으로 효서는 오늘 샘을 지나지 않아도 되었다. 샘은 안동네와 막촌 사이에 있는 거니까. 바닷가 끝 동네가 막촌, 그 전의 안동네가 효서네 동네였다.

너 언제까지 어머이 젖 먹을 거냐? 어미의 마른 젖가슴을 붙안고 젖을 빠는 효서에게 이웃 아낙들이 물으면 효서는 손가락 일곱 개를 빳빳이 펴 보이며 목소리도 또랑또랑하게 일곱 살까지요, 라고 대답했다. 그리고 정말 일곱 살 되던 해 정월 초하룻날 효서는 젖을 뗐다. 여느 날과 같이 적삼을 풀고 가슴을 내민 효서 어미는 젖을 보고도 나 몰라라 하는 아들이 수상해서 물었다.

왜 안 먹어? 그랬더니 효서 왈. 아, 오늘부터 일곱 살인 거 몰라? 신경질을 내더란다. 효서의 약속을 깜박 잊었던 그의 어미는 아, 그러셔? 했단다. 들은 말이다.

어쨌든 효서가 젖을 뗀 지 2년 만에 학교에 입학한 건 틀림없는 사실이었다. 젖을 떼기 전에 한글부터 깔끔하게 뗐다.

늦게까지 젖을 먹고 아홉 살이 되어서야 학교에 들어갔던 건 딱히 효서의 잘못이랄 수는 없었다. 그가 워낙 선병질이 었기 때문에 그로서도 부모로서도 그렇게 하는 것이 최선이 었을 것이다. 그의 어미는 그에게 오래오래 수유를 했고(다른 수가 별로 없었다), 그의 아비는 그가 일곱 살 되던 해부터 매년 입학원서를 들고 찾아오는 면 서기보를 번번이 소리 질러 쫓아버렸다.

이보오, 서기(로 슬쩍 직급을 올려주면서) 선생. 학교가 말이지, 응? 왕복 20리인데 아 저런 새 다리 빌빌이가 감당할 수 있겠소?라고 좋은 말로 돌려보낼 수도 있었건만 굳이 소리를 질러 비렁뱅이 내쫓듯 면 서기보를 쫓아버린 것은 순전히, 정말 순전히 효서 아비의 성격 탓이었다.

고통스럽게 거위오줌을 입으로 흘리며 아무도 없는 텅 빈 하곳길에서 혼자 야윈 몸을 꼬는 효서가 안쓰럽기는 하지만 그건 그거고 깡은 깡. 썩 의연하게는 아니더라도 조심스러운 눈빛만으로라도 나는 효서가 나를 요청하기를 기다리는 것이다. 내가 알아서 먼저 다가가면 깡의 효과가 생기지 않는데 참 난들 어쩌겠는가.

그래서 나는 그를 지켜만 보는 것이다 오늘도. 마침 저문 길 서낭당의 거북이언덕 앞에 홀로 당도했으니 효서에게도 드문 기회가 아니겠는가. 궁하면 통하는 법. 나를 요청하겠지. 나를 바라보겠지 오늘은. 이토록 궁할 때도 없었으니.

그동안은 아닌 게 아니라 궁하지 않아서 깡이 생기지 않

깡

왔던 건지도 모른다. 매운 고추 먹기 내기할 때도 반 개 먹고 눈물 질질 흘리며 뱉었고, 높은 데서 뛰어내리기 할 때도 번번이 오금을 꺾고 주저앉았다. 뱀 토막 내기 때와 벌집 쑤시기 때는 누구보다 먼저 줄행랑을 쳤다. 사나운 장닭에게 쪼일까봐 순덕이네 집은 얼씬도 하지 않았다. 그 집 장닭은 애들만 보면 화다닥 달려들어 발톱과 부리로 귀와 얼굴을 할퀴고 쪼았다. 샛말 군수집 앞도 효서는 지나지 못했다. 그 집엔 사나운 거위 두 마리가 있었는데 꽈르릉 꽈르릉 울다가 걸핏하면 머리를 땅에 착 붙이고 악어처럼 사람에게 돌진했다. 그것을 피해 효서는 양수로 건너 논두렁을 돌아 학교를 오갔다. 효서에게는 언제나 퇴로가 있었던 것. 겁나면 주저앉거나 돌아가거나 도망치거나 울면 끝이었다. 나한테 기댈 생각은 않고.

언젠가 갑문을 지날 때가 있었는데 효서에게는 진짜 그때가 절호의 기회였다. 앞으로도 뒤로도 갈 수 없는 상황에 처했던 것이다. 이대로는 죽겠다 싶을 때 사람은 죽기를 각오하고 깡다구를 부리는 법. 그렇게 본의 아니게라도 한번 부리고 나면 점점 깡이 늘게 마련이었다.

창말 앞 너른 개간지에는 길고 넓고 깊은 수로가 굽이굽이 놓여 있었다. 창말 사람들이 갯고랑이라고 하는 그것의 하구가 막촌이었고 그곳에 담수량을 조절하는 갑문이 있었다. 한쪽은 바다 한쪽은 수로. 그 사이에 좁은 갑문. 창말 사람들은 갑문을 다리 삼아 저쪽 망월리로 넘어가거나 그곳에서 창말로 넘어왔다. 개펄로 해이를 뽑으러 가거나 게를 잡으러 갈 때도 갑문을 지났다.

그런데 이 갑문이라는 게 만만찮게 높은 데다 폭은 좁아서 지나다니기가 쉽지 않았다. 으르렁거리며 갑문 밑을 흐르는 물의 기세가 어마어마해서 효서 같은 애들은 언감생심 발을 딛지 못했다.

당연히 애들은 이곳을 지나느냐 못 지나느냐로 깡의 서열을 따졌다. 깡 없는 애들은 갑문 넘는 것이 꿈에도 소원이었다. 큰맘 먹고 한 발짝 들여놓았다가도 후들후들 떨며 후퇴하기를 몇 차례.

마침내 어느 날 효서가 갑문의 중간에 이르렀다. 딱 중간. 내가 보기에 그것은 깡이 아니라 객기나 얼결에 가까웠지만 하여튼 뭔가에 한껏 상기돼서 효서는 갑문에 올랐고 중간까지 이르렀던 것이다.

하지만, 그럼 그렇지, 어련하겠어? 콰르르르릉. 빠른 물살이 거대한 혓바닥을 날름거리며 삼킬 듯 포효했던 것. 효서의 발바닥은 그 자리에 쩍 달라붙고 말았다.

그러나 그 지점이 정확히 갑문의 한중간이었다. 앞으로 갈 수 없다면 돌아올 수도 없는 지점. 온 만큼의 거리를 어떻게든 다시 이동하지 않으면 안 되는 위치. 깡을 요청하기에는 더할 나위 없는 기회. 나는 기다리고 있었다.

그러나 효서는 그때 나를 부르지 않고, 냅다 다른 소리를
질렀다.

"찢어졌잖아!"

무슨 소리래? 찢어졌다니 뭐가? 내가 어리둥절하는 사이
효서는 한 번 더 소리를 질렀다. 첫 번보다 훨씬 날카롭고
신경질적으로.

"찢어졌잖아!"

짧은 외침에 ㅉ이 무려 다섯 개나 들어간, 정말 찢어지는
소리여서 주변의 귀신들이 쩡하고 정신을 차릴 정도였다.

뭐냐? 상황을 보자. 정말 뭐지? 가만 보자. 무슨 일이냐.
나는 중얼거리며, 눈을 비비고, 효서가 놓인 사정을 굽어보
았다. 그리고, 응, 이내 알아버렸다. 저기 저 앞, 갑문 너머,
그곳에 먼저 도달해 있는 사람이 하나 있었으니, 효서의 어
미였던 것.

효서는 어미에게 외쳤던 것이다. 내 신발이, 이 망할 놈의
꺼먹 고무신이, 원래 좀 찢어져 있던 걸 당신도 알고 있었잖
냐. 그런데 발바닥에 땀이 나서, 그래서 좀 미끄러지는 바람
에 찢어진 데가 좀 더 찢어졌다. 아, 헐렁거려서 못 걷겠다
도저히. 안 보이는가 이 찢어진 고무신이. 어머이라는 양반
아. 막내아들이 찢어진 고무신 때문에, 순전히 그것 때문에,
깡이 없어서가 아니라 정말 이 빌어먹을 고무신 때문에 지
금 옴짝달싹 못하고 있는 게 안 보이는가. 안 보이는가.

"찢어졌잖아!"

더 크고 오만하고 찢어지는 목소리로 악을 썼다. 까마귀도 귀를 막을 만큼.

효서의 발악에 어미는 시종처럼 갑문 한가운데로 불려 왔다. 그리고 떨고 있던 아들을 답삭 업어 가볍게 갑문을 건넜다.

자신의 말 한마디면 어미는 산이라도 옮길 거라고 믿어 의심치 않는 효서였다. 터무니없으나 이런 흔들림 없는 믿음이 그토록 크고 오만하고 버르장머리 없는 외침을 만들어 냈다. 결국 효서는 지금까지 깡이 궁했던 적이 한번도 없었던 것.

깡도 깡이지만 반성을 모르는 방자함의 콧대를 꺾기 위해서라도 놈에게는 실질적인 진퇴유곡이 필요했다. 그것이 지금의 거북이언덕 아닐까. 귀곡龜谷이거나 귀곡鬼谷이거나 어쨌든 진퇴귀곡. 그에게는 일찌감치 이런 게 필요했다.

아닌 게 아니라 거북이언덕 위에, 슬슬, 귀기가 서리기 시작하더니 무언가 희끗한 움직임이 보였다. 서낭 귀신이렷다.

형원아아.

얘는 왜 나를 부르지 않고 공연한 형원이를 갑자기 부를까 음산하게. 하여튼 지지리 궁상.

형원아아아.

형원이가 깡은 최고지만 지금 너를 지켜줄 수 없어. 갠 벌써 잠들었을 거야 쿨쿨. 나를 불러. 나에게 도와달라고 해봐. 얼른.

서낭 귀신이 허연 옷자락을 펄럭이며 거북이언덕을 허위허위 내려왔다. 서낭당에 꼭꼭 웅크리고 있다가 지나가는 겁쟁이를 날름 잡아먹어야 하는데 언덕 아래까지 너무 멀리 내려왔다.

이상하다 싶었더니 아 참 내, 저이 때문에, 하여튼 뭔가 되질 않아. 아무 도움도 안 돼 효서한테 저 효서 어미는. 저 또 답삭 없는 것 좀 보라지.

형원이가 누구야?

친구.

효서는 어미의 등에 업혀 어두운 거북이언덕을 올랐다.

친구 집에서 무릇 먹었어.

맛있었어?

이상했어 혀가.

혀가?

응.

혀가 매웠어?

아니.

아렸어?

아니라니까.

그럼 좀 떫었어?

아, 그 혀가 아니라니까?

그럼?

그냥 아니라구.

어떤 현데?

아, 그냥 아니라구우!

이 새끼가 또 소리를 막 질렀다.

어, 그래, 알았어, 알았어.

뭘 알아?

그냥 알았다구…… 엄마가.

뭘 알았냐니까?

애꿎은 밤새가 날았다. 어미가 오니 기가 살아서 지르는 소리에. 깡도 아닌 어리광에다 그나마도 업힌 주제에.

우리 막내 깡 좀 아주 시게 해주세요.

어미가 서낭당을 지나며 조용히 빌었다.

아, 글쎄 뭘 알았냐니까?

애꿎은 밤새가 또 날았다.

말해! 뭘 알았냐고오?

씨

나는 씨, 씨앗인데, 어쩌다 보니 참 애꿎게 되었다. 애꿎게 된 사정에는, 효서란 놈이 있었다. 누구는 놈을 일컬어 '창말의 소년' 운운하지만 그 말이 어쩐지 조금은 귀엽고 멋지게 들려서 나는 한번도 개를 그렇게 부른 적이 없었다. 그러기 싫었다.

씨라고 했지만 실은 5, 6월에 파종하는 완두인데 억제재배법으로 초가을에 수확하는 콩이다 나는. 콩이라는 말을 갖고 콩알이니 씨알이니 공알이니, 게다가 콩 까느니—누가 누구와 콩 깠다느니—하며 장난을 치는 바람에 내가 콩입니다, 라고 하기도 뭣한 완두.

그래서 점잖게 완두라고 하고 싶으나 내가 그러고 싶대서 그럴 수는 없는 법. 창말에는 한문 섞은 말을 들으면 실제로 팔뚝에 두드러기가 이는 사람이 많았다. 비석이나 축문은 순 한문으로 잘도 쓰면서, 정말 이상도 하지, 일상에서 한문을 섞으면 잘나빠진 유식으로 상대를 깔아뭉개려는 무뢰한 취급을 했다.

그래서 나 완두가 창말에서는 팔자에도 없는 강낭콩으로 불렸는데 기왕의 강낭콩은 그래서 색강낭콩 혹은 점박이강낭콩 등의 사이비 이름으로 밀렸다. 전락한 거지, 라고 말하면 또 창말 사람들 팔뚝에 두드러기가 번지니까 밀린 거지, 이렇게 말해야 한다 음.

물론 완두라는 말은 전락이라는 말만큼이나 한문 냄새가 진하긴 했다. 완이 무슨 완이더라. 완. 완? 완두인 나도 모르지 않은가. 완. 그러니 각설하고. 각설? 하여튼. 내가 나를 완두라고도 강낭콩이라고도 하지 않고 '애꿎은 씨'라고 말하는 사정을 이야기해야겠다. 어느 날 겨끔이의 어미인 여자가 효서의 코앞에다 한 줌의 완두, 아니 강낭콩, 아니 덜 여문 씨를 내보인 사연을.

그날 효서는 또 닭장 밖 피마자 그늘에 숨어 암탉이 알을 낳기를 학수고대했다. 이게 창말 사람들에게 대놓고 하는 말이 아니니 학수고대라는 한문을 좀 썼다. 알 낳기를 기다리는 효서의 목이 진짜로 학수, 즉 학의 대가리처럼 길어져서 피마자 그늘에 숨어도 놈의 목이며 대가리가 빤히 보였기 때문이었다.

숨으면 뭘 하나. 그의 부모는 놈이 허구한 날 달걀을 훔쳐내 건빵과 바꿔 먹는다는 걸 알았다. 다만 양심 없는 놈이 깡도 없어서 하루에 한 개 이상은 훔치지 못했으므로 부모는 모르는 척하는 것이리라.

효서에게 그런 호사마저 없다면 심심한 여름날의 길고 긴 오후에 질려 숨이 막혀버릴지도 몰랐다. 들에 나간 부모는 언제나처럼 해 질 녘에 돌아올 것이고 누이들도 학교에서 돌아오려면 한참이나 더 기다려야 했으니까.

학교에서 돌아온 효서는 찬물에 찬밥을 말고 텃밭에 나가 제 자지만 한 풋고추를 따다가 고추장에 찍어 먹었다. 그리고 대청에 누워 스윽 밖을 내다보면 세상은 온통 퍼렁.

퍼렁으로 꽉 차서 아무것도 없는 거나 마찬가지였는데 '아무것도 없는 것이 아닌 아무것도 없음'이어서 이게 참 효서에게나 누구에게나 고약한 노릇이었던 것이다.

퍼렁으로만 꽉 찬 텅 빈 세상과 뻥 뚫린 하늘. 퍼런 감나무 퍼런 밤나무 퍼런 고추밭 퍼런 강낭콩밭. 끝없이 퍼런, 지겹고 권태로운 여름날의 퍼런 오후는 사람을 한없이 늘어지게 하는 것 같지만 사실은 못 견뎌 슬슬 움직이게 했다. 슬슬. 뭐라도 해서 저 퍼렁으로 텅 빈 요망한 것을 아무려나 끙끙 메꾸어버리고 싶게 했는데, 효서에게는 그게 달걀 훔치기였다.

학교에서 돌아왔을 때 닭장 둥지에 말간 달걀 하나 동그마니 있어주면 얼마나 예쁘고 좋아. 하지만 저 퍼렇기만 퍼런 세상처럼 효서 맘대로 되어주는 것은 닭장 안 세상에도 없었다.

창말은 늘 어딘가 기운 듯 묘하게 텅 비어서 사람을 안달하게 했던 것이니 그날도 효서는 오래 견디지 못하고 대청마루에서 일어섰다. 찬물에 찬밥 말아 풋고추 찍어 먹은 지 사실은 반 시간도 못 되었는데, 놈은 마치 가만있으려 했는데 저 징그러운 퍼렁이 채근하는 바람에 어쩔 수 없이 일어선다는 듯 아, 씨이발~, 하고 제 주제에도 어울리지 않는 허텅지거리까지 뱉었다. 제 놈 스스로 좀이 쑤셨으면서. 달걀 때문에.

이래서 효서는 피마자 그늘 아래 숨게 되었다. 대청에 누워 있다가 가끔씩 나와서 둥지만 확인해보면 될 것을, 이미 몸이 달아 그럴 수 없던 효서는 그나마 피마자 잎이 커서 그늘이 넉넉한 것을 다행으로 여겼다.

암탉이 둥지에 언제 드나 노려보며 손으로는 피마자씨를 만지작거렸는데 걸핏하면 장닭이 암탉을 올라타는 통에 암탉이 둥지에 들지 못했다. 공연한 피마자씨만 조급한 효서의 손에서 으깨졌다.

내 매끈하고 길쭉한 꼬투리 안에는 대여섯 개의 동그란 씨알이 나란히 들어 있는 데 반해 송편 모양의 살짝 납작하고 둥근 세 개의 씨알이 들어 있는 피마자씨는 낭처럼 생긴

껍질에 털 같은 돌기까지 나 있어 꼭 개똥이네 할아버지의
토산불알 같았다.

개똥이네 할아버지의 고의 사이로 비어져 나온 토산불알
은 보통 사람의 두 배나 되는 데다 언제나 한쪽으로 기울어
져 있어서 아이들은 아마도 알맹이가 세 개일 거라고 생각
했다.

사람이나 동물이나 식물이나 그렇게 씨를 갖게 마련인데
달걀은 씨일까 아닐까 갑자기 궁금해졌다. 효서가 아닌 내
가 궁금했다는 말이다. 효서는 그런 거 궁금할 짬이 없었다.

수탉이 암탉 위에 올라타 덜미를 물고 암탉의 엉덩이 틈
에다 찔러 넣는 것이 씨일 텐데 그럼 암탉의 몸에서 나오는
달걀은 뭐지? 달걀도 병아리가 되는 달걀이 있고 되지 못하
는 무정란이 있으니 달걀이라고 다 씨는 아닌 것? 수탉 없는
닭장에서 나온 달걀은 병아리가 되지 못하니, 씨라면 아무
래도 수탉이 암탉의 엉덩이에 찔러 넣는, 음, 그것이 맞겠다.

어쩌면 나는 이런 생각을 하느라고, 효서는 몹쓸 수탉 때
문에 안달하느라고, 주변에 감돌기 시작한 낯선 기운을 눈
치채지 못했을 것이다. 감나무 그늘을 지나 마당을 지나 꽃
밭을 지나 피마자 쪽으로 향하는 어떤 것의 낌새를.

그것은 느리고 조용하고 은밀했다. 바람 같고 향기 같고
유령 같았다. 걷는다기보다는 흐르는 것. 발 없는 귀신이 스
르륵 앞으로 나아가는 것. 상하 운동 따위 전혀 없는 수평

이동. 스윽.

그것이 가지밭을 지나 돼지우리 용마름을 지나 역시 피마자 쪽으로 다가왔다. 오후의 햇빛을 받은 옥양목이 한가로이 바람에 날리는 모양. 희고 얇은 그것 안에서 천천히 가위 모양으로 움직이는 그림자가 사람의 다리인 것은 분명했다.

자세를 낮추고 소리 없이 먹이에 접근하는 표범의 발걸음? 그러나 가늘고 기름한, 결핍감이 완연한 사람의 두 다리였다.

그것이 피마자 그늘 앞에서 멈추었다. 효서는 보지 못했다. 놈의 눈길은 오로지 닭장 안의 둥지에 꽂혀 있었으니까. 시야를 가리는 것이 무엇인지도 모르고 그것을 피해 고개를 이쪽으로 기웃 저쪽으로 기웃하며 암탉의 움직임을 노려보았다.

그러다, 아무래도 이상했겠지. 고개를 들어 마침내 효서는 자기 앞에 우뚝 선 대상과 마주쳤다. 딱 마주쳤다 여자와.

여자가 효서 앞에 서 있었을 뿐인데 어째서 딱 마주쳤다고 느꼈던 걸까 나는. 게다가 우뚝 선 대상이라니.

여자는 우뚝 서고 말고 할 것도 없었다. 작은 키는 아니지만 그렇다고 큰 키도 아니었다. 살집도 없었다. 야위고 눈이 쾡한 여자에게 우뚝이라는 말은 어울리지 않았다. 쇄골이 앙상하고, 살이 없어 어깨 끝이 뾰쪽하게 각진 여자에게 무슨 우뚝.

어쩌면 여자는 그곳에 간신히 서 있었던 건지도 몰랐으나 어찌 된 일인지 그녀가 효서 앞에 서 있는 동안 모든 게 멈춘 듯했다. 모든 게. 그녀를 에워싼 퍼렁들. 바람, 구름, 소리들. 햇빛과 시간. 나른함과 심심함까지 모두. 판박이로 박아놓은 그림처럼 딱 정지했다.

그녀에게는 이름이 없었다. 그냥 여자였다. 언젠가 지워졌을 그녀의 이름은, 회복되지 않았다. 창말 사람들은 그녀를 한사코 여자라고만 불렀다. 무엇이 지워졌던 걸까. 왜 지워졌을까. 지워진 그것은 얼마큼이었을까. 빈 채로 빈 것을 가득 안고 살아가는 여자에게는 도나쓰 같은 구멍이 있었다.

그녀의 이름을 지운 사람들은, 그녀의 이름을 복원하지 않고 있는 창말 사람들이었다. 지워놓고, 지워서 생긴 텅 빈 구멍에, 그들은 무시로 빨려들었다. 확연히 빈 것에서 느껴지는 무서운 흡입력. 여자라는 익명의 자리에 어리는 엄청난 여백과 비밀스러움이 창말 사람들의 시선과 오줌 지리는 순칠이를 집어삼켰다.

그 실체가 효서의 목전에 나타났던 것이다. 효서나 나나 그저 멀리서만 보았던.

그래서였을 것이다. 그녀를 '우뚝 선 대상'으로 말해버린 까닭은 아마도 그래서.

여자가 효서 앞에다 자신의 오른쪽 팔을 천천히 들어 올렸다. 효서는 이제 닭장 안의 사정 따위는 완전히 잊은 듯했다. 효서는 입을 벌린 채 알 수 없는 낯빛을 하고 있었다. 두렵다기보다는 나른하고 차라리 안온한 패배감. 그런 표정.

여자의 팔이 효서의 얼굴 높이에 이르렀을 때서야 그녀가 주먹을 쥐고 있다는 걸 알았다. 그녀의 동작을 제외하고는 우주의 모든 움직임은 여전히 정지한 것 같았다.

그녀의 주먹이 효서의 코앞으로 아주 느리게 그러나 도저하게 다가왔다. 가까워지는 여자의 주먹을 보느라 효서의 동공이 한가운데로 몰려 내사시가 되었다.

얼마나 오래 그녀의 주먹이 효서의 코앞에 멈춰 있었던가. 마침내 여자의 주먹이 거거조개처럼 열리고, 한 줌의 씨가, 햇빛에 드러났다.

드러났는데 그게 다름 아닌 나였다. 나이면서 나 아닌 다른 나들. 창말에서 강낭콩이라는 남의 이름을 달고 사는 8월의 완두. 그것이 그녀의 작은 손바닥 안에 소복이 쌓여 있었다.

효서는 그것을 말없이 바라보았다. 감히 여자와 눈 맞출 수 없다는 듯 그것만 바라보았다. 색색 숨을 몰아쉬면서 그것만 바라보았다. 두 다리가 나무처럼 땅에 박혀 떼지도 못하고. 그렇게 또 얼마나 시간이 흘렀을까. 시간마저 정지되었으므로 흘러도 흐른 시간이 아니었다.

씨앗이라기엔 아직 덜 여문 콩이었다. 여자의 손바닥 위에 소복한 서른 개 남짓의 콩. 아이들은 그런 덜 여문 콩을 땄다. 다른 콩처럼 비리지도 아리지도 않고 오히려 단맛이 있어 딱딱하게 여물기 전에 아이들은 날것을 따 훑어 먹었다.

8월의 완두는 그런 거였다. 작고 부드럽고 빛나고 촉촉하고 들큼한 연록의 것. 아직은 씨가 아닌 것. 그런데 어째서 이게 씨가 되었단 말인가. 그것도 애꿎은 씨가.

효서가, 이윽고, 고개를 들고 여자를 바라보았다. 어떤 기운에 이끌려 놈이 여자를 바라보았던 것인데 그 기운이란 다름 아닌 여자의 염력이었다.

고개를 들라는. 어서 고개를 들라는. 여자의 밑도 끝도 없이 깊고 어두운 눈과 마주치고서야 효서는 그걸 깨달을 수 있었다. 여자의 염력이 고개를 들게 했다는 것.

그녀의 눈은 텅 비어서 깊이를 알 수 없었다. 없는 것의 색깔은 흰색이 아니라 검정색이라는 것을 효서는 알았을까. 모든 것을 빨아들이는 색.

여자의 눈이 무어라 말을 했다.

검은 것에서 흘러나오는 것을 효서는 알아듣지 못했다.

다시 여자의 눈이 무어라 말을 했다.

효서는 여전히 알아듣지 못했다.

여자의 눈이 빨아들일 듯 효서를 바라보았다.

오줌을 쌀 것 같았다 효서는.

여자의 눈이 무어라 말을 했다.

효서는 알아듣지 못했다.

여자의 눈이 말했다.

효서는 못 알아들었다.

벙어리는 아니지만 여간해서는 말을 하지 않았다 여자는. 이름이 지워지면서 말도 따라 막혔던 걸까.

여자의 깊은 눈구멍이 무어라 말을 했다.

효서는 알아듣지 못했다.

여자의 눈이 말했다.

효서는 고개를 가로저었다.

여자도 고개를 가로저었다.

효서가 다시 고개를 가로저었다.

여자도 힘차게 고개를 가로저었다.

안 돼! 여자는 그렇게 말하는 것 같았다. 콩을 쥐지 않은 왼손 손가락으로 오른 손바닥 위의 콩을 가리키며 고개를 가로저었다. 안 돼.

효서가, 고개를 끄덕였다.

알아먹은 것이다 효서는. 그것이 무슨 콩인지. 그리고 여자의 눈빛이 무얼 말하는 것인지.

효서를 바라보며 여자가 다시 한번 다짐받듯 고개를 가로 저었다.

효서가 고개를 끄덕였다. 끄덕이던 고개를 폭 숙였다.

대화는 끝이 났다.

여자의 동작도 멈추었다.

여자는 세상과 함께 얼마간 더 멈추어 있었다.

이 수수께끼 같은 대화의 사연을, 나는 아는 것이다. 나는 씨였으니까.

전날 효서가 겨끔이의 다리 사이에다 콩을 하나씩 넣었던 것. 작고 부드럽고 빛나고 촉촉하고 들큼한 연록의 것을. 비리지도 아리지도 않고 단맛이 나는 덜 여문 나를 효서는 먹지 않고, 한 알 한 알 겨끔이에게 넣었다.

겨끔이는 가끔 산자락의 좁은 오솔길을 따라 비단털쥐처럼 마을로 가만가만 내려왔다. 으슥한 쑥구렁의 겨끔이네 집으로 통하는 유일한 오솔길이 효서네 감나무 밑 그늘과 닿아 있었다. 여자든 겨끔이든 자신들의 쑥구렁 움막을 떠나 산자락을 내려올라치면 맨 처음 만나는 집이 효서네였다.

겨끔이는 쑥구렁의 퍼렁과 지루함을 견디지 못해 아주 가끔 정말 비단털쥐처럼 조심스럽게 모습을 드러냈다. 쥐눈이 콩처럼 작고 까만 눈을 반짝이며.

쑥구렁은 멀고 깊고 어두운 곳이었다. 겨끔이는 가만가만 오솔길을 따라 세상으로 내려오다가 사람이라도 만나면 놀라 도망쳐 쑥구렁에 숨었다.

겨끔이는 효서와 나이가 비슷했으나 계집애인 데다가 말이 없고 얼굴이 말갛고 항상 겁에 질려 있어서 효서보다는 한참이나 어려 보였다.

겨끔이가 겁내지 않는 유일한 대상이 효서였다. 매일 혼자 심심해 죽는 효서와 몇 번 마주친 적이 있었고, 효서라는 애가 워낙 겁주는 애가 아닌 겁먹는 애라서 그랬을지도. 하지만 무엇보다 건빵 때문이었다. 겨끔이도 효서 못지않게 건빵에 묻은 설탕을 좋아했다.

효서는 건빵 하나를 겨끔이의 입에 넣고 콩 하나를 밑에다 넣었다. 처음에 그러다가 나중에는 건빵 한 개에 콩 두 개, 건빵 한 개에 콩 세 개로 늘렸다. 겨끔이는 입을 벌려 건빵을 쏙 받아먹고 다리를 벌려 콩을 받아먹었다.

두 어린 새끼들이 그랬던 것이다 여름 한낮에 대문 문턱에 걸터앉아서. 퍼렁 퍼렁투성이의 세상 한가운데서.

행랑채 대문 문턱은 다리를 벌리고 마주 걸터앉기에 좋은 높이였다. 드나드는 소 발굽에 치여 문턱 모서리가 둥글게 마모되었기 때문에 맨 엉덩이로 앉아도 배기지 않았다.

그곳에 걸터앉아 마주 보고 처음엔 계급장 놀이를 시작했던 것인데 어느 순간 겨끔이의 작은 틈이 효서의 눈에 띄고 말았다.

작았지만 맹랑할 만큼 깊어 보여서인지 어째서인지 효서는 느꺼워 안절부절못했고 뭐라도 하지 않으면 안 될 것 같은 기분에 사로잡혔다. 계급장 놀이 따위 말고 다른 어떤 일. 정말 그런 일 말고 다른 일.

그런데 그 다른 일이 어떤 일인지 효서는 알지 못했다. 못했을 것이다. 텃밭으로 다가와 공연한 나를 훑어버린 걸 보면. 내가 무슨 죄? 죄라면 효서에게 있었다. 놈이 한참 덜 여물었다는 것, 나보다도 덜 여물었다는 것, 그래서 느꺼움의 이유가 무엇인지 알지 못했다는 것.

넣어도 넣어도 채워지지 않아 결국 여자의 손에 쥐어져 있던 만큼의 콩을 정신없이 넣었던 것인데, 마침내 건빵도 빠르게 동이 난 터라 효서는 부리나케(어떻게라도 한 봉지 더 사 와볼까 하고) 닭장으로 달려갔고 겨끔이는 혼자 먹은 건빵에 배가 불러 행랑채 대문 설주에 기댄 채 곤한 낮잠에 들었다. 딸을 찾아 내려왔던 여자가 겨끔이를 업고 쑥구렁으로 돌아갈 때까지 효서는 닭장만 노려보았다.

순전히 효서의 잘못이랄 것도 없었다. 모두가 빈 구멍이나 틈을 찾아 제 나름 기운생동하는 것들을 보면 그랬다. 수탉은 암탉에게 오늘도 사뭇 짓궂고, 나도 여름내 방자하게 꽃 피고 열매 맺었으며, 순칠이는 여자를 보고 참지 못해 개처럼 짖거나 헐떡거리지 않던가. 순칠이네 어머니는 두껍고 빨간 입술로 빨래터 아낙들에게 음탕한 얘기를 비눗물처럼 흘리고, 개똥이네 소는 암내를 못 이겨 지금 저렇게 쇠비름 뜯다 말고 눈부신 배롱나무꽃 아래서 경중경중 뛰지 않는가.

밑도 끝도 없이 북받치는 이유를 효서만 모르는 걸까. 그럴까. 청춘이나 더 나이 먹은 인물들은 뭐 아나 제대로? 알고 하나? 왜 전쟁을 해야 하는지 알고들 하나? 그냥 뭔가에 가쁜 거지. 가빠서 그러는 거지. 다. 막 가빠서.

어쨌든 나는 이제 하나 알았다. 씨가 들어가 뿌리를 내릴 만큼 영근 입이라야 씨입이라고 부른다는 것을. 애가 아닌 어른 여자의 것만을 따로 씨입이라고 하는 이유를.

그러니까 세 경우의 부족함을 알았다는 것이다. 어린 겨끔이의 것은 씨를 받아 키울 입이 못 되었으며, 효서의 것은 입에 들어가 싹 틔울 씨가 못 됐고, 나 또한 덜 여문 8월의 완두라서 씨가 될 수 없었다는 것.

그러니 여물어보지도 못하고 겨끔이에게 한 뭉텅이 들어갔다가 여자의 손바닥에서 최후를 맞는 나의 애꿎음이 오죽하겠는가.

꿀

세상이 온통 퍼렇기만 해서 효서는 좀이 쑤셨는데 걔만 그랬던 것은 아니었다. 다 그랬다. 4학년이 되기 전에는 다.

그리고 그게 꼭 퍼렁 탓만도 아니었다. 남아도는 시간 탓도 있었다. 그러니까 창말 안동네 애들이 좀이 쑤시는 것은 퍼렁 때문이 반, 남는 시간 때문이 반이었다.

4학년이 되면 과목도 늘고 그래서 수업 시간도 늘고 게다가 산수 시간에 분수인지 뭔지 요상한 걸 배운다나. 그리고 담임선생들 성질도 하나같이 지랄 같다나 어쩐다나. 때리기도 엄청 때리고 울어도 얄쫠없다나.

소문은 무성했으나 3학년 효서 범칠, 2학년 웅칠 남식 기욱, 1학년 긍칠 장우 개똥이는 그러거나 말거나였다. 그러거나 말거나 담배나 한 대 빨자였다. 4학년은 4학년이 돼봐야 아는 것.

아, 무시기 신경 쓸 거 읎어. 담배나 제대로 함 말아보라마.

긍칠이가 길재 아비 흉내를 냈다. 1학년 쫄짜가. 하지만 담배를 피우는 자리니까 쫄짜 노릇까지는 하지 않으려는 것이다 긍칠이는. 담배라면 긍칠이가 제일이니까.

길재 아비는 전쟁 때 이북에서 내려온 키 큰 홀아비였다. 자식이 없는데도 그를 길재 아비라고 불렀다. 그리고 길재는 길재 아비의 이름이었다. 이상하지만 그랬다.

하도 키가 커서 얼굴을 보려면 한참을 올려다봐야 하는 인물이었다. 담배를 피울 때 긍칠이는 꼭 길재 아비 시늉을 했다.

꼴값 떨고 있어 저 새끼가.

웅칠이가 씨불였지만 화났거나 악의가 있어 한 말은 아니었다. 웅칠이는 경칠이의 동생이고 긍칠이는 순칠이의 동생이었으니 그들도 칠 자 돌림 사촌 간이었다.

그래서 화를 안 냈다기보다는 지금 애들은 은밀하고도 짜릿한 공범 의식으로 한껏 뭉쳐 있는 거였다. 김밥처럼 굵고 김밥처럼 긴 담배 끝에 불을 붙이고 긍칠이가 길게 한 모금 빨았다. (창말에선 김밥을 썰어 먹지 않는다. 통째로 두 손으로 쥐고 입으로 끊어 먹는다.)

아효, 꿀맛이구만기레.

긍칠이의 말이 담배 연기와 섞이면서 목소리가 어딘지 더 멋지고 어른스러워졌다. 역시 담배와 어울리는 것은 단연 긍칠이었다. 1학년이지만 이럴 때는 100학년도 더 됐다. 다른 애들도 썩 잘 피우는 쪽이었으나 긍칠이의 탁월한 흡연 맵시만큼은 모두가 인정하는 바였다.

그런데 꿀맛이라니. 맵고 쓰고 냄새 고약한 담배 맛을 내 맛에 비유하다니. 내가 보기엔 가당찮기가 이만저만 아닌 것이다. 하지만 꿀인 내가 또 어찌 알랴. 홍어 맛도 꿀맛이라고 하는 저 인간 종류의 기괴한 취향을.

하, 봉초를 물고 누워 하늘을 보니끼니.

똥폼 좀 그만 재라 새끼야.

1학년 긍칠이가 길재 아비 시늉을 하자 2학년 웅칠이가 씨불였다.

봉초는 지랄.

2학년 남식이가 가세했다.

봉초가 뭔지는 아냐 너?

1학년 개똥이가 긍칠이에게 물었다.

저 하늘이나 좀 보라마 간나아 개똥 새끼야……

만만한 개똥이에게 긍칠이가 쏘아붙였다.

죽는다 너.

개똥이가 발끈.

말로만 그러고 놈들은 조금도 노여워하지 않았다. 보리밭 한가운데 숨어 한껏 신나는 것이다 지금 서로가. 하지 말라는 짓 하는 것이. 하지 말라는 짓. 이보다 신나는 짓이 세상에 있을까?

어, 바람…… 분다!

썰렁한 3학년 효서라니.

그래서 어쩌라고?

3학년 범칠이가 놓치지 않고 씹었다. 범칠이는 순칠이의 동생이며 긍칠이의 형.

아무려나 그런 것 갖고 싸움은 되지 않았다. 여덟 명이 10리 하굣길을 오로지 땅만 꼬나보며 담배꽁초를 주워 모았기 때문에 다른 날에 비해 물량도 풍부했다. 넉넉한 놈들은 그래서 지금 해낙낙한 것이다.

앗싸라비 돈만 먹고 술만 내라 꿍따라닥닥 삐약삐약.

저 자발없는 긍칠이만 봐도 알 수 있는 것이다 놈들의 기분을.

짧디짧은 꽁초를 버린 누군가를 향해 노랑이 방구 좀팽이 새끼라고 침 뱉으며 욕할 필요도 없었다 하여튼 오늘은. 담배 가루를 넉넉하게 쟁여 농민신문으로 둘둘 말았으니까. 김밥처럼 길고 굵어졌다. 그러면 됐지 봉초를 알고 말고 할 것까진 없었다.

"으아 산 너머 남촌에는 누가 살길래……."

긍칠이가 노래했다.

청승은…….

웅칠이가 씨불이려다 말았다.

꿀

"으아 해마다 봄바람이 남으로 오네."

노래가 담배 연기에 섞여 흘렀다. 잘 흘렀다.

다들 김밥만 한 것을 하나씩 입에 물고 하늘을 바라보았다.

"으아 꽃 피는 4월이면 진달래 향기."

"으아 밀 익는 5월이면 보리 내음새."

멀리서 뻐꾸기가 뻐꾹, 하고 울었다. 또 뻐꾹, 하고 울었다. 노래 사이사이로 뻐꾹 뻐뻐꾹.

5월도 지난 6월이었다. 신록이 막 퍼렁 퍼렁으로 짙어질 즈음이었다. 퍼렁 퍼렁이어서 좀이 쑤시는 것이 아니었다. 온통 눈에 덮이는 흰 겨울에도 좀이 쑤시는 건 마찬가지.

꽃 피는 4월에도 밀 익는 5월에도. 뻐꾹새 종달새가 울어도. 4학년이 되고 5학년이 되어 과목 수가 늘어나도 마음은 여전히 들뜨고 초조하여 가만히 있지 못하는 것이지. 그냥 뭔가에 가쁜 거지. 가빠서 그러는 거지. 막 가빠서.

무언가 없는, 모자라는, 빈, 사라진, 뚫린, 유실되고 결여된, 그리하여 죽은 사람의 입처럼 허망하게 열려 있는 그런, 알 수 없는 창말의 깊고 검은 익명의 무엇. 수렁 같은 그걸 메꾸려고, 자꾸 그러려고 가쁜 거 아닐까 다들 애 어른 할 것 없이.

그러면서도, 가쁘면서도, 저 꿀맛이라고 하는 선악 구별 없는 나른한 평화의 담배 맛은 어디서 오는 걸까. 어른 말이며 선생 말은 죽어라 안 듣고 머리에 피도 안 마른 것들이 살살 담배나 피우는, 그러면서도 어딘지 웅숭깊어 보이는 저 체념과 무기력의 평온은 무엇일까. 의젓한 어른 흉내 또.

모르겠다. 모르겠지만 꼭 알 바도 아니며 게다가 내가 알 바는 더욱 아닌 것 같다. 알아도 몰라도 있을 건 있고 없을 건 없다.

창말의 많은 것들이 그렇다. 안다거나 모른다고 해서 창말의 이런저런 것들이 이렇게 저렇게 바뀌거나 달라지지 않는다. 좀처럼. 여간해서는.

다만 내가 아는 것은 궁칠이가 말하는 꿀맛이라는 것이 제유(提喩 : 맛있는 모든 것을 꿀맛이라는 말로 대표해 비유함)만은 아니라는 것이다. 궁칠이의 흡연은 '실제 꿀맛'에서 시작된 것이며, 꿀맛 때문에 자꾸자꾸 피워서, 나중에는 담배가 정말 꿀맛이 되어버린 경우였으니까. 내가 모를 까닭이 없다. 꿀이지 않은가 내가.

물론 얘네들이 담배를 피웠던 것은 일단 한 시간 넘게 걸리는 하굣길의 따분함 때문이었다. 산길과 들길을 걷다 보면 아닌 게 아니라 그저 퍼렁 퍼렁밖에 없고, 그저 그런 나무, 그저 그런 달구지, 그저 그런 두엄 더미밖에 없었던 것. 가도 가도 그랬던 것. 가도 가도.

물론 메뚜기도 잡고 뱀도 잡고 쫀드기풀도 뜯어 씹었지만 여간해서는 매일매일 되풀이되는 10리 하굣길의 심심함은 가시지 않았다. 그래서 메뚜기도 그냥 잡고 마는 게 아니라

잡아서 뒷다리 떼고 앞다리 떼고 겉날개 속날개 떼고 목 비틀어 따고 나중에는 밟아 으깨 죽였다.

뱀도 그냥 때려잡고 마는 것은 시시하다 하여 '삽으로 깡깡' 토막을 냈다. 삽날 어깨에 두 발 올리고 쓰러지지 않게 중심 잡으며 콩콩 뛰는 걸 '삽으로 깡깡'이라고 했는데, 후일 도시에서 '스카이 콩콩'으로 발전한 놀이의 기원이 그것이었다.

뱀을 늘 그런 식으로 잡은 것은 아니었지만 겁 모르는 뱀이 일행 앞에서 재수 없게 하굣길을 가로지르거나, 시골에선 어디서나 흔한 삽이 때맞추어 멀지 않은 곳에서 발견되면 애들은 미친 듯이 소리를 질렀다. 소리가 어디서 솟구치는지도 모르고, 숨이 왜 가빠지는지도 모르고, 저마다의 눈에 퍼런 기운이 돌고 오로지 살의 하나로 합심하고 흥분하여 겅둥겅둥 뛰게 되는 까닭을 모르고, 자기들이 태어나기도 전 이 땅을 몇 차례나 휩쓸었던 살육의 광풍도 모르고, 어른들의 꾹 다문 입 때문에 아무것도 알지 못하나 왠지 세습된 무의식일지도 모른다는 사실도 모른 채 삽을 들고 뱀한테 내달아 가서 그중 제일 '삽으로 깡깡' 잘하는 놈이 삽날 어깨에 올라, 그저 미친 말을 몰듯, 뱀의 몸 위를 깡깡깡깡 달렸다.

그런 짓을 하다 보면 슬슬 배가 고파 더는 배 꺼지는 짓은 못 하고 오직 먹는 얘기만 했는데 빈 하늘을 보며 미루꾸

가 먹고 싶다 라면땅이 먹고 싶다 건빵이 먹고 싶다고만 했
으니, 말로만 그리했으니, 허기가 채워지기는커녕 빈속만 더
쓰리고 하늘은 차츰 노래졌다.

　너 아냐? 응? 쫀드기풀하고 풋밀을 같이 씹으면 껌이 된대.

　가망 없는 이런 말들이나 주고받으며 아득한 길을 걸었다.

　너는 아냐? 응? 식초에 설탕 넣고 소다 넣으면 사이다 된대.

　정말?

　정말.

　그럼 해봤냐 너?

　아니.

　아니라고 대답한 것은 물색없는 효서.

　안 해봤으면서 어떻게 아냐?

　된댔어.

　누가?

　하여튼.

　그럼 해보지 왜.

　설탕이 없어 우린.

　없어?

　누나가 다 퍼먹어서 없어. 다 퍼먹고 기절했어.

　효서의 셋째 누나인 임순이를 말하는 것이었다. 단것이
라면 환장을 하는 임순이는 그 귀한 설탕 한 봉지를 몰래 다
퍼먹고 기절했다. 창자가 뒤틀렸으니 진짜 환장을 한 것.

꿀

그래서 없다구?

있어도 어머이가 감춰 이제. 깊이. 아주 깊이.

이런 하릴없는 얘기나 하며 하늘을 보고 땅을 보고 걷다
가 담배꽁초를 줍기 시작했다. 어느 날 문득 눈에 띄어 줍기
시작한 것은 아니고, 오래전부터 창말의 영용한 선배들이
개척해놓은 은밀한 의례 같은 것이었다 담배꽁초 주워 피우
는 게.

이제 기껏해야 3학년이어서 좀 망설였던 것. 적어도 5, 6학
년은 돼야 엄두를 낼 일이었으니까. 그런데 이미 1학년 긍칠
이까지 담배라면 100학년 정도의 폼을 잴 줄 알게 되었다.

어쨌거나 심심함과 지루함과 배고픔을 한꺼번에 날려버
리는 것으로는 숨어 빠는 김밥담배만 한 것이 없었다.

들키면 반쯤 죽다 살아날 것을 각오한 흡연은 그만큼 두
려우면서도 그만큼 자극적이고 매혹적이었다. 이 매혹은 메
뚜기 잡기나 뱀 잡기에 비교할 바가 아니었다.

차원이 다를 거라는 걸 나도 조금은 짐작하고 있었다. 오
스스 살 떨리는 쾌감을 1학년이 알게 되다니. 거기에다 담배
는 정신을 몽롱하게 하여 마침내는 두려움까지 잊게 했다.
죄의식이나 동물에 대한 연민은 애당초 털끝만큼도 없었고.
기분만 붕붕 떴다.

그러니 5, 6학년까지 기다릴 것 뭐 있으랴. 선배들도 말로
만 그랬지 사실은 1, 2학년 때 시작했을 텐데……

이것이 그 무엇 하나 여물지 않은 3학년 2학년 1학년 새
끼들이 보리밭에 숨어 담배를 빨게 된 사정이었다.

처음에는 긍칠이가 외려 잘 못 빨았었다. 어지럼증이 심
해서 빨다가 말고 빨다가 말았다. 깐에 자존심이 있어서 아
주 안 빨지는 않았다.

보리밭에 한참을 누웠다가 집에 돌아가도 어지럼증은 쉬
이 낫지를 않아 꿀물을 먹었다. 긍칠이 어머니 홍 씨가 꿀물
을 먹였다 긍칠이에게. 혀를 차며.

쯧쯧. 으그, 우리 막내 그 몸에 핵교 댕기느라 지쳤나? 더
위를 먹었나? 얼굴이 백지장이네. 쯧쯧쯧, 꿀물 먹자. 꿀물
먹자아 우리 애기.

그런데, 말이야 바른 말이지 꿀맛이 세상 제일가는 맛 아
니던가. 나라서 자랑하는 게 아니고 사실이 그렇잖은가 말
이다. 오죽하면 제유가 됐을까 제유. 맛있는 맛=꿀맛.

하여간 긍칠이가 꿀물을 먹고부터는 꿀물을 먹고자 계속
먹고자 담배를 빨기 시작했다. 담배를 피우지 않고도 어지
러운 척할 수 있었지만 담배를 피우지 않으면 백지장이 되
지 않아 백지장까지 되려고 담배를 피웠다 계속.

긍칠이가 여덟 명 중에 담배 제일이 된 까닭에는 이처럼
나의 역할이 혁혁했던 셈인데 내 위력이 그런 쪽으로 발휘
된 데 대해서는 심히 유감스럽다고 아니할 수 없다. 게다가
긍칠이마저 이제는 나보다 저 쓰디쓴 담배를 더 탐하게 되

었으니 내가 가장 알 수 없는 것은 늙거나 어리거나 저 인간이라고 하는 종의 기괴한 기호인 것이다.

궁칠이가 나를 멀리하게 된 데에는 꿀단지 사건이 있었다. 궁칠이 어머니 홍 씨는 궁칠이에게 아끼지 않고 꿀물을 타 주었으나 그렇다고 꿀을 헤프게 푸지는 않았다. 집에는 궁칠이 말고도 순칠이와 범칠이가 있었고 딸 선미까지 있었던 것이다. 다른 집도 마찬가지지만 그 집도 꿀 같은 귀한 것은 깊게, 아주 깊게 감추었다.

그날도 궁칠이는 담배에 취해, 그리고 착실하게 백지장이 되어 집에 당도했으나 어머니 홍 씨가 없었다. 꿀물을 못 먹는다면 억울해 미칠 것 같았다. 그래 보였다 그날 궁칠이는.

왜 아니었겠는가 엄청 빨았는데. 그래서 부엌 시렁의 많은 단지들을 모두 맛보기로 결심한 궁칠이는 시렁 아래에 의자를 끌어다 놓고, 팔을 높이 뻗어 단지의 뚜껑을 가까스로 열고, 긴 대나무 젓가락을 디밀어 내용물을 찍은 뒤, 혀끝에 대고 짭짭 맛을 보았던 것이다. 짭짭. 단지 하나하나 차례로 그렇게 모두 맛보기로.

그러다 궁칠이는 제 입을 싸안고 의자 밑으로 우당탕 굴러떨어졌다. 입술과 입안에 불이 붙은 듯했다. 아무도 없는 빈집에서 혼자 괴성을 지르고 버르적거리다 혼절을 했다.

홍 씨가 겨비누 만들 때 쓰려고 장만해둔 양잿물이었던 것이다. 수산화나트륨. 그 뒤로 열흘간 궁칠이는 밥을 먹지 못하고 개죽(개젖을 끓인 것)을 먹었다. 깊이 아주 깊이 감춘 것은 귀할 뿐 아니라 매우 위험하다는 사실을 긍칠이는 뼈저리게 느꼈다.

양잿물로 한 꺼풀 벗겨지고 새살이 돋은 긍칠이의 혀는 어느새 나보다 담배를 더 좋아하는, 그러니까 고진감래가 아닌 감진고래의 혀로 바뀌어 있었다.

아효, 정말 꿀맛이구만기레.

어린 긍칠이의 말소리가 허공에 담배 연기처럼 흩어졌다. 무색해진 내가 듣기에는 꿀맛이라는 말이 서글펐다.

똥폼은······.

개똥이가 구시렁거렸다. 둘의 목소리는 나른했다. 보리와 밀이 누렇게 익을수록 녹음은 짙어졌다. 누군가 매대기질 쳐놓은 보리밭 한가운데 여덟 아이가 나란히 누웠다.

동그란 하늘밖에 보이지 않았다. 햇빛이 쏟아져 내렸고 뻐꾸기가 가까이 와 울었다. 뻐꾹. 누가 왜 보리밭 한가운데를 매대기질 쳐놓았는지 아는 듯한 5, 6학년은 자기들끼리만 눈길을 주고받으며 의뭉스럽게 웃었다. 뻐뻐꾹. 그러나 지금 저 3학년이나 1학년은 모르는 것이다. 담배가 100단이라고 해도 그래서 어린애는 어린애인 것. 그저 숨기 좋고 눕기 좋은 곳이 있어 담배 빨기에 딱이라고만 생각했다.

"으아아 밀 익는 5월이면 보리 내음새."

긍칠이가 담배에 취해 흥얼거렸다.

노랫말 사이로 뻐꾸기가 울었다.

"으아 산 너머 남촌에는 누가 살길래."

뻐뻐꾹.

"으아 저 하늘 저 빛깔이 그리 고울까."

근데 저 새긴 왜 자꾸 으아 으아 거린대?

남식이가 말했다.

똥폼이라잖아.

기욱이가 말했다.

뻐꾹, 뻐뻐꾹.

효서는 잠이 들었다.

깊고 깊은, 기괴한 평화.

丛

소리다 나는. 쓰. 나의 진원은 내 소리 모양을 본떠 쓰르라미라고 이름 지어졌다. 그것은 날개가 달려서 날아다니고 그런다. 쓰름매미라고도 하지만 거기서 거기다. 양쪽 다 쓰가 들어가니까. 쓰.

그러니까 중요한 건 날개도 몸통도 아닌 쓰, 이것이라는 말이잖은가. 이게 중요할 수밖에 없다. 이게 참 얼마나 거시기한지 모른다. 그래서 중요하다 쓰가.

지금 나는 저 쑥구렁 집 여자와, 그 집 안으로 조금 전 막 들어선 사내와, 그 집 밖에서 발 동동 구르는 순칠이를 아우르고 있는 중이다. 여자와 사내와 순칠이가 내 쓰 소리 안에 깔축없이 갇혀 있다는 얘기.

맴맴 하는 맹한 소리하고는 차원이 다르다 쓰는. 맴맴 소리가 다 지나고 난 철이라야 내가 등장한다. 별립산의 산딸기가 익고 오리나무에 젖꼭지 같은 열매가 솔솔 맺힐 때까지도 미미하던 나는 드디어 개암이 익으면서부터는 실로 온 산이 떠내려가도록 창대하여지는 것이다. 맴맴 따위는 얼씬도 못하게.

가을볕에 벼가 푹푹 익어가고 그 볕이 기울어 오후 네 시쯤 되면 별립산 자락의 모든 나뭇잎들이 양귀비 꽃잎처럼 투명한 요기를 뿜어내는데, 그 사이를 쓰쓰쓰 내가 휘젓고 다니며 쓰쓰쓰 소리의 몰약을 흩뿌려대면 산중의 것들이란 짐승 초목 할 것 없이 얼이 빠져 허재비처럼 서 있게 되는 것이다.

딴 거 볼 것 없이 쑥구렁 집 밖의 저 순칠이만 봐도 알 것이다. 가을볕에 살이 타는데도 얼어붙은 것처럼 사족을 못 쓰고 있지 않은가.

물론 사내가 여자네 집을 무찌르듯 성큼성큼 들어선 것을 그가 목격했기 때문이고, 사내의 운신이 당장 무슨 사달이라도 낼 기세였으며, 사달이라는 것도 순칠이가 상상하는(상상하기 싫은) 최악의 것일 것만 같아서 한껏 쫄아붙은 것이긴 하겠지만, 순칠이가 마른 북어처럼 넋을 잃고 꼿꼿해진 데는 아무래도 쓰쓰쓰, 나의 위력에 기함한 탓이 클 것이다.

한 마리의 절박한 수컷 쓰르라미에게서 시작한 쓰는 순식간에 온 세상을 뒤덮는다. 쓰는 그렇다 원래. 한도 끝도 없이 길어지며 한도 끝도 없이 소리가 덧붙는다.

귀를 간질이던 소리는 귀를 뚫고, 귀는 미어진다. 소리는 송곳이었다가 왱왱 돌아가는 큰 드릴이었다가 착암기였다가 온몸을 감전시키는 전류가 된다.

미치지 않으려면 순칠이처럼 지레 넋을 빼야 하는 것이다. 넋을 빼면 생각을 못 하거나 생각을 해도 힘없이 비틀리거나 구부러지고 만다. 비틀리고 구부러진 생각과 감각은 어지럽게 팽창하거나 헛것과 섬망으로 돌변하기도 한다. 하지만 미치는 것보다는 잠깐 그러는 것이 낫다. 넋을 빼고 잠시 북어처럼 꼿꼿해져 멍 때리는 게 차라리. 이토록 쓰는 위험하고 무서운데, 이래서 차원이 다르다고 말하는 것이다 매암매암 따위와는.

순칠이는 효서네 감나무 밑을 지나는 사내를 우연히 보았다. 10여 분 전의 상황이었다. 상황이랄 것도 없었다. 효서네 집 감나무 밑은 누구나 지날 수 있는 거니까. 주렁주렁 매달린 감들도 쓰쓰쓰 내 요란한 소리에 익어가고 있었다.

상황이랄 만한 이유가 있었다면 감나무 밑을 지나던 사내가 그 사내였다는 점이다. 그 사내. 달밤에 혼자 뻘에 나타나 길고 굵은 팔뚝으로 아무 데나 퍽퍽 쑤시고, 나중에는 개간지 갯고랑에서 지 팔뚝만 한 꺼먹장어를 뽑아 들고 푸른 밤길을 걸어 샛말 쪽으로 유유히 사라지던 사내.

보다 보니 상황이 아닐 수 없게 되었다 순칠이에게는 모든 게 다. 사내의 걸음걸이에서 불길한 기운이 확 느껴졌으니까.

우선은 그가 정체를 알 수 없는 사람이었고, 덩치가 먹황소처럼 큰 데다, 무엇보다 그의 걸음이 향하는 쪽이 견딜 수 없는 방향이었기 때문이었다. 감나무 밑으로 난 좁은 길은 오로지 산자락의 쑥구렁 집으로 닿아 있었으니까.

순칠이는 지나치게 입술이 두껍고 커서 주체하지 못하는 청춘이었다. 언제나 입을 반쯤 헤벌리고 다녀서 모든 총기가 벌어진 입으로 빠져나간다는 놀림을 받았다. 그러나 쑥구렁 집 여자와 관련한 것에서라면 순칠이는 놀라운 순발력과 예지력을 발휘했다.

매번 절로 그렇게 돼버리고 마는 것이어서 순칠이는 때로 피곤하고 슬펐다. 그녀에 관련한 사실을 알고 느끼고 꿰뚫게 되는 게 행복하지 않았다. 혼자 알고 느끼고 꿰뚫게만 될 뿐 그녀를 똑바로 보거나 만지거나 가질 수 없었기에.

그리고 그의 순발력과 예지력이라는 것도 실은 핵심이라든가 본질이라는 범주를 정확하게 겨냥하지 못했다. 다만 순칠이는 쑥구렁 집 여자에 관해서라면 다른 사람들보다 몇십 배 몇백 배 예민하고 신경질적이 될 뿐이었다.

그리하여 사내가 효서네 감나무 밑을 지났고 그 방향이 쑥구렁 집이라는 명백한 사실이 드러나는 순간 순칠이의 순발력과 예지력은 순칠이를 아연 슬픈 허깨비로 만들어버렸던 것이다.

넋이 나가고 얼이 빠지고 머릿속이 하얘졌다. 그러면 그 자리에 붙박여 움직이지 못해야 하는데 순칠이의 몸은 절로 움직였다. 무엇엔가 단단히 잡혀 끌려가듯 질질 끌려갔다.

순칠이가 슬프고 불행하다는 것은 그 때문이었다. 생각과 의지가 증발한 텅 빈 몸이 무언가에 실려 무기력하게 옮겨 진다는 것. 깃털처럼 가볍게. 그렇게 이끌려 이끌려 당도한 곳이 여자의 집이었다.

어쨌든 순칠이가 이곳까지 온 것, 사태의 추이를 지켜보 게 된 것, 그리고 미쳐버리지 않을 수 있었던 것은 그나마 그의 이상한 순발력과 예지력 때문이었다고 할 수 있지 않 을까. 아닌가? 하여튼.

사내는 망설임 없이 여자의 집 안으로 쑥 들어섰다. 뻘에 팔뚝을 집어넣듯 쑥. 순칠이의 눈에서 사내가 사라진 것이 었다.

순칠이에게는 사내가 남긴 마당의 발자국이 공룡의 것처 럼 크고 깊어 보였다. 그랬을 것이다. 사내의 움직임은 순칠 이로서는 불가항력 그 자체였다. 사내가 보이지 않자 순칠 이의 몸은 마침내 사립 밖에 박힌 듯 얼어붙었다.

말뚝처럼 선 순칠이의 몸통과는 다르게 그의 오른팔만은 조금씩 흔들렸다. 백회 부대 안을 휘젓던 습관이었다. 자신 이 그러고 있다는 걸 순칠이는 알아차리지 못했다.

사내가 여자의 집 안으로 성큼 몸을 들여놓을 때 나는 쓰쓱, 잠시 주춤했었다. 워낙 큰 놈이 불쑥 나타난 데다 거침없기가 판무식해 보였기 때문이었다. 창말에서는 저런 놈 보기가 쉽지 않았는데 어디서 온 놈인지 참.

하지만 쓰는 곧장 쓰쓰가 되고 쓰쓰는 쓰쓰쓰쓰쓰쓰쓰쓰쓰가 되었다. 나는 쑥구렁 그녀의 집을, 그 집으로 들어선 사내를, 사립 밖에 쫄아붙은 순칠이를 금방 온통 집어삼켰다.

다들 아는 사실이지만 나는 한 마리의 절박한 수컷의 몸통에서 새어 나오는 소리였다. 쓰르라미든 쓰름매미든. 이제 머잖아 낙엽이 지고 추위가 닥칠 터이니, 얼어 죽기 전에 암컷 짝을 만나 어엿한 삼라만상 중 한 생명으로서의 사명을 다해야 하는 것이다. 목숨 걸고.

그런데 듣다시피 쓰르라미의 수컷들이 저토록 삼엄하니 저마다 그 발악이 오죽하겠는가. 산이 떠나갈 발악 앞에, 순칠이 또한 슬픈 수컷의 운명으로 놓여 있는 것이었다.

쓰쓰쓰쓰 나처럼 울지는 못해도 속으로 얼마나 쓰리고 아릴까 순칠이는. 먹황소 같은 수컷 하나가 먼저 여자의 집으로 들어가버렸으니. 그리고 이제는 여자의 몸으로 들어갈 차례겠으니. 말하자면 놈이 먼저 여자의 몸을 휘저어놓게 생겼으니. 순칠이는 그저 백회 부대나 휘젓던 팔을 헛헛하게 내저으며 잃은 넋을 또 잃게 생겼으니.

그러하니 나는 다만 쓰쓰쓰쓰쓰쓰 힘껏 맘껏 울어주어야

만 할까 순칠이 곁에서? 맨 정신으로는 순칠이가 미구에 닥칠 참경을 감당해낼 수 없겠으니 맹렬히 울어서 그의 정신이라도 좀 더 빼줄까.

아, 나의 번민도 참 만만찮구나 팔자에도 없는 애꿎은 고민이라니…… 생각하는 순간 순칠이가 그만 헉, 하고 숨넘어가는 소리를 냈다. 뭐지? 하고 내가 놀라니 다른 나들도 동시에 놀라 또 잠시 쓰쓱, 하고 소리가 멈추었다.

잠깐 멈추었을 때의 적막이라니. 너무 적막해서 귀가 멀 정도. 짧은 그 적막의 틈새로 짝과 퍽과 툭의 중간이거나 그것을 다 합한 것 같은 소리가 집 안쪽에서 들려왔다. 짝, 퍽, 툭이 찰지게 반죽된 소리. 순칠이의 헉, 소리는 그 소리에 뒤이어 터져 나왔던 거였다.

그러나 쓰는 긴 적막을 허용하지 않았다. 집 안에서 어떤 소리가 들렸든 순칠이가 어찌 되었든 쓰는 쓰쓰가 되고 순식간에 쓰쓰쓰쓰쓰쓰쓰가 되었다.

순칠이는 오줌을 쌀 것처럼 아랫도리를 움켜쥐고 발끝으로 서서 울상을 지었다. 다시 한 차례 짝, 퍽, 툭이 반죽된 소리가 집 안에서 튀어나왔고 순칠이는 헉, 나는 쓰쓱, 숨을 멈추었다. 그러고는 나는 다시 쓰쓰쓰쓰쓰쓰쓰.

반죽된 묘한 소리는 사내가 집 안으로 들어선 뒤부터 나기 시작한 것으로서, 사내가 발생시킨 것임에 틀림없었다. 순칠이는 그렇게 생각하고 있는 게 분명했다. 그렇게 생각했을 뿐만 아니라 그 소리가 사람의 살과 살이 맞부딪히는 충격음이라고 믿었다. 왜냐하면 사람의 살과 살이 맞부딪히는 소리 이외의 소리를 상상할 수 없게 하는 소리였으니까. 그렇다면 말할 것도 없이 사내의 살과 여자의 살.

수컷에게 기회를 빼앗기고 저만치 내몰린 다른 수컷의 운명. 나는 알지. 그 운명의 비감함을 모른다면 세상의 모든 수컷 쓰르라미에게서 쏟아져 나오는 절박한 쓰가 아닌 것이다.

순칠이는 사립 밖에 꼿꼿이 선 채로 서서히 죽어갔다. 건성으로 움직이던 오른팔마저 멈추어버렸다. 얼굴이 흙빛이 되었고 흙빛은 목줄기를 적시고 명치를 따라 퍼져 내려갔다. 오래지 않아 그것은 발끝에 닿을 것이고 마침내 열아홉 청춘의 순칠이는 썩은 나무처럼 꺼멓게 쓰러질 것이다. 꼭 그럴 것만 같았다.

사람의 말을 모르는 나는 안타깝게도 집 안의 사정을 순칠이에게 알려줄 수 없었다. 다만 집 안에서 생기는 묘한 소리가 되도록이면 순칠이의 귀에 닿지 않도록 좀 더 맹렬하게 울어줄 뿐이었다.

그래도 참 저 소리는 이상도 하지. 바위라도 깰 나와 수많은 또 다른 나들의 강력한 파장을 뚫고 기어이 순칠이의 귀를 파고드니 말이다.

살과 살이 맞부딪히는 소리는 사실이었으나 순칠이가 상상하는 최악의 장면은 아니었다. 하지만 그 장면이 아니긴 해도 최악이 아니라고도 할 수 없었다. 이해할 수 없는 무언의 참극이 집 안에서 벌어지고 있었으니까.

여자의 집 안으로 성큼 들어선 사내는 여자와 맞닥뜨리자마자 넉가래 같은 손바닥으로 여자의 얼굴을 후려갈겼다.

뺨을 때리는 행위 따위가 아니었다. 얼굴 전체를 가격했다. 아무 말 없이. 큰 손으로. 흥분했다거나 여타 다른 감정의 표정도 없이. 여자와 맞닥뜨렸고, 아무 망설임 없이 손을 뻗어, 여자의 얼굴을 때렸다.

그것만으로도 충분히 참혹했건만 맞는 여자도 아무 말 없이 아무 표정 없이 사내의 손찌검을 숙명인 양 받아들이고 있었던 것. 거듭된 일이며 어차피 겪어내야 할 일이며 지금껏 그리해왔고 앞으로도 그리해야 할 일이라는 듯.

집 안에는 피차의 무감각한 구타와 피타가 있을 뿐이었다. 사람의 소리라고는 없고 오로지 짝 퍽 툭의 반죽음이 맹렬한 쓰쓰쓰쓰 소리를 뚫고 집 밖에서 죽어가는 순칠이의 귀에 날아가 속절없이 박혔다. 여자의 얼굴이 금세 가을 호박빛으로 부풀었다.

사내가 샛말 너머 공 첨지댁에 고용된 일꾼이라는 사실을 순칠이는 알지 못했다. 사내가 창말에 모습을 나타낸 지 한 달이 채 되지 않았다는 것도 순칠이는 몰랐다. 오로지 여자를 때리기 위해 고용된 사람이라는 사실은 더욱 몰랐다.

순칠이의 총기가 부족해서 몰랐던 것이 아니었다. 세상에

122

사람을, 그것도 여자 하나를 때릴 목적만으로 삯꾼을 장기적으로 쓰는 일은 누구라도 상상하지 못할 일이었다. 눈앞에 벌어지는 사태를 직접 보더라도 믿을 수 없는 일이었기에 그랬다.

쑥구렁에는 <u>쓰쓰쓰쓰</u>와 짝 퍽 툭이 뒤섞이고 있을 뿐 다른 소리라곤 없었다. 사람은 셋 혹은 넷(겨끔이는 방 안에 잠들어 있는 걸까)이며 벌어지는 사정 또한 매우 격하다고 하겠건만 욕설도 비명도 없고 대화는 더더욱 없는, 참으로 괴이쩍은 신이 아닐 수 없었다. 다짜고짜의 장면, 무턱대고의 장면, 단도직입의 장면, 무작정의 장면, 댓바람의 장면이었을 뿐이랄까.

전쟁이 났던 시절 순칠이는 서너 살에 불과했기 때문에 여자가 어째서 이름을 상실했으며 오랫동안 버려져 있던 쑥구렁 집에서 겨끔이와 단둘이 살게 되었는지 알지 못했다.

때리는 사내도 맞는 여자도 입을 꾹 다물었듯 창말 사람들은 말하지 않았다. 여자에게 내려진 제명의 징벌에 관해서. 겨끔이라는 치욕적인 이름에 관해서(여러 남자가 겨끔내기로 여자의 몸에 들락거려서 생긴 아이라는 뜻이었다). 그리고 여자가 어째서 그와 같은 징벌과 치욕을 말없이 받아내며 창말에 사는지 순칠이는 아직 알지 못했다.

사내가 여자의 집에서 나왔다. 험상궂게 생기긴 했으나

감정과 표정 따위가 표백된 얼굴이라 딴엔 독성獨聖의 면모마저 슬쩍 비쳤다.

무념무상. 혹은 심심해 혼자 천렵이라도 나서는 모양이었다. 강렬한 오후 네 시의 가을볕과 맹렬한 쓰쓰쓰쓰는 방금 전까지 집 안에서 벌어졌던 괴이쩍은 장면들을 무심하게 그리고 감쪽같이 지웠다.

그래서 어딘지 더 음험해진 것만 같은 가을의 오후를 천연스레 헤집으며 사내가 사립문을 지났고 효서네 감나무로 이어진 내리막 산길로 들어섰다.

순칠이는 사내의 살짝 굽은 등과 두툼한 등세모근을 바라보았다. 사내는 묵묵히 걸었다. 촌각도 쉬지 않고 천 리를 걸어온 사람처럼 걸었다. 나무 사이를, 낙엽 위를, 햇빛 사이를 걸었다. 허재비가 되어 그를 따라왔던 것처럼 순칠이는 다시 허재비가 되어 이끌리듯 그를 따라 내려갔다.

그러다가 순칠이는 무언가 치욕스러웠던지 문득 걸음을 멈추었다. 사내의 등에서 눈길을 거두고 뒤돌아보았다. 평화로운 가을볕이 여자의 집 지붕 위로 떨어져 내리고 있었다.

굉장한 것을 시치미 떼고 있는 집과 지붕을 순칠이는 한동안 노려보았다. 사내의 큰 것이 마구 휘저어 만신창이가 된 여자의 몸을 나 몰라라 감추고 있을 집. 순칠이는 자신의 어깨에 늙은 수세미처럼 매달려 무기력하게 덜렁거리기만 하는 오른팔을 슬픈 눈으로 내려다보았다. 하릴없이, 하릴없이 백회 부대나 휘젓던 팔. 앞으로도 그러기나 할.

순칠이의 치욕이란 그런 거였을 것이다. 무기력. 다시 고개를 돌려 낙엽 길을 바라보았으나 사내는 이미 자취를 감추고 없었다.

더는 순칠이의 걸음이 사내의 방향을 따르지 않았다. 세상은 온통 쓰쓰쓰쓰였다. 나와 우리가 죽어라 소리 지르는 이유를 순칠이는 알까. 오로지 수컷의 몸에서만 터져 나오는 절박한 슬픔이라는 걸.

순칠이는 입을 앙다물고 산 위쪽으로 노루처럼 뛰었다. 순칠이의 크고 두꺼운 입술이 완전하게 닫힌 것은 처음이었다. 숨이 가빠 얼굴이 터질 것처럼 붉게 부풀었으나 순칠이는 뛰고 또 뛰어 바람골 능선 바위에 다다랐다.

바람골 능선의 주름바위가 그의 앞을 가로막았다. 아아아아아. 순칠이가 비명과 탄성과 신음을 흘렸다. 우리는 아무러나 쓰쓰쓰쓰쓰.

순칠이에게서 흘러나오는 것이 점점 크고 강하고 길어지기 시작했다. 예사롭지 않게. 아아아아악. 아악. 아아아아아아아악. 소리는 바위의 틈을 비집고 들었다.

나와 우리는 쓰쓱, 그의 만만찮은 발악에 그만 멈칫할 수밖에 없었다. 순칠이는 주름바위를 삼킬 것처럼 그 큰 입을 벌려 미친 듯 소리 질렀다. 아아아아아아아아악.

굉장한 소리. 미처 상상할 수 없던 소리여서 나와 우리는

쓰

그만 뚝 소리를 멈추고 말았다. 순칠이도 따라 그쳤다.

별립산에 갑작스러운 적막이 찾아왔다. 순칠이의 외침이 메아리의 끝에서 여리고 옅은 꿈결처럼 멀어졌다. 그러고는 말 그대로 완벽한 적막.

그때 주름바위 한 조각이 갈라져 떨어져 내리며 적막을 흔들었다. 순칠이의 비명은 그만큼이었던 것이다 정말로. 그러나 순칠이는 바위 조각을 보지도 듣지도 못하고 탈진해 주저앉았다. 그의 크고 두꺼운 입술이 다시 으름처럼 맥없이 벌어졌다.

어쨌거나 가을도 곧 갈 것이었으므로 다시 자기 세상일에 절박한 쓰르라미 수컷 한 마리가 길게 울음을 토했다. 쓰쓰쓰쓰쓰쓰. 이어지고 이어진 울음들이 별립산을 온통 뒤덮는 데는 10초도 걸리지 않았다.

빵

싸움이 붙었다. 학교까지 얼마 안 남겨두고 남국이하고 남식이하고. 등굣길 한복판에서 싸움이 붙었는데 그 기세가 너무 사나워 형제 같지 않았다.

남국이가 형인데 두 살 터울이든가 세 살 터울이든가. 하여튼 나이 따위는 싸움을 하는 이유와도 상관없었고 싸움을 말리는 데에도 도움이 되지 않았다. 두세 살 터울이면 형을 형이라고 부르지도 않았다. 그 정도면 창말에서는 그냥 이름을 불렀고 부모들도 내버려뒀다.

가르치지 않았다. 효서의 형 찬서는 효서와 여덟 살 차이가 나는데도 효서는 찬서를 찬서라고 불렀다. "찬서야, 밥 먹으래." 이렇게 말했다. 왜냐하면 효서의 어머니가 효서한테 "가서 찬서한테 밥 먹으라고 그래라"라고 했기 때문이었다.

다른 집들도 다 그랬으니 하나도 이상할 게 없었다. 여자들도 언니를 언니로 부르지 않고 이름을 부르거나 그냥 야, 라고 했다. 왜 그런 걸 가르치지 않았을까. 먹고살기에 정신이 없었던 걸까. 그랬을지도.

먹고살기가 고단한 건 부모만도 아니었다. 남국이와 남식이가 저토록 싸우는 사정에도 뭔가를 '먹고 사는' 일이 관련돼 있었던 것이다. 참고로 말하자면 나는 그들이 가장 먹고 싶어 하는 것 중 하나인 빵이다.

참고로 말한다고 할 것까지도 없겠다. 남국이와 남식이가 개처럼 으르렁거리는 건 바로 나 때문이었으니까. 그런데도 두 애는 마치 아닌 것처럼, 내가 아닌 다른 이유 때문인 것처럼 서로를 몰아댔다.

때려죽일까봐 썅.

동생한테 하는 욕이었다. 창말에서는 평이한 수준에 속하는 거긴 하지만(어째서 평이한 수준에 속하게 되었던 걸까 이런 게).

죽여봐. 죽여봐 씨발.

응대하는 동생도 만만치 않았다(죽고 죽이는 것 따위 아무렇지도 않다는 듯. 겨우 3학년인데).

너 이 쌍놈의 새끼 정말 끝까지 대들래?

남국이가 이러면,

지랄하고 있어 개애새끼가.

남식이는 이랬다.

한 부모에게서 태어난 애들이 누구도 아닌 제 부모를 욕되게 하는 욕에 서슴없다니. 부모 욕되게 하는 욕이라는 걸 몰라서일까. 너무 화가 나서 아무 생각 없는 걸까.

똑바로 밀어야 할 거 아냐 개 썅. 자꾸 흘리잖아 확.

남국이가 이러면,

똑바로 끌어야 할 거 아냐 씨발. 왔다리 갔다리 하잖아 콱.

남식이가 이랬다.

그들은 니야까(리어카)를 끌고 등교 중이었다. 남국이가 앞에서 끌었고 남식이가 뒤에서 밀었다. 학교까지는 10리.

니야까에는 꼴이 가득했다. 전날 오후 논두렁을 부지런히 깎아 모은 풀이었다. 그것을 니야까에 싣고 등교하다 흘린 것.

앞에서 남국이가 제대로 끌지 못하고 좌우로 왔다 갔다 하는 바람에 풀이 니야까 밖으로 쏟아졌다. 그랬다는 게 남식이의 주장이었다. 뒤에서 남식이가 니야까를 제대로 밀지 못해서 앞에서 끄는 사람이 힘이 들어 좌우로 쏠리며 끙끙거릴 수밖에 없었노라는 게 남국이의 주장이었고. 하지만 전날부터 둘의 심사가 매우 뒤틀려 있었다. 그 원인遠因이 등굣길 쌈의 원인原因이었다. 그리고 그 원인의 원인이 나, 빵이었다.

내 얘긴 좀 이따가 하기로 하고 쌈이 붙었으니 쌈 얘기부터 하자면 이렇다.

사실 두 형제가 니야까에 싣고 가던 것은 꼴이 아니었다.

풀은 그거나 저거나 다 같은 풀이었으나 소나 말에게 먹일 것이 아니었으므로 꼴이 아니었다는 말이다.

그것은 학교 운동장 밖 묵정밭에 쌓을 퇴비거리였다. 전교생이 숙제로 실어 나르는 퇴비의 재료. 퇴비를 만들어야 하는 이유는 정부의 농작물 증산 정책에 적극 참여.

각 학년에 할당된 양이 있었다. 저학년은 좀 적었고 고학년은 많았다. 지게나 니야까로 실어 가져가면 담당 선생님이 중량을 재고 합·불합격 판정을 내렸다.

합격! 불합격! 중뿔나게 외치는 선생님의 목소리는 어쩌면 그리도 크고 절도가 있는 건지. 일본 군대를 나왔나? 애들 마음 따위는 아랑곳 않고 합껴억! 불합껴억! 왜 그래야만 하는 건지 참 오금 저리게끔.

어쨌든 대개는 이미 몸에 익숙해진 지게라는 것으로 지어 가져갔으나 형제나 자매가 많은 집은 니야까를 빌려 싣고 갔다. 남국이네는 니야까가 있는 집이었다. 애들은 퇴비거리를 하기 위해 학교에서 돌아오자마자 책 보따리를 봉당에 내던지고 낫을 들고 들로 나갔다.

니야까를 이용하면 힘이 덜 든다는 이점이 있었으나 퇴비거리의 양이 많아지면 그다지 나을 것도 없었다. 차라리 자기 몫의 풀만 지게에 진다면 지름길을 택할 수 있어 좋았다. 니야까는 가파른 언덕을 넘을 수 없으므로 먼 길을 돌아야 했다.

통학 거리와 시간이 한 배 반은 늘었다. 동생만 아니라면 지게에 지고 쌩하니 갔을 텐데 못 그래서 남국이는 짜증이 났고, 형만 아니라면 적은 양을 지고 갔을 텐데 형 때문에 공연히 더 무거운 짐을 감당하게 되었다며 남식이는 식식거렸다.

내 이마를 봐라, 내 이마를 봐. 이 땀을 보라구. 넌 이 땀도 안 보여? 내가 니야까를 잘 끌지 못했다구? 내가 흘리는 이 땀이 안 보여? 응? 어? 씨발 새끼야. 내가 너 때문에 평소에도 얼마나 손해를 보며 사는지를 아냐 너? 모르지? 어? 너 같은 새끼가 뭘 알아? 텃밭 옥수수 몰래 갈라다가 애들하고 구워 먹은 것도 너지? 그랬으면서도, 내가 어머이한테 억울하게 욕을 바가지로 먹을 때, 어? 너 가만있었지? 가만있었지 나쁜 새끼야. 너는 그런 새끼야. 그런 새끼가 뭘 잘났다고 지랄이야. 확 아구창을 돌려버릴까.

남국이가 하도 핏대를 올리니까 등교하던 다른 아이들이 하나둘 모여들었고,

옥수수 같은 소리 하고 있네. 니가 열 개도 넘게 몰래 갈라다 구워 먹고 나는 세 개밖에 안 갈랐어. 왜? 어머이한테 그렇게 말할까? 어? 내 키에 안 닿는 옥수수는 그럼 누가 갈랐을까요 어머이, 그러까? 어? 니야까 운전은 개코 엿같이 하면서 나한테 뭐래 씨발. 내가 앞에서 끈다고 하니까 뭐가 쪽팔린다고 굳이 앞에서 끄냐 끌긴. 뒤에서 밀면 동생 같아

서 그러냐? 어? 성이면 성답게 굴어봐. 쪼잔하긴.

남식이가 귀 찢어지게 쨱쨱거리니까 길 가던 어른들까지 슬슬 모여들었다.

야야, 학교 늦어 야. 얼렁 가자.

그래 가자.

지게 진 애들이 말했고,

그래, 그래라. 형제가 길거리에서 이게 뭐냐.

그러게 말이지. 흘러내린 거 어서 주워서 가거라. 많이도 흘렸네.

어른들이 말했다. 흘린 것 주워주지도 않으면서 흘린 것 많다고나 하면서.

다른 애들이 뭐라거나 말거나 어른들이 혀를 차거나 말거나 남국이 남식이 형제는 땅에 흘린 풀 더미를 손가락질하며 서로를 탓했다. 전날 틀어졌던 심사가 여전히 숨 죽지 않고 꼿꼿하게 살아 파릇파릇했던 것이다. 나, 빵 때문에 틀어졌던 심사가.

남식이가 빵을 가져다 남국이에게 줄 차례였는데 남식이는 그러지 않았다. 그러니 남국이가 화가 날밖에. 전날 심사가 틀어진 까닭이었다.

1, 3, 5학년과 2, 4, 6학년 두 조로 나뉘어 격일로 말뚝모를 냈다. 오전 수업만 하고 집에 가는 조와 들로 나가는 조

로 나뉘었던 것. 마냥모 판에는 뒷방 처녀도 나선다는 말이 있듯 일손이 턱없이 부족했다 언제나. 마냥모 판에는.

마냥모에다가 말뚝모였으니 아주 고단했다. 그래도 아이들은 집에 가는 조보다는 들에 나가는 조에 속하길 원했다. 빵 때문에.

모를 내고 나면 빵을 한 개씩 주었다. 밀가루를 막걸리로 반죽해 쪄낸 나는, 어른 주먹만 한 촉촉하고 폭신폭신한 빵이었는데 달 표면 같은 표면에는 달달한 자주색 강낭콩이 두세 개 붙어 있었다.

이걸 얻어먹으려고 자기네 학년 순서가 아닌데도 꼽사리로 모내기에 끼어들었다가 적발되어 쫓겨나기도 했다.

남식이는 3학년이고 남국이는 6학년이었다. 남식이가 모를 내는 날 남국이는 쉬었고……. 이런 식으로 말하면 실감이 나지 않으니 다시 말하자면, 남식이가 빵을 먹는 날 남국이는 못 먹었고 남국이가 빵을 먹는 날 남식이는 먹지 못했다.

형제는 이런 불합리를 빵을 반으로 나누는 식으로 해결했는데 비록 반 개밖에 못 먹기는 해도 매일 먹을 수 있어서 형제는 흔쾌히 신사협정을 맺었던 것이다.

그런데 남식이가 그동안 잘 가져오던 반 개의 빵을 남겨오지 않았으니 남국이는 남식이가 홀딱 먹어버렸다고 생각할 수밖에.

남식이는 미안하다고 하기는커녕 억울하다고 뻗댔다. 종

일 반 개의 빵을 학수고대했던 남국이는 남식이의 하소연 따위 들릴 리 만무했다.

맨땅에 모내기. 건답직파는 해마다 반복되는 행사였다. 그러지 않고는 어쩔 수가 없었다 비가 안 오면 모를 낼 수 없는 천수답은.

남식이도 남국이도 건답직파의 뜻을 알지 못했다. 애들 다 그랬다. 그냥 말뚝모라고만 알았다. 어른들이 말뚝모라고 했으니까. 그리고 실제로도 마른논 바닥에 말뚝으로 구멍을 쿡 내고 그곳에 모를 심었으니까.

전봇대나 시멘트 옹벽 같은 데에 붉고 큰 글씨로 '건답직파'라고 적혀 있었으나 농촌진흥청 지부에서 적어놓은 것이니 내버려두었다. 말뚝모 내기의 정식 명칭도 여전히 건답직파였으나 그것 또한 진흥청과 교육청 간 관련 서류에서만 보이는 말일 뿐 창말의 애 어른들은 모두 말뚝모라고 했다. 꼬챙이나 호미로 땅을 파고 모를 심는다고 해서 꼬창모나 호미모라고도 했으나 창말에서는 말뚝으로 구멍을 내고 심으니 말뚝모.

마른논에는 직접 씨를 뿌려라! 모종하지 말고. 이게 건답직파의 본뜻이거늘 창말 사람들은 되레 그것을 진흥청의 모를 소리요 교육청의 애먼 소리라고 치부해버렸다. 끝까지 비를 기다리는 농부의 마음을 모르는 소리며, 비를 기다리다 보면 못자리의 모가 두 뼘이 넘어버린다는 사실을 모르고 하는 소리라고. 언제 싹이 날 거라고 지금 씨를 뿌린단 말인가.

건답직파든 말뚝모든 상관없었다. 애들에게는 빵만 중요하지. 오전 수업을 마치고 들로 나가 말뚝을 들었다. 말뚝 든 조가 마른논에 꾹꾹 말뚝 자국을 내며 앞으로 나아가면 두 번째 조는 말뚝 자국에 모 뿌리를 넣었고 마지막 조가 발뒤꿈치를 이용해 말뚝 구멍을 메우며 모를 일으켜 세웠다.

모 뿌리 조가 가장 쉬웠고 그다음이 말뚝 조, 발뒤꿈치 조가 제일 힘들었다. 꼬챙이나 호미로 구멍을 파냈다면 파낸 흙으로 다시 메우면 그만이겠으나 말뚝모는 긁어낸 흙이 없었으므로 발뒤꿈치로 구멍 주변의 맨땅을 으깨어 말뚝 자국을 오므려야 했다. 그러나 번차례로 돌아가며 조를 바꾸었기 때문에 지치는 것은 모두가 마찬가지였다.

지쳐도 끝까지 대열에서 이탈하지 않았던 것은 오로지 촉촉하고 폭신폭신한 막걸리 반죽빵 때문이었다.

시큼하면서도 못내 달큼하며 목구멍 깊이 아구아구 밀어넣을 때의 부드러운 충만감 때문. 땅거미가 질 때까지 말뚝모 내기가 그치지 않는 날도 있었으나 가다가 중지 곧 하면 아니 감만 못 하리니, 행여나 빵을 안 줄까 시부렁거릴 수도 없었다.

모내기가 다 끝날 때까지 빵이 도착하지 않을 때도 있었다. 날은 저물고 일은 끝났는데 빵이 오지 않아 논두렁에 나란히 앉아 뜨는 달을 빵인 양 바라보는 애들은 어느 나라 어느 공화국의 애들인지.

왜 이리 모두 지지리 가난하게 되었는지 까닭을 알 수 없고 알려 하지도 않는 애들은 그저 빵이 얼른 와서 헛헛한 목구멍이 행복하게 미어지는 순간만을 기다렸다. 게다가 남식이는 빵 한 개를 다 먹지도 못하고 반을 남겨 와야 했던 것인데,

근데 왜 안 갖고 왔냐?

전날 남국이가 물었다.

가져올라고 했는데, 가져오는데…….

똑바로 말해라.

아이씨. 똑바로 말할라고 그러잖아. 말할라고 하는데 왜 자꾸 똑바로 말하라고 해. 왜?

어, 이 새끼가 소리를 지르고 지랄이야.

말할라고 그러는데 자꾸 똑바로 말하라고 하니까 화가 나잖아 자꾸.

목소리 안 낮출래?

누가 안 낮춘대?

왜 안 갖고 왔냐?

저기…….

그래, 저기 뭐?

가지고 오는데, 주머니에 가지고 오는데, 막 오는데…….

똑바로 말해. 살고 싶으면.

주머니에 붙어서. 어. 바지 주머니에 붙어서 진짜. 주머니 안쪽에 넣었는데. 어. 찐득찐득 붙어서 떼려고 했는데 떼지지 않고 부서져서 안 떼져서.

어디 봐. 주머니. 까봐.

싫어.

왜?

내 주머니야.

이 새끼가.

내 주머니니까 손대지 마 씨발.

이렇게 시작된 다툼이 아침 등굣길까지 이어진 것이었다.

남식이의 바지 주머니 속에서 빵이 정말 지리멸렬되어버렸는지 어쨌는지는 당사자인 내가 가장 잘 아는 바이겠으나 지금 와서 어쩌겠는가 나는 말하지 않겠다.

신사협정의 파기가 자기가 아닌 남식이에 의해 먼저 저질러졌다는 점이 형인 남국이로서는 영 자존심이 상하겠지만 그 또한 어쩌겠는가 말이다. 이제는 빵에서 퇴비거리로 빌미가 옮겨 갔으니 나도 고만 구경이나 할까.

이제 가자. 정말 지각해. 가자. 남국아. 남식아.

그래. 흘린 건 그냥 버려도 합격은 되겠다. 그러니 가자.

애들이 형제를 재촉했다. 그러거나 말거나 남국이와 남식이는 서로를 잡아먹을 것처럼 으르렁거렸다.

더는 기다릴 수 없었던 애들은 지게를 지고 하나둘 학교로 향했다. 지게 위에는 퇴비거리 풀이, 퇴비거리 풀 위에는 슬프고 알량한 책 보따리가 출렁거렸다.

다들 가는데 너희들도 학교 가야지.

그래야지. 가야지.

남은 어른 둘이 말했다.

뉘 집 애들인고 참 맹랑도 하지. 풀도 참 많이도 벴네.

그래 많이도 벴어. 맹랑해.

저렇게 말이 험악해서야 원.

그래 험악해.

장차 이 나라가 어떻게 되려고 어린것들이.

그래 어리지 어려. 어리고말고.

자네는 거 말 좀 따라 하지 않았음 좋겠구먼.

그래야지. 말아야지. 따라 하지 말아야지.

사람 참. 내 말이 우습나?

우습지. 아니, 안 우습지. 그렇지.

뭐가 그렇다는 겐가?

나 말인가?

그래 자네.

장차 이 나라가 어찌 되려고 어린것들이 저리도 사납고 말이 맹랑한가 싶으이. 허허.

그건 내 말이잖은가.

빵

그렇지 자네 말. 자네 말이 맞다고 맞어.

맞긴. 남식이의 바지 속주머니에 붙어 있는 빵 찌꺼기에 불과한 내가 봐도 하나도 안 맞는 말이었다. 뭐가 맞아? 숙제 대신 퇴비거리를 베고 나르고, 빵 하나 얻으려고 날 저무는 줄도 모른 채 마른땅에 말뚝모를 심는 어린아이들을 저대로 내버려두고 가당찮게 무슨 나라 걱정이란 말인가 걱정은 개뿔.

뚝

나는 뚝이다. 그런데 나만 뚝이 아니다. 나와 다른 뜻의 뚝이라는 이름이 여럿 있다. 그런 걸 동음이의어라고 하는 모양인데 하여튼 이름이라는 게 원래 좀 그렇다.

아무리 많더라도 이름은 세상 만물만큼일 수 없으니까 여러 뜻의 것을 한 가지 이름으로 중복해 쓰는 것이다. 헷갈리지만 어쩔 수 없는 일이어서, 음, 이해할 수 있다. 한정 없이 이름을 만들 수는 없지 않은가. 한정 없이 만든다면 이름이 자꾸 길어져. 그리고 어떻게 다 외워? 머리나 터지지.

이름은 같고 뜻이 달라서 헷갈리기도 하지만 한 이름에 한 뜻일 경우에도 헷갈리기는 마찬가지다.

뚝 : 계속되던 것이 아주 갑자기 그치는 모양을 나타내는 말.

이것이 나에 대한 사전의 뜻풀이인데 어딘가 모자라도 한참 모자라는 설명이다. "울음을 뚝 그쳤다"라는 예문까지 보여줘도 뚝에 대한 완전한 설명이나 표현은 될 수 없다.

그러니 뚝이라는 내 이름을 포함해서 모든 이름들에는 헷갈리는 부분이 여전히 남게 마련이고 거기에 오해가 깃들 수 있다고 생각한다는 말이다.

웬 이름 타령일까. 달랑 이름 한 글자와 한 줄 사전 뜻풀이로는 오묘한 나를, 쉽지 않은 나를 제대로 드러낼 수 없어서? 그러니까 내가 나에 대해 어떻게든 좀 더 밝히고 싶어서?

아니라고는 할 수 없겠다. 게다가 나는 창말의 뚝인 것이다. 그 어디의 그 누구도 아닌 창말의 뚝. 창말 얘기지 않은가 이것이. 창말 얘기에 그런 내가 빠지면 안 될 것 같아서. 괜한 말이 아니다.

나 말고 다른 뚝 중에는 "크고 단단한 물건이 부러지거나 끊어지는 소리를 나타내는 말"이라는 뜻의 말이 있다. "큰 물체 따위가 떨어지는 소리를 나타내는 말"이라 푼 것도 있다.

그런데 나는 소리가 아니다. "계속되던 것이 아주 갑자기 그치는 모양을 나타내는 말"이다. 소리가 아닌 모양이라지 않은가. 모양. 그런데 그걸 글로 적자니 소리가 되고 만다.

그것도 아주 된소리. 뚝. 그리고 보니 '하늘'도 아무 소리 없는데 글로 적으니 하늘이라는 소리가 된다. 이거 자꾸 재미있어진다. 무엇이든 종이에 글로 적으면 소리가 된다는 게 그렇다. 글은 말이고 말은 소리구나. 그러니까 모든 글은 소리.

그렇다고는 해도(어쩌면 그래서 더) 뚝은 좀 특이하다. '스르르'라는 말이 있는데 "눈이 슬며시 감기거나 뜨이는 모양을 나타내는 말"이다. 얘도 나처럼 소리가 아닌 모양이라는데 된소리는 하나도 없다.

스르르. 정말 눈이 슬며시 감기거나 뜨이는 모양 같지 않은가. 소리가 아닌 모양이라면 나도 이런 정도의 느낌이어야 하는 거 아닌가. "계속되던 것이 아주 갑자기 그치는 모양을 나타내는 말"이니 소리든 움직임이든 어쨌든 멈추었지 않은가 말이다. 아무 기척도 소리도 없는 것에다가 뚝이라는 된소리를 먹이다니. 거기다 받침까지 기역이어서 된소리 효과가 톡톡하다. 어찌 이런가.

언젠가 누군가 말했던 적이 있었다. 굉음과 같은 적요, 혹은 적막이라고. 아, '쓰'였구나. 쓰가 비슷한 말을 했었구나. 쓰르라미 쓰가. 쓰쓰쓰쓰 하던 것이 잠깐 멈추면 너무 적막해서 귀가 멀 정도가 된다고 했었지.

말하자면 그런 게 아닐까 나도. 계속되던 것이 너무 갑자기 그치는 바람에 그만큼의 압도적인 적막이 출현하는 것. 모든 소리가 갑자기 소멸한 그 어쩔 수 없는 자리에 들어와 박히는 적막의 기운. 혹은 어떤 움직임이 갑자기 정지당

144

하고 소멸함으로써 못내 기운으로만 남게 되는 관성.

그 기운과 관성이 격렬한 그침의 사태에 막히고 갇혀 어찌할 바를 모르며 발생시키는 비가시의 강한 회오리? 음. 그렇다면 뭐 뚝이라는 이름이 가당하며 어울릴 듯도 싶다.

그래. 그러고 보면 뚝이라는 이름은 그침으로서 마지막이 되는 운명이 아니라 그침과 더불어 시작되는 새로운 어떤 것의 탄생일지도. 음. 강하고 단단한 기세 같은 것.

나는 그냥 뚝이 아니라 창말의 뚝이라고 했다. 말하자면 창말에 존재하는 뚝.

그러니 나는 창말의 '창瘡' 같고 '뻥' 같은 것일지도 모른다. 창이 없으나 이름은 창말이듯, 창말에는 뻥 뚫려 비어버리거나 뻥 터져 흔적 없어진 것이 있다. 하여튼 창말은 이토록 묘한 마을인 것이다. 없는 것이 매우 있는 마을이니까.

뚝도 마찬가지다. 실제로는 없는, 그러나 텅 빈 어떤 것의 무시할 수 없는 강력한 존재감이니까. 말만 그렇다는 것이 아니라 실제로 뚝은 창말 사람들을 어쩔 수 없게, 그것도 자주 어쩔 수 없게 만드는 괴이적은 힘이다.

어쩔 수 없게 하다니 뭘 어쩔 수 없게 한다는 말인가 궁금해할 듯하여 한 예로 안동네 빨래터로 가볼까 한다.

빨래터에는 언제나 은밀한 웃음이 넘쳤다. 무엇보다 순칠이 어머니 홍 씨 때문이었지만 홍 씨의 얘기를 고대하는 개똥이네 어머니의 추임새도 한몫했다.

거기다 아닌 척 시치미를 떼면서도 귀는 접시꽃처럼 활짝 활짝 여는 효서네 어머니 경칠이네 어머니가 있었다. 이 두 이는 내숭이 장난이 아니었다.

그리고 물색없이 끼어들어 분위기를 민망하게 만드는, 젊기만 젊은 순득이네 어머니. 나머지는 남식이네 어머니 재인이네 어머니 등등이었다.

다들 어머니라서 그냥 엄으로 줄여 말해야겠다 숨차서. 처녀들도 빨래는 하지만 엄들이 여럿 모이는 자리는 접근 금지였다. 처녀들은 혼자 하거나 처녀들끼리 하거나 엄과 단둘이 하거나 말거나.

어찌나 놀랐든지 글쎄 사람이 딱 굳어버렸다지 뭐이꺄.

홍 씨의 푸짐한 입술은 늘 붉었다. 붉은 입술 사이로 흘러나오는 말도 언제나 푸짐하고 붉었다. 순칠이와 범칠이와 궁칠이가 제 어미 입술을 닮아서 가지런히 닫힌 적이 없었다. 다만 아들들의 입술은 어미처럼 붉지는 않았다.

왜 놀랐대이꺄?

이러는 게 빨래터에 늦게 온 순득 엄의 물색없음이었다.

아, 한창 재미지는데 순득이네는 늦게 와서 봉창 두드리나 몰라 두드리긴 참.

개똥이네 엄의 핀잔.

벌써 이렇게덜 모였는지 몰랐지여 헤에.

빨래터가 언제나 엄들로 수북한 건 아니었다. 홍 씨와 개똥네 엄, 이 두 아낙의 유무가 수북해지는 것의 관건이었다. 두 엄이 있는 것이 확인되면 없는 빨래라도 만들어 앙금쌀쌀 빨래터로 모여들었다.

아, 저기 뭐냐 거 인화리 정군이 얘기래잖아. 정군이가 맞나? 소장수. 봄에 늦장가 갔다는. 그 집 얘기래잖아.

근데여?

정군이 어머이가 유난하대잖아. 아들 방을 벌컥벌컥 열고 그런디야 시방도.

저기, 저기여, 순칠네 어머이. 순칠네 어머이가 다시 얘기하시겨. 첨버터.

재인네 엄이 근엄하게 끼어들었다.

내가 하는 건 별로이꺄?

웅. 개똥이넨 별로여. 순칠이 어머이가 다시 해.

여전히 근엄한 재인 엄.

뭐가 다르다고 참.

쎌쭉해진 개똥 엄.

한 마디를 해도 다르지.

말한 사람이 또 해도?

또 해도.

아이, 아이, 아이, 알았어 알았어여. 내 다시 하께. 순득 어머인 그러니까 좀 일찍 댕겨. 해 떨어지겠네.

뚝

순칠이 엄 홍 씨가 다시 나섰다. 그리고 소장수 정군이와 정군이 각시가 한창 음냐음냐 하는 오밤중에 정군이 엄이 정신 시끄럽다며 아들의 방문을 벌컥 열어젖혔다는 얘기를 했다.

이미 했던 얘기여서 건조하고 빠르게 요약한 거였는데도 재인 엄은 역시 육담은 순칠이 엄이 제맛이라며 추켜세웠다. 개똥 엄은 계속 쌜쭉.

절골물이 차갑게 흘렀다. 물이 나서 절이 망했다는 전설의 계곡물이었다. 슬슬 손이 시려지는 계절이었다.

겨비누는 거품이 제대로 일지 않았다. 홍 씨 얘기를 듣느라고 엄들은 빨랫방망이를 제대로 두드리지 못했다. 빨랫돌에 쪼그리고 앉아 엉덩이 반동으로 넵다 빨래를 벅벅 비빌 뿐이었다.

기겁을 하는 바람에 정군이의 것과 각시의 그곳이 그만 창졸지간에 돌이킬 수 없게끔 쩔거덕 들러붙었다고 했다. 사람이 딱 굳어버렸다는 홍 씨의 말은 그 말이었다.

혼겁을 하면 으이 정말 그러까?

그런댜.

별시러워라.

하이고 정말?

그러게 조심해야 헌댜.

무얼?…….

148

물이 차가워 손이 빨개질수록 아낙들은 엉덩이 반동을 돋
우며 빨래를 되우 문질렀다. 벅벅. 그러는 동안 정군이 어머
이는 소달구지꾼을 급히 불러 신신당부하며, 두 몸이 하나
로 옭아 붙어 옮겨 싣기도 지랄같이 무거운 아들 며느리를
읍내 의원까지 옮겼다.

오밤중에. 달구지에 태워서. 이야기는 의원까지는 아직
당도하지 못했고, 자다가 얼결에 달구지 멍에를 메게 된 황
소가 콧김 새는 소리를 푹푹 내며 읍성의 박석고개를 넘고
있었다.

어쨌으까?

으이 돌처럼 꽝꽝 붙어 있는 둘을 우아래로 포갰으까 옆
으로 뉘였으까?

그걸 어째 알어 우리가 시방.

남식이네 엄과 재인네 엄이 차가워 뻣뻣해진 빨래를 문지
르고 또 문질렀다. 벅벅.

그나마 옆으로 뉘어야지 으이? 안 그러면 밑에 놈만 죽지.
안 그래? 것도 몰라? 하여튼 남식이네는 사람이 생각이 없
어 쯧쯧.

개똥이네 엄이 남식이네 엄을 책망했다. 남식 엄은 딴소리.

인화리 소달구지꾼이래면 어? 내가 아는 인데. 사촌 시숙
이야!

그러거나 말거나 소달구지는 삼경의 푸른 달빛 아래를 덜

뚝

그럭덜그럭 지났다. 그 모양이 꼭 역병으로 죽은 시신을 은밀히 가져다 버리는 풍경과 다르지 않았다. 다르지 않았노라고 홍 씨는 감정을 잡았다.

아닌 게 아니라 정말 죽은 거는 아닐까 하여 소달구지를 뒤따르던 정군 어머이가 가끔씩 둘을 덮은 홑청을 거들떠보았는데, 그 광경을 묘사하는 홍 씨의 입담이 과해지기 시작했다.

그것은 빨래터에 모인 아낙들이 내심 기대했던 바이기도 했으나 해괴해진 남녀의 신체 부위를 어떤 별칭이나 은유도 없이 적나라한 명사와 명사로 곧장 질러버리면 아낙들은 놀라 아아악! 미쳤어! 하고 소리를 질렀다.

정군이 ××가 지 각시 ××에 꼴아박힌 꼴이…….

민망한 일반명사가 나오려 할 때마다 사뭇 괴성을 질러대서 실제로 ××는 그 비명에 묻혀 안 들린 소리였다.

그래서 뚝인 내가 들었던 말도 '정군이 아아악! 지 각시 미쳤어!'였다. 큰 소리로 기막히게 박자를 맞춰 민망한 명사를 절묘하게 지웠던 사람은 주로 내숭이 하늘을 찌르는 효서네 엄마 경칠이네 엄이었다. 그녀들은 번갈아 '아아악! 미쳤어! 아아악! 그만해!' 하며 칼에 찔린 듯 소리를 질렀다.

그러거나 말거나 홍 씨의 태연한 입담은 계속되어 달구지는 박석고개를 넘고 귀신처럼 산발한 회화나무 밑을 지나고 또 다른 비탈에 이르렀다. 멀기도 한 길. 소달구지는 사정없이 덜컹덜컹 삐걱삐걱.

그 길이 또 오죽 험햐? 흔들흔들 출렁출렁.

개똥 엄의 장단에 홍 씨가,

암만. 험하고말고. 뒤뚱뒤뚱. 털썩털썩.

박자를 맞추었다. 맞추었는데 벅벅 빨래 비비는 아낙들의 엉덩이 반동에 일부러 딱 맞춘 박자여서, 마침내 그 사실을 알아차린 아낙들은 일제히 엉덩이 반동을 멈추었다. 그리고 오금이 녹은 듯 빨랫돌 위에 풀썩들 주저앉았다. 제대로 민망해져서. 순식간에 빨래 비빌 기운이 빠져 흐물흐물해진 터에 누가 간신히 말했다.

아주 엠병을 해라 저놈의 입. 에구 힘 빠져 죽겄다.

이렇게 말한 것은 남식이네 엄이었는데 홍 씨로부터 물 공격을 받았다.

엠병은 무슨. 복 받을 꺼야 난.

홍 씨가 남식이네 엄한테 물을 끼었었다. 일부러 가랑이 사이에다 물을 끼었고, 놀라는 남식이 엄한테 말했다.

봐, 식혀주잖아 착하게. 응? 뜨겁잖아 시방 거기. 그러니 복 받지 난.

흥분한 남식이네 엄이 빨래 바구니를 들어 홍 씨의 면상에다 던지는가 했으나 빨래터가 갑자기, 갑자기 얼어붙었다.

그러니까 이런 경우도 뚝이라 하겠지. 본론의 뚝은 아니지만 이것도 뚝은 뚝. 뚝 그쳤으니까.

뚝

하여튼 저쪽 아래, 스무 발짝쯤 떨어진 곳의 나무다리 위로 남식이네 아버지와 재인네 아버지가 담배를 빨며 지나가고 있었던 것.

들리는 건 쥐 죽은 소리와 물소리뿐이었다. 물이 나서 절을 망하게 했다는 전설의 절골물. 열목어가 사는 차가운 물. 그 물소리.

너무 갑자기 얼어붙어 조용해져 있으면 다리 건너는 남정네들의 공연한 의심을 살 거라고 지레 걱정을 했을까. 순발력 있게도 내숭 제일의 효서네 엄이 노래를 부르기 시작했다.

"꽃바구니 데굴데굴 금잔디에 굴려놓고~."

그러자 누구랄 것도 없이 슬슬 따라 불렀다.

"풀피리를 불어봐도 시원치는 않더라~."

추운 가을에 봄노래라니. 아무려나 노래는 계속되었다.

"나는 몰라 웬일인지 정녕코 나는 몰라. 봄바람 님의 바람 살랑 품에 스며드네~."

사실 사람 굳는 얘기는 정군이가 처음은 아니었다. 김포에서도 굳고 인천에서도 굳었다. 마을과 사람 이름을 바꿔가며 되풀이해 굳히는 얘기였다.

그들이 의원에 가서 어떻게 되었는지 결말도 이미 아는 얘기였다. 이젠 괜찮니 아가? 라는 시어머니 질문에 죽을 것만 같았다니까요, 라는 며느리의 대사까지 다.

알면서도 다시 듣고 싶어 했던 것은 행여 새로운 이야기가 끼어들지 않을까 기대했던 때문이고, 무엇보다 길고 깊어가는 한로 상강의 가을밤이 오겠으니 웃풍 심한 대설 동지가 오기 전에 부부의 풍성한 회포나 실컷 도모하자는 뜻이었다. 홍 씨의 입담으로 한껏 상기된 감정을 한 방울도 흘리지 않고 고스란히 밤까지 옮기겠다는 의지가 내가 봐도 분명했다.

다 아는 얘기를 거듭해 즐기면서까지 창말의 아낙들이 자주자주 긴 밤이 또다시 오기를 바라는 까닭. 그에 느껍게 응하는 창말 남정네들의 늠름한 기운, 그리고 그와 같은 결과로서 효서와 웅칠이와 남식이와 개똥이와 범칠이 궁칠이 기욱이 순득이 선숙 재인 등등이 어미들의 몸에서 철 따라 우수수 쏟아져 나오게 되었던 사정, 이 모든 것들의 배경에 결코 빼놓을 수 없는 것이 나, 뚝이라는 것. 창말의 뚝이라는 것. 이걸 좀 나는 알아주었으면 좋겠다는 말이다. 오후의 빨래터가 질펀했던 날, 어둠이 와 온 마을이 별에 덮여 절골물 소리만 홀로 지절댈 때, 각자의 초가지붕 아래 얼마나 애틋한 숨들이 서로의 슬픔을 가쁘게 달래는지, 그것은 왜 끝을 알 수 없는 깊은 어둠과 적막과 텅 빈 부재로부터 연원하는지를 알아주었으면. 순칠이가 어째서 쑥구렁 집 여자에게 노상 끌탕을 치고 저 어린 효서마저 겨끔이의 샅 안에 한 움큼 완두를 나 몰라라 집어넣었는지를. 창말의 목숨들 안에서 무엇이 그토록 거스를 수 없이 수런거리는지를.

뚝은 계속되던 것이 아주 갑자기 그치는 모양을 나타내는 말이다. 그래서 나에게 못 다한 기운과 관성이 있는 거라면, 그리고 그것에도 힘의 크기가 있는 거라면, 그 힘의 크기는 당연히 그것이 멈추어버리기 직전에 갖고 있던 흐름의 세기와 그침의 갑작스러움의 강도에 비례할 수밖에 없다. 그렇지 않은가. 그럴 수밖에 없지 않은가.

그런데 이 뚝의 기운과 관성이 창말에서는 유독 인명 생산의 욕구에 강렬하게 치중되어 작용한다. 창말의 뚝은 정말 그렇다.

무슨 뜻이겠는가. 말할 것도 없이 창말에 지속되어오던 수다한 인명이, 어느 한날 한순간 매우 갑자기, 한꺼번에 그치는 사태가 벌어졌었다는 뜻 아니겠는가.

뚝은 어쩌면 뚝 이전의 상태를 얼른 회복하라는 소리 없는 큰 명령인지도 모른다. 그래서 된소리인 데다가 받침까지 기역인 건지도. 뚝.

깽

사실 나는 여기에 낯을 디밀 처지가 못 된다. 범죄나 일삼는 무리라서가 아니다. 그런 무리의 이름이 깽인 것도 아니지 않은가. 갱이다 그들은. 그러니 내가 무엇인지 금방 확연해지고 만다.

말 그대로 나는 깽인데, 비유도 상징도 아닌 오리지널 깽이어서 더 민망하다. 하찮고 보잘것없기가 나만 한 것이 또 있을까.

이래저래 깽이다 나는. 신나는 꽹과리 소리를 떠올린 분이 있다면 고맙고 죄송하지만 얼른 상상을 접어주시길. 네, 그렇습니다. 소리인 것은 맞지만 꽹과리가 아니라 개의 목구멍에서 나는 소리입니다요. 그것도 어쩌다가 나오는.

개의 목구멍에서는 대개 위협적이거나 우렁찬 소리가 나오게 마련이다. 으르렁거리고 컹컹컹 짖지 않던가. 자존감

책임감에다 주인에 대한 충성심마저 팍팍 느껴지는 소리가
아니던가.

그런데 같은 목구멍에서 어쩌다 삑사리처럼 비어져 나오
는 나의 꼬락서니란 크기나 길이나 음감이나 청감이나 영
다 거시기해서, 아주 정말 피치 못할 때나 나도 모르게 튀어
나오는, 그래서 나도 내가 그다지 떳떳지 못한 소리인 것이
다. 나라고 듣고 싶겠는가 그런 소리를.

그런 내가 어째서 때도 아닌데 누가 부른 것도 아닌데 스
스로 낯을 디미는 걸까 여기에. 우선은 요 앞 '뚝'의 얘기를
가만 듣고 있자니 그런 거라면 나도 한마디 거들 수 있겠다
싶어서였고, 어쩐지 좀 더 거들어야 할 것 같아서였고, 거드
는 김에 나의 애꿎은 사정도 이왕이면 토로해보자, 이래서
였을 것이다.

어쩌다 공연해진 '깨'가 자기 형편을 말했던 적이 있고 또
어쩌다 애꿎게 된 '씨'도 여기 나와서 사연을 밝히는 걸 보았
다. 보면서, 공연하고 애꿎게 된 나도 언젠가는 말할 기회가
있겠지 싶었는데 마침 요 앞의 '뚝'이 나한테 기회를 남겨주
었다.

창말의 밤에 대해서라면 나도 '뚝'만큼은 아니까. 개라는
것이 귀가 밝아 자꾸 깨서 설치지 않던가. 달을 향해 컹컹컹
짖기도 하고. 그러니 나도 아는 것이다. 허허한 공백을 메우
려는 듯, 어떤 훼손인가를 마구 회복하려는 듯, 밤마다 뜨겁

게 수런거리는 창말 생태공동체의 애틋한 인명 생산의 욕구를, 아무렴, 알고 이해하는 것이다. 그 까닭과 숨겨진 사정을. 그러하니 나의 애꿎은 사정도 좀 곁들여 말해도 되지 않을까 이참에.

구구절절 내 얘기나 하겠다는 것이 아니다. 그랬다가는 구구질질한 얘기나 될 테니까. 나 자신에 대해 아무리 좋게 말하려고 해도 태생적인 한계가 있다. 나는 으르렁과 컹컹 컹과는 또 다르게 전혀 의도치 않은 순간에 튀어나와 나조차 쪽팔리게 하는, 뭐랄까, 개의 삼중 구조적 발성기관에서 새어 나오는 소리 중 가장 저급한 변태성 외마디라고 할까 뭐 그런 거니까. 깽.

그러니 다른 얘기 끝에나 한번 등장을 하련다. 다른 얘기 끝에나. 그래도 내 공연하고도 애꿎은 사정은 충분히 전해지리라고 보니까.

다른 얘기라면 '스삐꾸' 얘기가 적당하겠다. 그래야 '뚝'이 하려던 말을 좀 더 거드는 꼴이 되겠으니까. 안동네의 느꺼운 밤 풍경을 자연스레 전할 수 있고 마지막에 내가 등장하기에도 수월할 테니까. 음, 스삐꾸가 좋겠다.

스피커라고 해야겠지만 창말에서는 아무도 그렇게 말하지 않았다. 된소리를 썼다. 스삐꾸. 그래서 '삘'과 '빵'도 지들 얘기에서 빠께쓰라고 니야까라고 막 써버린 것이겠지.

오죽하면 여기서 차례로 창말 얘기를 하고 있는 것들이 죄다 된소리들일까. "빠께쓰에 꺼 벌써 다 고아 잡쉈씨꺄?"라고 말하는 게 창말 사람들이니까. 그러니 스삐꾸라 할밖에.

스삐꾸는 집집마다 하나씩 있는 거였다. 거기서 노래가 나왔고 연속극이 나왔고 '유스'가 나왔다. 배운 사람들은 뉴스라고 했지만 간지러웠다. 땡, 하고 시보가 울리면 "박정희 대통령은……" 하고 유스를 시작하는 스삐꾸였다.

되처럼 생긴 스삐꾸에 붙어 있던 것은 앞뒤로 달랑 한 개씩이었는데, 앞의 것은 소리를 끄고 켤 수 있는 스위치였고 뒤의 것은 이웃집과 연결된 검은 빛깔의 전선이었다.

전선은 이웃집을 거쳐 이웃집을 거쳐 이웃집으로 연결됐고 그것은 나무를 타고 이웃 마을로 연결되었으며 또 그것은 나무를 타고 어딘가에 있다는 방송국 출장소 앰프에 닿았다.

창말 사람들은 이 아득한 원리를 그저 전설로 알았고 앰프라는 것도 설화 속 마법 상자의 이름으로 알았다. 하여튼 거기서 소리가 나온다더라. 그런다더라…….

전봇대를 대신하던 나무들이 바람을 만나 흔들리면 전선이 끊어졌다. 출장소 직원은 끊어진 선을 찾아 사흘이 멀다 하고 나무에 올랐는데 걸핏하면 또 바람에 끊어졌다.

그래서 전선을 지탱하는 나무에는 언제나 출장소 직원이 숨은 그림처럼 박혀 있었다. 나무 위에서 그는 하늘을 보고

깽

노래를 하고 낮잠을 자고 종종 오줌을 갈겼다.

효서가 4학년이 되어서야 마을에 라디오가 등장했다. 전선이 필요 없게 되었으니 출장소 직원의 고생은 끝난 거였지만 마을 사람들에겐 없던 걱정이 생겼다.

아무 방송이나 들으면 안 되는 거였다. 전선이 있을 때는 방송도 하나였으나 전선이 없어지자 여러 방송이 와글와글 쏟아져 나왔다.

그중 가장 잘 들리는 방송이 평양방송이었다. 서울방송 시보가 '띠—띠—띠—땡!'인 반면 평양방송의 시보는 앞뒤 없이 살벌한 '빼!'였다. "뉴스를 말씀드리겠습니다"가 서울방송의 첫마디였다면 평양방송은 "보도입니닷!"이었다.

서울은 '박정희 대통령은'으로 시작했고 평양은 '위대하신 수령 김일성 원수님께서는'으로 시작했다. 조금 다르지만 어딘가 많은 게 같았다.

창말에 라디오가 유독 늦게 보급된 이유를 사람들은 알게 되었다. 전파안보라는 것. 아무 방송이나 들으면 잡혀간다는 사실과 함께 알게 된 것이었다.

스삐꾸였을 때는 유선으로 한 방송에 딱 고정되어 있었다. 그 줄이 끊어지면 온 동네 스삐꾸는 한동안 먹통이 되었다. 직원은 아랑곳 않고 나무 위에서 베짱이처럼 노래만 불렀다. 허구한 날 끊어지는 줄이었으니까.

그렇게 먹통이 되곤 하던 시절이었다. 그러니까 나도 스뻐꾸가 먹통이 되던 시절의 깽인 것이다. 소리통이 먹통이 되는 바람에 나만 공연하고 애꿎게 되었다. 그렇다고 생각한다 나는 정말.

먹통이 되던 날, 정확히 말하면 먹통이 되던 숱한 날 중 어느 하루, 안동네에서는 일종의 '발견'이 이루어졌다. 발견이란 하늘에서 뚝 떨어지는 게 아니라 워낙 있던 것을 내동 모르다가 어느 한 날 눈앞에 턱 나타나는 것이 아니던가.

효서네 담임도 만날 강조하던 발명과 발견의 차이. 먹통 때마다 늘 그랬을 터인데 하필 그날 밤 발견이 이루어졌을까를 생각해보니 아무래도 연속극 때문이었던 것 같았다. 아니, 더 가만히 생각해보니 때 때문인 것 같았다. 때. 시간.

저녁 여덟 시 40분인가에 시작해서 아홉 시에 끝나는 것이었을 것이다 그 연속방송극이. 그거 듣고 다들 자고 그랬으니까.

연속방송극이 끝나고 스뻐꾸에서 출연 고은정 김소원 김장환 하면서 효과 옹상수 어쩌고 하면 연속방송극이 끝났다는 뜻이었다. 사람 이름 중에 김벌래가 있다는 것도 나는 알았다. 케이비에스 효과 담당은 옹상수, 동아방송 효과 담당은 김벌래였다.

둘 다 이름이 특이해서 알고 있었는데, 하여튼 고은정 김소원 김장환도 대단했다. 그 성우들이 나오는 연속극의 인기가 이만저만이 아니었다.

그러고 보니 한두 가지 이유로 발견이 이루어진 게 아니었네. 연속극이되 인기 높은 연속극이었기 때문이었고, 낮방송이 아닌 밤방송이었기 때문이었으며, 모두들 그걸 들으려고 스삐꾸를 머리맡에 두고 누웠을 때였기 때문이었고, 그때 또 마침 짓궂은 바람이 지나다 나뭇가지의 전선을 툭 끊어놓았기 때문이었다.

적막. 젠장, 또 먹통이야? 한창 재밌어지는데. 실망과 분노. 에라 잠이나 자자. 이런 과정이었을 것이다 발견 직전의 과정이.

그러나 얼른 잠들지도 못하고 행여나 다시 이어지지는 않을까 머리맡의 스삐꾸를 끌어당겼겠다는 것. 귀를 환히 열고. 그런 귀에라면 명왕성에서 오는 별빛 소리도 들리지 않았을까.

그런데 얼마 안 있어 정말, 마침, 뭔가 들렸는데 연속극은 아니었고, 아닌 게 아니라 별에서나 송신하는 듯한 아주 작고 미묘한 소리였다.

명색 개의 목구멍에 붙어산다는 나도 얼른 구별해내기 어려운 소리. 그래서 가만히 듣자니, 음, 사람의 소리. 사람의 소리는 분명한데 뜨뜻하고 끈적하게 흐무러지는 소리. 평소 사람의 목소리가 아닌, 어딘가 약간 뒤집어진 소리. 사람의 목구멍도 개처럼 삼중 구조인가 싶게 흐르는 변태성 고저장단.

세상에. 어째서 이웃의 소리가 들리는 걸까 스삐꾸는 먹통이 되었는데. 전문가라도 그 원리를 쉬이 설명할 수 없을 터인데 전화라는 것도 모르는 창말 사람들이야 오죽했을까. 아닌가? 워낙 모르니 궁금할 것도 없었을까 신기하기만 하고? 아무래도 그런 것 같았다 그 뒤에 벌어진 사태를 보면.

긴 밤 아랫목 이불 속 사람들에겐, 수신만 되던 스삐꾸가 송신도 되는 이유 따위 알 바 아니었다. 알 바 아니었지. 알 수도 없겠지만. 안들 뭐하겠는가 지금 당장 소리가 들린다는 것, 그리고 몸이 달아오른다는 것이 급선무인데.

더구나 이 발견의 날이 사실은 요 앞의 '뚝'이 빨래터를 말했던 그날이었다. 순칠 어미 홍 씨의 입을 빌려 인화리 정 군이가 지 각시와 함께 딱 굳었다고 얘기했던.

그날이었는데 '뚝'은 그날 밤 안동네 풍경을 슬쩍 뭉뚱그려 말해버리고 말았다. 내가 좀 더 거들어야 하지 않을까 싶었던 것도 그 때문이었다. 발견의 날 이후 그와 동일한 사태가 종종 벌어졌으니까.

그날 스삐꾸에서 처음 외줄기로 미세하게 새어 나오던 소리는 몇 분 안 되어 여러 가닥이 되면서 홍수처럼 번지기 시작했다. 깜깜해진 온 마을에.

내가 속한 집 주인 부부라고 한 가닥 거들지 않을 이유가 없었다. '뚝'이 말했던 것처럼 창말 사람 모두는 무언가를 어서어서 메꾸려는 맹렬한 무의식에 시달리고 있었으니까. 거기다 소달구지 삐걱삐걱 덜컹덜컹 읍성을 넘던 애길 들은 날이 아니었던가.

　소리 내는 사람과 듣는 사람이 따로였던 게 아니라 첫 외
줄기 이후로는 내는 사람이 듣는 사람이요 듣는 사람이 내
는 사람이 되었던 것. 온 동네가. 정말.

　이런 현상을 '뚝'은 관성이니 기운이니 하고 어물어물해
버렸는데 나와 서식처를 같이하는 컹에게는 그냥 그러고 말
아버릴 성질의 것이 아니었다. '뚝'하고는 생리가 달랐으니
까 컹은.

　스삐꾸를 통해 사람들의 입에서 터져 나오는 소리가 너무
나 다급하고 신음 같고 비명 같지 않았던가. 그리고 그것이
다름 아닌 우리 주인들의 주인 것이 아니었던가.

　집 안의 사정이야 어떠하든 컹은 그런 소리와 상황과 낌
새에는 무조건 튀어 나가게 되어 있었던 것이다 습성이. 서
식처를 함께 쓰니 내가 잘 알 수밖에.

　개가 가장 개다울 때란 충견이라고 불릴 때이지 않은가.
물론 좋은 일 나쁜 일 구별 없이 중뿔나게 충성만 해서 개
는 개다라고 비웃음을 사지만 어쨌든 개나 컹이나 그런 것
이다. 한 가지 것에 구별 없이 반응하며 자기도 모르게 튀어
나가게 돼 있는 것. 컹컹컹.

　그러니까 애꿎은 내가 튀어나오기 전까지 컹은 어쨌거나
자기 본분에 아주 충실했던 것이다. 컹컹컹.

　깜깜한 밤하늘을 컹, 하고 처음 울리는 소리는 뭐랄까, 내

가 듣기에도 썩 오묘한 데가 있었다. 깜깜한 밤하늘이라는 것은 그만큼 많은 별들을 거느리게 되고, 별들이 많고 빛날수록 깜깜한 밤은 더 깜깜해진다는 알쏭달쏭한 말이 있는데, 그래서 별이 빛나는 밤을 무지 신묘하다 일컫는데, 그 더 깜깜해진 밤하늘의 한가운데를, 쇠북을 치듯 깊게 지르는 컹은, 정말이지, 아, 오묘하고 오묘한 울림이라 아니할 수 없는 것이었다. 온 밤하늘이, 크나큰 구리종처럼 데엥, 하고 우는 거니까.

신묘가 컹을 만나 오묘해지는 울림에 공명하지 않을 컹이 있었을까. 가뜩이나 저마다의 주인들이 집 안 어둠 속에서 숨이 깔딱깔딱 넘어가고 있는 마당에?

최초의 컹이 두 번째 컹을 부르고 두 번째는 세 번째 네 번째 컹을 부르다가 마침내는 온 동네의 모든 컹들이 밤하늘을 향해 일제히 부르짖게 되었다. 컹컹컹. 마구마구 컹컹 컹컹컹컹.

나중에는 왜 짖는지도 모르고 오로지 밤하늘의 심연으로 퍼져 나가 별들과 부딪히는 자신들의 목청에 취하고 취할 뿐이었다. 그윽이 감은 눈 사이로 눈물이 흐르는 개도 있었고 자신들의 시원인 늑대마저 한껏 그리워하며 목을 빼고 턱을 들어 컹컹컹 컹컹컹 짖는 개도 있었다.

그러나 한밤중의 오묘한 장관에 취하는 것에도 정도가 있는 법인데 그걸 모르는 게 개요 컹이었던 것이다. 한창 깍깍 숨넘어갈 때는 주인으로서도 숨넘어가는 민망한 소리를 덮어주는 개 소리가 나쁘지 않았을망정, 다 끝나고 이제는 자자 하고 누웠는데도 바깥의 개새끼가 제 목청에만 취하고 취해 지랄 떠는 건 좌시할 수 없었던 것.

참다못해 문을 벌컥 열고('뚝'이 말하던 정군 모친도 아들 내외의 방문을 이런 식으로 열어젖히지 않았을까) 뛰쳐나온 주인의 발길질이 향한 곳이 어디였는지는 말 안 해도 다 알 것이다 이미 내가 나와버리고 말았으니까. 깽.

그러니 나로서는 얼마나 억울하겠는가. 잘못은 컹이 해놓고 야단은 내가 맞았으니. 물론 컹도 많이 잘못했다고는 할 수 없다. 컹은 컹의 생리를 따라 본분을 다한 것뿐이니까. 기구하긴 하지만 이런 걸 운명이라고 하는 걸까.

하여튼 수신 전용 장치인 스삐꾸가 송신도 된다는 발견도 분명한 발견이지만, 전선이 뚝 끊겨서 먹통이 되는 순간 거기에 또 다른 세계가 새롭게 열린다는 발견도 빼놓을 수 없는 발견일 것이다.

갑자기 뚝 끊긴 것의 관성과 기운으로 그 끊긴 것을 이어 복원하려는 창말의 저 뜨겁게 수런거리는 밤의 사정을 알게 된 것도 나에게는 발견이지 않을까.

어찌 되었든 '뚝'에 이어 창말의 밤에 관해 좀 더 이야기하면서 내 애꿎은 처지를 하소연할 수 있었던 이 자리가 무엇보다 다행스럽다.

찍

나는 소리인데 소리라서 가끔 다른 소리에 묻힌다. 세상엔 소리가 참 많아서 이런저런 소리가 겹치는 경우도 그만큼 많다. 그러니 소리인 주제에 소리에 묻히는 걸 앰하다고 할 것까지는 없다.

다만 앞에서 '쓰'도 나오고 '깽'도 나와서 얘길 하길래, 그렇다면 나도 좀 말할 수 있지 않을까 싶었던 것이다. 나에 대해서. 묻히는 나에 대해서.

저들도 나처럼 다 소리인데 이런 데 나와서 한마디 하지 않던가. 더구나 나올 처지가 아니었다면서도 할 말 다 하는 '깽'을 보고 생각을 굳혔다. 나라고 못 할 게 없겠다고.

'찍'이라고 적는 소리의 뜻이 여럿이지만 나는 그중 미끄러지는 소리에 속한다. 문질리면서 미끄러지는 소리. 찍.

어차피 알게 될 거 에둘러 말하지 않겠다. 나는 신발 바닥이 땅에 문질리면서 미끄러지는 소리인 것이다. 그것도 저 창말의 장우라는 아이, 그 아이의 신발 바닥에서 나는 소리. 찍.

또 먼저 말해야 할 게 있다. 나는 장우가 어딜 가다가 미끄러져서, 말하자면 경사 급한 내리막길이라도 달리다가 미끄러지는 통에 생겨난 소리가 아니라는 점. 장우는 선 채로 신발 바닥을 땅바닥에 문질렀다. 그걸 내가 모를 리 있겠는가. 장우의 신발 바닥에서 생겨난 내가.

나는 처음에 장우의 신발 바닥에 똥이라도 묻은 줄 알았다. 아니면 껌 같은 거나. 그래서 신발 바닥을 땅바닥에 문지르는 줄 알았다.

장우가 멈추어 서서 그런 식으로 처음 신발 바닥을 비볐던 곳은, 내가 알기로는 갑문에서였다. 갑문을 건너다가 멈추어 서서 신발 바닥을 비볐는데 그때는 땅바닥이 아닌 콘크리트 바닥이었다.

갑문이었으니까. 갑문은 창말 유일의 콘크리트 구조물이었으니까. 신발 바닥을 비비면서 장우가, 무어라고 중얼거렸다. 작게 중얼거린 것도 아닌데 나는 묻혔다. 이 얘기인 것이다 소리에 소리가 묻혔다는 말은. 무어라 중얼거리는 소리에 발바닥의 내가 그만 묻혀버렸다는 것.

그러고 보니 발바닥의 나만 묻혔던 것이 아니었다. 정말 아니었네. 발바닥의 나 때문에 장우의 중얼거림도 묻혔던 거네. 그런 거였네. 중얼거림과 찍. 이것이 동시에 발생했으니 서로 묻고 묻힌 셈.

나는 누구도 아닌 바로 나 때문에 장우의 중얼거리는 소리를 못 들은 것이었다. 그러니 어느 쪽이 더 앰하다 할 수 없는 것? 같은 처지? 그러네. 양쪽 모두 앰한가?

장우의 입에서 나오는 중얼거림은 나 찍 때문에 묻혔고, 나 찍은 장우의 입에서 나오는 중얼거림 때문에 묻혔으니까.

하여튼 그랬는데 처음만 그랬던 게 아니었다. 신발 바닥을 땅바닥에 문지를 때마다, 하필 그때마다, 장우는 중얼거렸다.

그 중얼거림이라는 게 어딘가 참 묘했다. 중얼거린다고도 노랠 한다고도 외친다고도 할 수 없으면서 그 셋 다였으니까. 장우는 신발 바닥을 콘크리트 바닥이나 땅바닥에 비비면서 노래하듯 외치면서 중얼거렸던 것이다.

장우 놈의 신발 바닥에서 생기는 소리가 나니까 놈의 신발 바닥 사정은 내가 가장 잘 알았다. 똥이나 껌 같은 건 최근에 묻은 적이 없었다. 장우의 신발 바닥은 깨끗했다.

그런데도 바닥질이었다. 바닥질. 똥 눈 개가 흔적을 감추려고 본능적으로 바닥을 긁어대는 것 같은 바닥질.

물소리와 바람 소리와 새소리는 두 겹 세 겹이어도 잘 들리고 오히려 좋기만 한데 상생이라 그런가? 그럼 나와 장우의 중얼거림은 상극인가? 그래서 두 겹만 돼도 둘 다 죽고 안 들리는 건가?

그런데!

장우의 이 중얼거림을 들은 자가 있었다.

장우보다 한 살 적지만 언제나 장우를 만만히 보는 긍칠이었다. 처음 갑문에서는 아니었던 것 같고 두 번째였던가, 안동네 연자매에서 놀다가 장우가 중얼거리는 걸 긍칠이가 들었다.

연자매는 더 이상 쓸모가 없어 안동네 공터에 방치되어 있었는데 오래되어 반나마 땅에 묻혔다. 거기서 놀던 장우가 어느 순간 연자매에 신발 바닥을 비비며 중얼거렸다. 뭐라 뭐라 짧게. 긍칠이가 가까이에 있었다. 바로 곁에 있었으나 알아듣지 못했다. 작은 소리가 아니었는데. 나 찍 때문이 아니었다. 그냥 알아듣지 못했다.

그때부터 긍칠이는 기분이 묘하게 나빠졌다. 나이는 한 살 많으나 언제나 살짝 깔봐왔던 장우의 입에서 요상한 말이 흘러나왔기 때문이었다. 왠지 그를 더는 졸로 봐서는 안 될 것 같은, 뭔 말인지는 모르겠으나 하여튼 그런 느낌이 들게 하는, 생각할수록 떠올릴수록 자꾸만 그런 생각에 사로잡히게 되는, 그런 말이었다. 뼈도 든 것 같고 카랑카랑한 맛도 밴 중얼거림.

그날 밤 긍칠이는 어미 홍 씨한테 물었다.

어머이.

응.

물을 수밖에 없었다.

뭔 소리를 들었는데 말야, 모르겠어.

뭔 소릴? 누구한테?

장우한테. 혼자 씨부렁거린 말인데.

늦게라도 물을 수밖에 없었다.

글쎄, 뭔 소릴 들었냐니까?

하냥께 쑥다림 융성발전 오오락헤라마다하.

어?

하냥께 쑥다림 융성발전 오오락헤라마다하.

뭔 소리래 그게?

장우가 그랬다니까.

뭐라고?

하냥께 쑥다림 융성발전 오오락헤라마다하.

그러니까 그게 무슨 소리냐고?

아이씨, 모르니까 내가 물었잖아 어머이한테 지금. 모르
니까.

저 새끼 봐, 엄마한테 말버릇 하고는.

그러니까 모르니까 물었는데 왜 나한테 묻냐고 묻기를.
내가 모르니까 먼저 물은 건데 왜 나한테 물어. 왜.

다시 해봐. 장우가 했다는 말.

하냥께 쑥다림 융성발전 오오락헤라마다하.

미쳤나 보다.

어?

걔 미쳤나? 걔 요즘 홍역 하나?

아이씨, 또 왜 자꾸 물어? 대답은 않고 왜 자꾸 묻냐고 왜애.

긍칠이는 대답을 듣지 못했고 깊은 시름에 빠졌다. 장우가 하는 말들은 유치하기 짝이 없어서 지금껏 긍칠이가 못알아들을 말이 없었고 외려 장우를 가르치며 슬슬 무시하는 재미를 누려왔는데 위기였다.

하냥께 쑥다림 융성발전 오오락헤라마다하가 뭐냐? 하고 장우에게 묻지 못했다. 물으면 장우가 왠지 씨익 웃으며, 정말 왠지 씨익 웃으며 그것도 몰라? 할 것만 같았다. 가소롭다는 듯이.

신발 바닥을 연자매에 비비며 내는 장우의 입소리는 비밀스러운 주문 같기도 했다. 누구라도 장우를 무시하면 황천을 건너던 개가 달려와 불알을 떼먹으라는 주문.

긍칠이의 수심은 깊어만 갔다. 엄마 말마따나 장우가 미쳤거나 병이 나서 정신이 오락가락해 헛소리하는 것일지도 몰랐다.

그러는 걸 거야, 맞아.

긍칠이는 자신을 다독였다.

참 나, 왜 내가 그런 걸 갖고 애를 끓인담.

자기답지 못하다고 생각했다. 자기다운 게 뭔지는 생각하지 않았다.

그러나 장우는 조금도 아파 보이지 않았다. 아프기는커녕 오히려 무언가에 맹렬해 보였다. 그래서 긍칠이는 다시 수심에 빠져들었다.

이건 말이지, 그냥 하냥께 쑥다림 오오락헤라마다하도 아니고 참.

그냥 그거라면 헛소리라고 할 수 있었다. 누구든 못 알아들을 판이었으니까.

그런데 융성발전이라는 게, 어? 뭐냔 말야 이게 참.

긍칠이는 혼자 중얼거렸다. 쏙 무시해버릴 수 없는 말이었다. 융성발전. 그게 끼어 있어서 긍칠이는 슬며시 주눅이 들었던 것. 융성발전. 융성발전.

나는 장우의 입에서 흘러나온 말이 하냥께 쑥다림 융성발전 오오락헤라마다하인지 뭔지 몰랐다. 내 소리에 내 귀가 막혀 있었으니까. 장우는 하냥께 어쩌구 중얼거릴 때마다 꼭 신발 바닥을 땅바닥에다 찍 문질러 미끄러뜨렸으니까.

나는 나중에야, 긍칠이가 오랜 시름과 수심 끝에 마침내 하냥께 쑥다림 융성발전 오오락헤라마다하의 뜻을 알아내고 그것을 동네방네 애들한테 나발을 불고 다닌 뒤에야 알았다.

그때의 나는 이미 장우의 신발 바닥이 아닌 하군이의 신발 바닥으로 옮겨 가 있었다. 장우의 신발 바닥에서는 더 이상 찍 소리가 나지 않았으니까.

융성발전은 좆도 아니다!

궁칠이가 뱉은 일갈이었다. 하냥께 쑥다림 융성발전 오오락헤라마다하의 뜻을 완벽하게 깨닫고 부르짖었던 말.

그러나 회심의 일갈은 그다지 빛을 발하지 못했다. 진작 부르짖었다면 모를까, 때를 좀 못 맞추었기 때문에 일갈이라고 하기엔 좀 그랬다. 누구라도 다 알 만한 때에 알게 된 거였으니까.

궁칠이가 알아차린 게 뭐였냐면, 음, 이미 많은 사람들이 그게 뭔지 눈치를 챘겠지만, 그래도 이건 조금 뒤에 말하면 안 될까. 다른 얘기 살짝 먼저 한 뒤에 말이다. 뒤라고도 할 수 없겠다. 그 얘기가 결국은 그 얘기가 될 테니까.

창말에는 얼마 안 지난 얘기인데도 전설같이 돼버린 얘기가 하나 있다. 누구네 누렁이 얘기인데, 오래된 얘기가 아닌데도 누구네가 누구네인지 모르는 걸 보면 전설은 전설이지 싶다. 아니면 그게 꾸며낸 얘기라서 누구네라고 못 박지 못한 건지도.

하여튼 어떤 사람은 그걸 간절한 얘기라고 하고 어떤 사람은 애절한 얘기라고 했다. 그게 그거 아닌가 싶기도 하고.

누구네 누렁이가 개장수에게 팔렸다. 개장수한테 끌려가는 누렁이를 학교에 다녀오던 누구가 보았다. 누구는 멀어져 가는 누렁이를 애절한 눈빛으로 바라보았다. 누렁이도

찍

멀어져 가며 끝없이 누구를 뒤돌아보았다.

집으로 달려온 누구는 누렁이를 왜 팔았냐고 울면서 부모에게 따졌다. 그게 다 네 간절한 소원 때문이었단다, 라고 누구네 아버지가 말했다. 나는 누렁이를 팔자고 간절히 소원한 적이 없어요, 라고 누구가 말했다.

그러자 누구네 아버지가 말하길 나는 누렁이보다 네 소원이 더 중하다고 생각한단다, 라고 했다.

누구는 다음 날 아버지의 뜻을 이해하게 되었다. 아버지가 읍내 시장에 가서 누구가 그토록 바라던 정구화를 사 왔던 것이다. 작고 예쁘고 새것인 정구화를. 누렁이를 판 돈으로.

창말에서는 뜻도 모르고 그것을 정구화라고 불렀다. 정구가 뭔지도 모르고 그렇게 불렀다. 정구는 창말 두레 농악에서 태평소를 부는, 술 먹는 것과 태평소 부는 것밖에 모르는 팽학성의 장남 이름일 뿐이었다.

땜빵 머리 팽정구. 기계충 먹은 팽정구. 정구화가 운동화로 이름이 바뀐 것은 창말에 라디오가 보급될 즈음이었다. 서울방송이든 평양방송이든 그것을 모두 운동화라고 했으니까.

아무려나 누구네 아버지가 정구화를 사 왔던 날 밤이었다. 누렁이가 돌아왔던 것. 천 리를 쉬지 않고 뛰어온 것처럼 비쩍 마른 누렁이가 제집을 찾아 당도했던 것이다. 자기를 퍽이나 사랑했던 누구를 찾아.

그런데, 그런데 누렁이는 집 밖에 잠시 머무르다가 자취를 감추었다. 댓돌 위에 놓인 정구화가 달빛에 오롯이 빛났기 때문이었을 것이라고 사람들은 말했다. 물끄러미 정구화를 바라보다 사라진 누렁이가 어디로 갔는지는 달빛만 알았다.

전설의 끝은 대개가 그 모양이었다. 누렁이가 왔던 것을 어떻게 알았으며, 달빛만 알았다는 건 또 어떻게 확인할 수 있단 말인가. 하지만 전설이라는 것은 워낙 따지며 듣는 게 아니었다. 누렁이가 돌아오게 되어 누렁이 판 돈을 다시 물리게 될까봐, 그러면 정구화도 다시 물리게 될까봐, 누렁이는 자기를 사랑해주었던 누구를 위해 다시는 돌아올 수 없는 곳으로 소리 없이 가버리고 말았다며 뭉클해져야, 그래야 전설 듣는 쪽으로서는 최고의 태도인 것이다. 그리고 정구화에 대한 아이들의 소원이 얼마나 간절한지를 아울러 떠올려야.

궁칠이의 말마따나 융성발전은 아무것도 아니었다. 지겹게도 질긴 꺼먹 고무신이 어서 해지라고, 닳고 닳아 못 쓰게 되라고 콘크리트 바닥과 돌바닥과 땅바닥에 닥치는 대로 비벼댔던 것이다. 찍. 찌익. 행여나 그 소리를 들킬세라 입으로 하냥께 쑥다림 융성발전 오오락헤라마다하를 외치면서. 옆 사람의 주의력을 분산시키려고. 큰 소리로.

장우의 입에서 그런 소리가 나오기 시작했던 것은, 욕과 약속을 절묘하게 뒤섞는 장우 어미의 말버릇 때문이었다.

찍

멀쩡한 신발을 두고 염병한다고 정구화는 무슨!

이 말을 잘 살피면 신발이 멀쩡하지 않으면 정구화를 사준다는 뜻이 되었다. 장우는 공부는 못해도 지 어미 말뜻을 이해하는 데는 귀신이었다.

그래서 결국 정구화를 갖게 되었으므로 장우는 찍소리도 안 했다. 장우의 신발 바닥에서도 더는 찍 소리가 나지 않았다. 정구화 바닥을 땅바닥에 문질러 미끄러뜨리지 않았기 때문이기도 하지만 아예 신지 않아서 그랬다. 아끼느라. 남들이 보지 않을 때는 정구화를 벗어 품에 안고 맨발로 걸었으니까. 사람들이 보면 얼른 꺼내 신고.

그러니 나는 정구화가 없는 놈들의 신발 바닥으로 옮겨갈 수밖에 없었다. 장우효과라고 할까. 아니면 하냥께 쑥다림 융성발전 오오락헤라마다하의 영향이라 할까. 나는 지금 하군이의 신발 바닥에서 애꿎은 출몰을 거듭하고 있다.

하군이 놈도 장우처럼 찍 소리를 들키지 않으려고 별 요상한 주문을 만들어 외운다. 언제나 찍 소리에 묻혀서 잘 들리지는 않지만.

머잖아 또 다른 아이들의 신발 바닥으로 바삐 옮기며 팔자에도 없고 소원에도 없는 순회를 나는 계속해야만 할 것 같다. 그러다가 어느 날 누렁이처럼 다시 못 올 곳으로 사라지고 말 것 같아. 아무래도 영영 그럴 것만 같아.

땜

그 말 때문이었던 것 같았다. 창말 사람들이 남자의 소식을 알 수 없게 되었던 까닭은 아무래도.

그를 그냥 남자라고 할 수밖에 없다. 나도 그의 이름을 모르니까. 그는 땜재이로 불렸을 뿐이다. 땜장이겠지만 창말에서는 땜재이라고 했다.

어쨌거나 땜은 땜. 그걸 직업명이라고 해야 할지 별명이라고 해야 할지 모르겠으나 남자에겐 이름 석 자와 다를 바 없었다. 땜재이. 그렇다면 나는 그의 성씨에 해당하는 거겠지. 땜이니까 나는.

땜재이는 고무 땜재이 말고 양은 땜재이도 있었는데 창말까지 오는 땜재이는 고무 땜재이였고 양은 땜재이는 읍내 시장 붙박이거나, 오더라도 어찌 된 영문인지 이강리까지만 오고 창말까지는 오지 않았다. 그래서 창말에서 땜재이가 왔다고 하면 으레 고무 땜재이로 알았다.

그 땜재이가 언젠가부터 창말에 나타나지 않았다. 그동안 그가 어디에 있었는지 나는 알았으나 창말 사람들은 잘 몰랐다.

몰랐을까? 하여튼 나로서는 알 수밖에 없었다. 늘 그와 함께였으니까. 그는 심한 고초를 당했다. 아주 심한 고초를. 그를 끌고 갔던 사람들은, 종종 언묵이를 끌고 가는 사람들과 한 조직원이었다. 그가 태워졌던 지프도 언묵이를 태워 가던 것과 동종의 차량이었다.

어째서 간첩 잡는 사람들한테 끌려가게 되었던 것일까 땜재이는. 아무래도 그 말 때문인 것 같았다. 선연하다는 말.

선연하다는 말이 어째서? 그러게. 나도 그 연고를 잘은 모르겠다. 선연하다는 말이 이상한가? 아무래도 모르겠다. 다만 선연하다는 말에 반응하던 창말 아이들과 어른들을 기억할 뿐이다.

물론 선연하다는 말이 남자의 입에서 나오던 순간도 나는 기억했다. 구멍 난 신발이나 장화를 감쪽같이 땜질하는 신기. 그걸 구경하던 애들 중 하나가 물었던 것이다. 하군이었던가. 그랬을 것이다.

거긴 왜 갈아요?

찢어지거나 구멍이 난 언저리를 특이한 것으로 슥슥 문질렀는데 아이는 그곳을 가리키며 왜 가는 거냐고 했다.

땜

간다기보다는 음, 이건 문지르는 거지.

땜재이가 대답했다. 그의 음성은 작은 그의 무쇠 부뚜막에서 피어오르는 열기만큼 따뜻했다.

아이들이 땜재이 주변으로 몰려든 것은 땜재이의 신기를 구경하려는 것이기도 했지만 작은 무쇠 부뚜막에 언 손을 녹이려는 속셈도 있었다.

사과 상자보다 조금 작은 무쇠 부뚜막 한쪽은 관솔가지를 때는 아궁이였고 다른 한쪽엔 앙증맞은 굴뚝이 붙어 있었다. 평평한 윗면이 뜨거운 부뚜막인데 그곳에서 모든 기술이 이루어졌다.

땜재이의 큰 가방 안에는 신발 모양을 본뜬 다양한 금속 주형과 목각 모형들이 있었다. 금속 주형을 뜨거운 부뚜막 위에 올려놓고, 구멍을 때운 고무신을 주형 안에 넣었다. 그런 다음 목각 모형을 고무신 안에 힘껏 밀어 넣고 나사형 압착기를 돌려 주형과 고무신과 모형 이 셋을 한꺼번에 꽉 조였다.

본드를 발라 새 고무를 덧대어 때운 고무신이 열기와 압력으로 단단히 붙게 하는 장치였다. 부뚜막 안에서는 언제나 일정한 온도의 관솔불이 타고 있었고 아이들은 그곳에다 곱은 손을 쬐었다. 너나없이 그러고 있기가 염치없었던지 하군이가 물었던 것.

그러니까 거길 왜 문지르는 거여요?

다른 아이들은 눈치 빠른 하군이를 고마워했다.

그래야 잘 붙는단다.

역시 따뜻한 목소리.

왜요?

다른 아이가 물었다. 질문이 이어질수록 더 오래 불을 쬘 수 있었다.

왜냐면 말이다. 잘 보거라.

그러면서 땜재이는 고무신의 구멍 난 언저리를 천천히 문지르는 시범을 보였다. 땜재이가 손에 쥐었던 것은 사포도 아니고 줄도 아닌 특이한 것이었다.

사포보다 줄보다 거칠면서 날카로운 것. 깡통을 오려 평평하게 한 다음 가느다란 못으로 수없이 구멍을 내어 뒤집은 것. 강판 같은 것이었다.

미군 부대에서 흘러나온 깡통의 용도는 실로 다양했다. 창말 정미소 건물의 외부 자재도 수만 개의 미군 부대 깡통을 잘라 이어 붙여 만든 것이었다.

강판 같은 것이었으니 고무 표면이 썩썩 잘도 쓸려 나갈 밖에. 아이의 말마따나 그것은 문지르는 게 아니라 가는 것 같았다. 검정 신발에서 쓸려 나온 고무 가루가 땜재이의 무릎에 떨어져 내렸다.

보이지? 이렇게 해야 헌 신발 표면의 이물질이 완전 제거되고 또 살짝 우둘투둘해져서 표면적도 넓어지는 효과가 생기니까 접착이 잘되는 거란다.

여기까지도 애들로서는 좀처럼 알아들을 수 없는 말이었다. 쉽지 않은 말이었거니와 무엇보다 낯선 말이잖은가. 창말에 이런 식으로 말하는 어미 아비는 없었다. 땜질이 그랬듯이 이 사람 말씨도 참 신기하다고 생각했겠지. 그러던 차에 땜재이의 입에서 나온 말이었다.

어때? 이렇게 하니까 고무의 속살이 아주 선연하지?

애들은 무쇠 부뚜막에 손을 뻗은 채 서로의 얼굴을 바라보았다. 선연? 아, 이 아저씨 왜 이리 낯서냐? 말은 안 했지만 애들의 어정쩡한 웃음이 그리 말하는 것 같았다. 선연하다니. 어정쩡하게 웃을 때는 애들의 코밑과 양 뺨에 번들번들 처발린 저마다의 콧물이 더 더럽게 느껴졌다. 좆나리 낯서네. 더러운 게 서로 보이니까 더 신경질이 나려는 것 같았다. 처발린 콧물이 얼어 터져서 뺨은 붉은 실금으로 촘촘히 갈라져 있고.

뭐라구?

애들 어미들은 되물었다.

아, 선연하다고 했다니까. 선연하다는 거 알아? 아냐구?

그 땜재이가 그랬다구?

왜 자꾸 물어. 그랬다니까.

선연하다구?

그으래! 이상한 말이야?

이상하긴.

그럼?

모르겠다 나도. 땜재이가 그랬단 말이지…….

표면적이 넓어지는 효과가 생기니까……. 이런 말은 전해지지 않았다. 옮기기도 버거워 애들은 짧고 만만한 '선연하다'만 갖고 말했다.

표면적이 넓어지는 효과가 생기니까……. 이런 말까지 전해졌다면 어땠을까. 어미들의 반응이 더 과격했을까. 마찬가지였을 것이다 아마. '선연하다' 하나 때문에 그 땜재이가 그랬다구? 라며 놀란 것은 아니니까.

이전부터 땜재이를 어딘가 다른 사람이라고 여겨왔고, 다른 사람이라 여겼으되 어디가 어떻게 다른지를 몰랐고, 스스로 그걸 구별해낼 깜냥이 못 된다는 것에 신경질이 났고, 특히 그걸 말로 표현하는 데는 더 막막해하던 참이었으므로, '선연하다'는 말 한마디에 대한 반응만으로도 어미들의 심사를 엿보기에 충분했다.

선연하다구 그러더랍디다.

어미들끼리 하는 말.

선연하다구?

그랬다니까여, 선연하다구.

하이고 그랬구먼 이번엔. 그런 말을 했구먼. 했어.

이런 식이었다. 자주 이런 식이었고 늘 이런 식이었다. 이런 식이었지만 다 통했다. 아주 잘 통했고 사실은 지나치게 통했다.

어딘가 석연찮았던 땜재이에 대한 평소의 느낌들을 오로지 그 '선연하다'에만 혐의를 두어 다 뒤집어씌우려는 것이었으니 안 통할 리 없었다. 더 잘, 더 분명하고 확실하게 통하기 위한 추가 정보는 필요 없었다. 하나도 필요 없었다. 선연하다. 이것 하나로 차고 넘쳤다. 다 통했다.

내가 뭐래. 보통 땜재이가 아니라고 했잖어.

다시 어미들끼리 하는 말.

선연하다고 하다니.

그러게 말야.

우리 겉은 사람덜이 선연하다는 말을 쓰간?

말투도 이쪽이 아니라 저어쪽이람서?

저어쪽 말이긴 해도 달콤하기가 사탕이랴.

아유, 아유, 어쩌면 좋으까.

말소리가 녹인댜.

보통 땜재이가 아니래두 그래.

난 자꾸 무섭네.

그랬는데, 그러던 어느 날인가부터 땜재이가 창말에 나타나지 않았다. 이강리에서도 볼 수 없었다. 오래 볼 수 없었다.

봄이 가고 여름이 갔다. 가을이 오고 절골물이 차가워질 즈음 그가 창말을 찾았다.

그를 가장 먼저 본 애가 장우였다. 아무도 없는 줄 알고 맘 놓고 신발 바닥을 연자매 돌 위에다 찌익 찍 긁는데 그가 껄껄 웃었다. 장우는 깜짝 놀라 뒤늦게 외쳤다.

하냥께 쑥다림 오오락혜라마다하!

때도 놓치고 융성발전도 빼먹고.

우랑바리나바롱 뿌따라까 따라마까 뿌랑야!

그가 외쳤다. 어린이 라디오 연속방송극에 나오는 손오공의 주문이었다. 그의 주문은 힘찼다.

아, 왜 진작 저 주문을 써먹을 생각을 못 했을까. 공연히 힘들게 만들어 썼잖아 나까지 헷갈리는 것을. 장우는 멍하니 그런 생각을 하는 것 같았다. 표정이 그래 보였다.

난 말이다.

땜재이가 장우에게 말했다.

다들 정구화를 신어서 나도 이 지겨운 고무신 땜재이 노릇 안 하는 게 소원이란다.

속을 다 들킨 장우였으나 그의 말이 따뜻했을 것이다. 그의 음성은 여전히 따뜻하고 부드러웠으니까. 마을 사람들과 묵은 인사를 나눌 때도 그는 마찬가지였다.

액땜한 셈 쳐야지요.

그가 말했다. 그간 왜 안 보였어? 고생했다며? 따위의 인사도 받기 전이었다. 마을 사람들은 다시 나타난 그를 유령 보듯 했다. 죽었거나 평생 감옥에 있을 줄 알았던 사람이 천연스레 무쇠 부뚜막을 메고 다시 나타났으니 오죽했을까.

믿기 어려워 인사도 건네지 못했고 미안하고 죄스러워 말을 붙이지도 못했다. 마을 사람 누구도 그의 행색과 말씨를 두고 한두 번 쑥덕거리지 않은 적이 없었고 그의 말을 과장되게 옮기지 않은 사람이 없었다. 그러다 보니 발 없는 말이 천 리를 갔을 거라는 것도 누구나 짐작한 바였다.

천 리 끝에는 수상한 사람(이런 사람을 신고하는 요령을 애들은 국민학교에 입학하자마자 조목조목 배우기 시작했다)을 문초하는 공안기관이 있고, 그곳에 잡혀가면 여간해서는 살아 나오지 못한다는 소문도 사람들은 들어 알고 있었다.

이건 애 어른 할 것 없이 모두 아는 거였다. 그랬으니 내가 꼭 천 리 끝까지 가서 고변하지 않았대서 마음 편할 수는 없었던 것. 마을 사람들이 다시 나타난 땜재이에게 선뜻 반가운 인사를 건네지 못한 까닭이 여기에 있었다. 그런데 그가 먼저 입을 열어 인사를 건넸던 것이다. 그것도 덤덤하게. 액땜한 셈 쳐야지요, 라고.

액땜이 뭔가. 앞으로 닥쳐올 무거운 액운을 미리 가벼운 고난을 겪어 대신한다는 뜻 아니던가. 그러니까 이게 뭐지? 자신이 이제껏 겪은 것을 가벼운 고난 정도로 여기고 오히려 큰 액운을 그것으로 대신하게 되었으니 다행이다? 마을 사람들에게 감사할 일이다 뭐 그런?

액땜?

하군이 아비가 누구에게랄 것도 없이 되물었던가.

액땜이라고?

개똥이네 엄마가 환해져서 다시 되물었던가.

아, 액땜. 알지. 액땜. 그래.

누가 뒤에서 좀 더 큰 소리로 말했고,

알고말고. 액땜을 누가 몰라. 암. 알지. 하하.

갑자기 좌중이 한숨 돌렸다. 둥치듯 숨이 트였다.

그래그래. 액땜. 허허. 그렇구만 액땜. 허허.

헐헐헐헐. 나는 또 뭐라구. 그렇지, 액땜.

와자글해졌다.

그 말이 딱 맞네. 액땜. 그려. 딱 맞어. 액땜이어. 헐헐.

헐헐헐.

헐헐헐. 그렇다마다.

좌중이 다 웃었다. 다. 무언가 머뭇거리던 것들이 쓱 사라
졌다. 사라지는 느낌? 그렇게 하여튼 무언가를, 마을 사람들
은 얼렁뚱땅 헐헐헐헐 날려 보냈다.

그런데 액땜도 땜이라서, 나는 액땜 액땜 할 때마다 깜짝
깜짝 놀랐다. 땜인 나는 내가 이 땜인지 저 땜인지 자꾸 헷
갈렸다.

얼렁뚱땅이긴 해도, 땜재이가 먼저 주도한 것이긴 해도,
창말 사람들과 땜재이가 다시 예전 관계를 회복한다는 의미

의 액땜이니 좋은 것 아닌가. 그런 거라면 땜인 나는 저 땜보다 이 땜이 좋을 것 같다.

고무 붙이는 땜도 나쁠 건 없지만 사람과 사람을 붙이는 땜도 고상할 듯. 땜의 눈물겨움? 좀 위대한 땜일 듯. 남북으로 두 동강 난 산하를 다시 붙이는 땜이라면 어떨까? 그래서 땜재이도 언묵이도 지프 탈 일 따위 없어진다면?

땜재이가 창말에 다시 나타나 효서는 뜻밖의 덕을 보았다.

장우의 신발이 효서의 것보다 더 해졌지만 땜재이는 하냥께 쑥다림 오오락헤라마다하의 깊은 속뜻을 진작에 알아차렸다. 장우는 운동화가 필요한 거였다. 그래서 장우 말고 효서에게 말했다. 효서는 소심해서 아직 운동화라면 언감생심이었다.

일은 마쳤지만 말야. 무쇠 부뚜막 속에 아직 알불이 남아 있으니, 효서야, 가재나 구워 먹자꾸나.

효서는 맨발로 절골물에 들어가 가을 짝짓기에 열중인 가재를 건져냈다. 양손에 가재를 가득 움켜쥐고 연자매 옆 감나무 밑에 다다랐을 때 땜재이의 모습은 보이지 않았다.

감나무 밑은 감쪽같이 비질이 되어 있었고 무쇠 부뚜막이 놓였던 자리에 온기가 남아 있었다. 그리고 감나무 발치에 깔끔하게 땜질된 효서의 검정 신발이 가지런히 놓여 있었다. 공짜 땜질.

효서는 신발을 신고 동구 밖까지 내달았다. 그러나 샛말로 이어진 길에도 그의 모습은 보이지 않았고 푸르스름한 이내만 길 위에 내려앉고 있었다.

효서는 꼬물거리는 가재를 쥐고 오래도록 그 자리에 서 있었다. 효서의 머리 위로 개밥바라기가 숨 쉬듯 빛을 내기 시작했다.

빵

개똥이가 뺨을 맞았다. 담임한테. 개똥이 뺨이 빨개졌다.

너, 나와.

담임이 화가 나서 이렇게 으르렁거리면 백이면 백, 때리겠다는 뜻이었다. 담임의 손에 몽둥이나 자가 들려 있으면 엉덩이나 손바닥을 맞는 것이고 아무것도 안 들려 있으면 뺨이나 꿀밤을 맞는 거고.

남자아이들은 엉덩이나 뺨이고 여자아이들은 손바닥이나 꿀밤이었다. 담임의 손엔 아무것도 없었다. 개똥이는 그러니까 당연 뺨.

그런데 아주 오래 맞았다. 오래오래. 그래서 뺨이 엄청 시뻘게졌다. 그럴 줄 알았다.

너, 나와.

이렇게 화가 나서 으르렁거리지 않고 담임은,

인연수, 이리 나와봐요.

라고 부드럽게, 존칭에다가 청유형으로 말했던 것이다. 개똥이의 본명을, 성까지 붙여 불러주며. 약간의 리듬도 넣어서. 흥얼거리듯.

반 아이들이 확 긴장했다. 화가 난 담임보다 화나지 않은, 따분해진 담임이 훨씬 무서웠으니까.

똑바로 서봐요.

여전히 리듬 섞인,

고개를 약간만 들어봐요.

부드러우면서도 뇌까리는 듯한.

그 말이 떨어지기가 무섭게 처얼썩, 하는 소리가 교실의 적막을 찢었다. 처얼썩의 썩이 미처 애들 귀에 다다르기도 전에 개똥이는 벌써 미닫이 출입문까지 날아가 처박혔다.

담임은 젊고 건강한 유도 유단자였다. 그가 유도 하는 걸 아무도 보지 못했으나 그의 눈빛, 덩치, 성깔, 말투, 어깨의 두툼한 승모근, 그리고 아이들을 집어 내던지는 폼만으로도 아이들에게 유도 유단자라는 믿음을 주기에 충분했다. 5학년 담임은 1년 내내 한 대도 안 때린다는데 개똥이네 담임은 매일 때렸다.

일어서요. 일루 와요.

담임의 말은 나른했다. 개똥이는 얼굴을 감싸고 일어나 담임한테로 비척비척 다가갔다.

손 내려봐요. 차렷해봐요.

그리고 또 처얼썩.

64명의 아이들이 지켜보는 가운데 개똥이는 개같이 맞았다. 맞는 개똥이는 개 같고 때리는 담임은 신선 같았다. 손가락을 까딱까딱하여 개똥이를 가까이 오게 하고는 처얼썩, 또 까딱까딱 가까이 오게 하고는 처얼썩.

처얼썩. 까딱까딱. 처얼썩. 까딱까딱.

귀찮은 것이다 담임은 때리는 것도 다. 그래서 자동으로 처리하려는 거지. 매를. 어떤 때는 몽둥이를 칠판과 시간표판 사이의 좁은 틈에 삐죽 나오게 꽂아놓고, 애들 스스로 달려가 명치를 몽둥이 끝에 부딪히게 했다.

부딪힐 때마다 한 번! 두 번! 세 번! 크게 외치게 했는데 신통치 않게 부딪히면 무효!라고 담임이 말했다. 의자에 앉아 느긋하게 팔짱을 낀 채 주문을 외듯 다시!라고.

이번에 개똥이에게 가해진 것도 그와 비슷한 수준과 방식의 벌이었다. 일어나요. 일루 와봐요. 처얼썩. 가까이 와요. 처얼썩. 고개 들어요. 처얼썩. 개똥이는 개처럼 넘어지고 자빠지고 고꾸라졌다.

불행하게도 때리는 것밖에는 애들을 다룰 줄 몰랐던 유도 유단자 담임은 때려야 할 때 때렸고 때려서는 안 될 때도 때렸고 때리기 싫을 때도 때렸다.

담임의 구타는 영혼 없는 구타였다. 가까이 와요. 처얼썩.

고개 조금 더 들어요. 처얼썩. 얼씨구 처얼썩. 절씨구 처얼썩. 이래저래 교육적인 목적 따위 없을 바에야 차라리 화를 내고 으르렁거리는 매를 맞는 게 낫지 않을까.

개똥이는 오래 엄청 맞았다. 앞으로도 반이 바뀔 리 없는 64명의 아이들이 지켜보는 앞에서. 강후국민학교는 한 학년에 한 반밖에 없어서 몇 학년 몇 반 이런 게 없었다. 담임도 그래서 1학년 담임 5학년 담임 이렇게 불릴 뿐.

담임은 수업도 때리는 것처럼 할 때가 있었다. 오늘도,

태극기는?

하고 담임이 물었다.

빛나는 우리나라 국기.

라고 애들이 합창으로 답했다.

담임은 창 쪽에 붙어서 맑고 높은 하늘을 바라보고 찡그리고 헛 입맛을 쩝쩝 다시고 가을 한낮이 따분해 울고 싶다는 듯 물었다.

둥근 것은?

달, 공, 동전, 수박.

맛있는 것은?

송편, 과일, 유과, 경단.

책에 있는 대로 애들은 또박또박 답했고 담임은 기계적으로 물었다. 높낮이 없는 말로. 계속해서. 아이들 반응과 상관없이.

무얼 묻고 있는지 자신도 모르는 것처럼. 지겹다는 듯. 시간이 언제 가나 그것만 생각하는 사람처럼. 그럴 때 담임은 목맨 사람처럼 몽롱해졌다. 전교생 여섯 학급의 작은 학교는 초가을 짙고 짙은 푸른 숲에 짓눌리고.

단풍이?

떨어집니다.

새가?

날아갑니다.

벼가?

익어갑니다. 킥.

킥. 이 킥이 개똥이의 입에서 튀어나온 거였다. 경멸한 것도 아니고 경멸이라는 게 뭔지도 모르는 개똥이었으며, 그냥 좀 어딘가 우스워서 웃은 것뿐이었는데, 담임은 개똥이가 자신을 경멸했다고 생각했다. 킥은 그럴 때나 나오는 비웃음이라고. 안 그렇게 생각하고서야 어찌 개똥이를 개 패듯 팼겠는가.

그래서 나머지 수업 시간 내내 개똥이는 뺨을 처얼썩 처얼썩 지겹게도 얻어맞은 것인데, 영혼 없는 수업 영혼 없는 체벌이었으므로 뺨은 엄청 시뻘게졌을망정 개똥이도 피장파장으로 영혼을 싹 지워버렸다.

아프겠다 야.

얼마나 아프냐, 어유.

너무했다 이건 정말.

이런 친구들의 위로를 싹 뒤엎으며 개똥이는,

저런 씨발 자식이 선생이라니…….

하고 잠깐 쉬었다가,

나라의 앞날이 뻔할 뻔 자다.

라고 일갈했다.

애당초 교육적 의도에 반하는 체벌이었으므로 효과도 반대였던 것.

그런데 나는 개똥이의 뺨이 아니라 유동이의 뺨인 것이다. 담임이 아닌, 같은 반 친구 근칠이에게 얻어맞은 유동이의 뺨.

유동이와 근칠이는 같은 샛말의 친한 친구였다. 근칠이는 안동네의 순칠이 경칠이 웅칠이 들과 팔촌 간이고 유동이는 그네들과 사돈 간이었다.

서로 뺨을 칠 일이 없었는데 치게 되었다. 그래서 근칠이의 뺨도 유동이의 뺨인 나도 지금 개똥이의 뺨만큼이나 화끈화끈거리는 것이다.

그리고 셋 다 입을 모아 담임을 원망하며 조국의 앞날을 염려하는 것이고. 왜냐면, 근칠이가 유동이의 뺨을 때리고 유동이가 근칠이의 뺨을 때리긴 했으나 그렇게 하라고 시킨 게 담임이었으니까.

지름길로 다녔다는 이유로 그랬다. 울타리도 없는 시골 학교에 달랑 말뚝 두 개 나란히 박아놓고 교문이라면서 그리로만 다니라고 했다. 그러라고 한 지도 몇 개월 되지 않았다.

그래야만 하는 이유를 아이들은 몰랐다. 사방이 트여서 팔방이 길인데 어째서 옹색한 한 곳으로만 드나들어야 할까. 그러기 싫은 애들은 그러지 않았다. 그러지 않아도 크게 뭐라 하지도 않았고.

그런데 '주번 활동 보고' 이게 문제였다. 매주 월요일 아침 전교생 조회 시간에 완장 찬 주번 대표가 구령대에 올라 일주일간 적은 주번 활동 일지를 큰 소리로 읽었던 것인데 말하자면,

지난주 생활목표 : 서로 돕고 솔선하는 어린이가 되자.
실천사항 : 1. 신발장에 신발 넣기 전에 신발 털기.
　　　　　 2. 무거운 것 나누어 들기.
　　　　　 3. 화단에 들어가면 들어가지 말라고 서로 말하기.
좋은 일 한 사람 : 1학년 누구누구―청소를 도와줌.
　　　　　　　　　 4학년 누구누구―스스로 화단에 물을 줌.
나쁜 일 한 사람 : 2학년 누구누구―사람을 침.
　　　　　　　　　 5학년 누구누구―사눌타리로 감.

이런 거였다.

그중에서도 '사눌타리로 감' 이것이 문제가 되었던 것.

사눌타리란 산울타리를 소리 나는 대로 적은 것인데 주번 일지에는 거의 사눌타리로 적혀 있었다. 산울타리라는 것은 실체가 있지도 않았고, 따라서 아이들은 그것을 경험할 수 없었다.

그런데 추상명사 같기만 한 그것이 주번 일지에 사눌타리(교문으로 인정하는 두 개의 말뚝 이외의 장소나 길)로 적히기 시작하면서 지름길로 학교를 드나드는 것이 명백한 '나쁜 일'이 되어버렸던 것이다.

실체가 없는 사눌타리를 말로만 만들어낸 것은 6학년 담임이었다. 주번 대표로 전교생 앞에 나서는 애가 6학년들이었는데, 나쁜 일 한 사람 난을 매번 '사람을 침' '청소 뺑소니를 침' '세수를 안 함' 정도만 가지고 돌려막기 식으로 우려먹었다. 그걸 보다 못한 6학년 담임이 항목을 하나 더 만들어준 거였다. 학생 대신 반공웅변대회 원고를 슥삭슥삭 써서 던져주듯. 그래서 '사눌타리로 감'이 처벌의 새로운 근거 항목이 되었다.

근칠이와 유동이는 나쁜 일 한 사람 난에 적히는 단골이었다. 그동안은 '세수를 안 함'이 그 둘을 처벌하는 주된 근거(그게 어째서 나쁜 일일까? 게다가 근칠이와 유동이만 세수를 안 한 게 아니고 전교생의 반은 세수를 않고 등교했는

데)였는데 언제부턴가 근칠이와 유동이는 '사눌타리로 감'
이라는 새로운 적용 항목에 또다시 단골로 이름을 올리기
시작했다.

어디든 걸려들었다 둘은. 매번 규칙을 어기고 나쁜 일을
해서라기보다는 근칠이와 유동이는 이미 아무리 벌을 주어
도 (정말 이상하게도) 이상하지 않은 아이가 되어 있었기 때
문이었다.

언제부터였는지는 모르나 애들에게나 교사에게나 그렇게
찍혀 있었다 둘은. 아무도 그리된 이유를 몰랐고 알려 하지
않았는데 놀라운 것은 근칠이도 유동이도 이유를 알려 하지
않는다는 것이었다.

주번 일지에 적으면 적혔고 벌주면 벌 받았다. 때리면 맞
고. 명백히 말뚝 교문을 통과해 집으로 돌아간 날에도 그 둘
은 '사눌타리로 가'서 '나쁜 일 한 사람'으로 주번 일지에 적
혔다. 일지의 공백을 메우기 위해 존재하는 아이들이었다.

근칠이와 유동이가 세수를 자주 안 한 건 사실이었다. 공
부도 못해서 한 학년을 낙제하기도 했다. 산수 문제를 못 풀
고 담임의 말을 얼른 이해하지 못했으며 누가 때려도 울기
만 하고 대들 줄 몰랐다.

준비물도 챙길 줄 몰랐다. 애들은 근칠이와 유동이를 병
신 쪼다라고 놀렸다. 담임은 더럽다는 이유로 두 아이의 뺨
을 직접 때리지 않고 서로 때리게 했다. 그래서 유동이가 근

칠이의 얼굴을, 근칠이가 유동이의 얼굴을 때린 것이다. 그렇다면 담임이 직접 뺨을 때린 개똥이는 그나마 나은 거라고 할 수 있나?

유동이가 세수를 자주 안 해서 유동이의 뺨인 나는 늘 더러울 수밖에 없었다. 그래서 다른 어떤 곳보다 많이 얻어터지는 부위이기도 했다.

근칠이와 마주 보며 뺨을 때리고 맞는 것이 최악이었는데, 처음에는 쭈뼛거리며 서로 살살 치게 되지만 점점 더 세어져 나중에는 매번, 자동으로, 미친 듯한 손찌검이 되고 마는 것이 이 '서로 보고 마주 뺨 치기'라는 벌이었다.

교실에서 얻어터지고 복도에서 얻어터지고 교무실에 불려 가서 얻어터지면서 나는 학교 안에 흐르는 슬프고도 무서운 공기 같은 걸 일관되게 느꼈다. 맞아서 붉게 부풀어 오른 뺨이, 미세한 공기의 흐름에도 쓰라릴 만큼 예민해졌으니까.

생각보다 교사들의 하루가 의욕적이지도 보람차지도 않고, 오히려 그 반대쪽의 기미들로 가득하다는 것을 예민해진 뺨이 알아차렸다. 큼큼. 교장 선생님의 헛기침. 그래서 더 적막해지는 교무실. 몸의 어깨보다 훨씬 넓은 교감 선생님 양복저고리의 각진 어깨. 조용한 5학년 담임의 희끗희끗한 짧은 머리. 창밖 운동장 너머 플라타너스 너머 콩밭 너머 들판 너머 고려산인지 어딘지를 자주 넋 놓고 바라보는 4학년

여선생님의 풀린 눈. 그런 것들. 무언가를 하염없이 견디는 듯한 자세들.

그것들을 나는 어찌하여 슬프며 무섭다고 하는 걸까. 얼어터져 시뻘게진 더러운 뺨인 주제에. 무섭다기보다는 딱하다고 해야 할까 아프다고 해야 할까.

나를 이 지경으로 만들어놓는 그들을 나는 동정하려는 걸까. 분교 신세에서 벗어난 지 4년밖에 안 된 시골 국민학교의 초가을 한낮이란 영화든가 동화에서나 낭만적일 듯. 초가집 한 칸 얻어 세 살며 도회 부임지로의 전근을 꿈꾸나 꿈이 쉽게 이루어질 것 같지도 않은 날들 중 어느 하루라니. 오지의 작은 학교로 발령이 날 수밖에 없었던 자기 책임의 한계를 따지다 한숨을 흘려버리는 오후. 무료하고 하릴없는 그 오후에, 쭈뼛거리며 교무실로 들어서는 문제 아이들이란 잠시나마 서글픔과 무력감을 떨쳐낼 절호의 기회며 대상. 교무실이 언제 적막했었냐는 듯 시침 떼고 낄낄거리며 아이들에게 꿀밤을 주고 야유하고 뺨을 때렸다. 처얼썩.

이와 같음을 어찌 슬프며 딱하다 아니할 수 있을까. 무서울 것까지는 없겠으나, 나른한 시골 국민학교의 하염없는 시간들을 견디다 견디다 못해 심심파적 유희처럼 저지르는 체벌이라면 또 어찌 안 무서울 수 있을까.

아이들을 산에 풀어 교실 난로 불쏘시개용 솔방울을 따게 하거나 송충이 잡기 운동에 동원시킬 때도 교사들은 양지바른 곳이거나 바람 시원한 그늘에 마네의 그림처럼 따로 앉아 얘기하고 씹고 먹고 웃고 자고 하품을 했다. 그들이 지루한 시간을 보내기 위해 애들을 시켜 사 오게 하는 것들이란 고작 마른오징어, 삼립 크림빵, 크라운 산도였다. 학교 인근에서 구할 게 그런 것밖에 없었다.

크림빵까지는 그렇다 쳐도 최고급의 크라운 산도. 그거라면 1년 가야 한두 번 먹을까 말까 한 게 아이들의 실상이었다.

냄새만 맡아도 숨이 넘어갈 그것을 애들한테 사 오라고 시키다니. 하나 먹어보련? 이런 빈말도 없이 먼 가게까지 헐레벌떡 달려갔다 온 애한테 됐어 가 봐, 가 고작이었으니 잔인하면서도 잔인한 줄 모르는 그들이 어찌 안 무섭겠는가.

하지만 무서움을 금방 동정심으로 바꾸는 우리들의 기특한 사정도 모르고 담임은 걸핏하면 처얼썩 우리를 때렸다. 담임의 말대로라면 '따귀를 갈겼다'. 애들의 따귀를 갈기며 담임이 견뎌내고자 했던 것은 무엇이었을까.

뺨을 맞은 날 개똥이도 유동이도 근칠이도 집에 돌아와 숙제를 했는데 애꿎게도 국어 2단원 '재미있는 이야기'를 열 번씩 쓰는 거였다.

숲 속에 다람쥐가 살고 있었읍니다.
다람쥐는 부지런히 먹이를 모아두었읍니다.
날짐승들은 먹이가 떨어졌읍니다.

꿩이 다람쥐를 찾아갔읍니다.

"애, 다람쥐야! 내가 왔다. 먹이를 좀 가져와."

다람쥐는 화가 났읍니다.

다람쥐는 꿩의 볼을 때렸읍니다.

꿩의 볼에는 지금도 얻어맞은 자국이 남아 있읍니다.

볼이 자꾸 뺨으로 써지는 통에 유동이는 지우개로 여러 번 지웠다가 다시 썼다. 1학년 2학기 국어 교과서 22쪽에서 23쪽까지였다. 그랬다. 지금까지 말한 뺨은 국민학교 1학년 생들의 뺨이었던 것이다.

쓱

나를 뭐라 해야 할지. 된소리 홑글자이기는 하나 '쓰'나 '깽'이나 '찍' 같은 소리도 아니고, '빵'이나 '꿀'같이 먹는 것도 아니고. '씨' 같은 물건도 아니다.

굳이 말하자면 '뼁'과 닮았달까. 창말에 있으면서도 없고 없으면서도 있는 창슬. 그와 같은 것으로서의 '뼁'. 존재 자체가 수상쩍은 것.

'뼁'은 앞에서 저 스스로를 뭐라 했더라? 깊은 침묵과 짝을 이루며 기억이 아닌 서슬의 방식으로 마을의 숲과 사람들 사이에 고여 있다고 했던가. '뼁'은 '뼁'답게 자기를 잘도 말했네.

나도 서슬이라면 서슬이고 기운이라면 기운이랄 수 있는데 하여튼 소리가 나거나 눈에 보이거나 그런 건 아니다. 그러니 손에 잡힐 리도 없고.

그래서 글로 적기도 참 애매한데 그래도 적어야 할 때는 편의상 '쓱'이라고 쓰는 것이다. 만화에서 종종 '사뿐' '뜨악'이라고 쓰는 것처럼. 쓱.

사전에는 대략 서너 가지로 뜻을 풀어놓았는데 나에 대한 설명이라기엔 턱도 없다.

① 넌지시 말을 건네거나 행동하는 모양을 나타내는 말.

② 슬쩍 문지르거나 비비는 모양을 나타내는 말.

이뿐이란 말인가.

나는 세상에 존재하는 모든 것이 움직일 때마다 발생하는 기운이나 서슬이므로 특정한 정황을 들어 풀이하는 데에는 한계가 있으며 따라서 그것은 설명이 아닌 하나의 예시에 지나지 않는다고 하겠다.

거꾸로 말하면 나 '쓱'은 예시에 의해서만 그 실체에 조금씩 접근되는 운명을 타고났다고도 할 수 있을 터. 여기서도 어쩔 수 없이 예시에 기대어 나를 드러낼 수밖에 없겠다는 말이다.

특히 이름. 이름을 부르고, 듣고, 그것에 반응하는 경우를 통해서. 그것도 일반론은 아니고 창말 상황에 국한해서만. 그러니까 또 창말 얘기인 것이다.

나는 그 어느 곳도 아닌 창말에 서식하는 '쓱'이라는 말 씀. 창말 사람들이 이름을 부르고 이름을 듣고 그것들에 반응하는 사이 잠깐잠깐씩 출몰하는 창말의 기운. 쓱.

효서라는 이름은 그의 아비가 지었다. 흔치 않은 성씨인 '구'에다가, 흔치 않은 성씨들이 으레 그러하듯 항렬자를 완고히 지켜 '서'를 넣었다. 구효서. 그러니 구효서에게 고유하게 주어진 것은 세 글자 중 '효' 하나뿐이었다.

효서의 아비가 막내인 데다 효서마저 막내여서 효서는 하점면 북은면 구씨 집성촌의 여러 '서' 자 돌림 형제 중에 거의 끄트머리였다. 그래서 이름에 쓸 만한 글자는 앞의 형제들이 곶감 빼 먹듯 다 빼 써서 효서에게는 효가 온 것.

효도하길 바라는 알량한 맘으로 그리 지었는지는 모르나 여러모로 나쁠 것 없는 글자라고 여겼겠지. 나중에 효서가 군에 가서 외관 출신의 중대장에게 구호서라고 불리고, 때문에 부대원들에게 구워서라고 불릴 줄 어찌 아비가 짐작했겠는가.

하지만 조짐은 진즉에 있었다. 창말 사람들이 어린 효서를 효서로 발음하지 못했던 것. 왜 그걸 못했을까. 문맹자가 적지 않아서? 그랬나? 딱 부러지게 소리를 분절하지 못했다.

글자와 소리를 연결할 줄 몰랐다. 소리 따로 글자 따로였다. 효서는 회서('서' 다음 항렬자가 '회'여서 그랬는지 문중의 아낙들이 종종 이렇게 불렀다)로 불렸고 혀서(강화도에서는 학교를 핵겨라고 한다. ㅛ를 ㅕ로 발음하는 것)라고도 불렸다.

겨우 효를 제대로 발음했던 순득이 고모 근숙이는 끝내

마무리를 못해 효소라고 했고, 경칠이 누나 옥정이는 효서를 부를 때마다 웃느라고 쇼셔라고 했다. 자기도 제 발음이 웃기는지 웃느라 입을 다물지 못했다. 그러니 자꾸 더 쇼셔였다.

뿐인가. 형건이 누나 호분이는 심지어 효서를 시소라고 불렀다. 엄청 뚱뚱한 호분이가 그리 부를 때마다 효서는 아닌 게 아니라 호분이가 타고 앉은 시소의 반대편 끄트머리에서 하늘에 목매달리는 것처럼 기분이 더러워졌다.

효서를 회서 혀서 효소 쇼셔 시소라고 불렀던 그들은 자신들의 호칭법 어딘가가 정확하지 않다는 사실을 느꼈다. 그랬다는 걸 나는 알지. 그러면서도 끝내 정확히 발음하지 못한다는 것도 그들은 알았다.

느끼고 알면서도 고쳐지지 않는 멋쩍음이 찌릿하게 자각되는 순간. 그 순간이 내가 전광석화처럼 출몰하는 틈인 것이다. 쓱.

고치지 못하는 건지 고치지 않는 건지. 그게 참 알다가도 모를 일이었는데, 나는 바로 그 알다가도 모를 일이라는 걸 귀신같이 알아차리고 알다가도 모를 일만 생기면 그 틈을 결코 놓치지 않고 고개를 쓱 내밀었다. 쓱.

혀서가 뭔가 혀서가. 쇼셔는 뭐고 시소는 뭐란 말인가. 무식하고 촌스러워서 발음 하나 정교하게 낼 줄 모르는 창말의 거시기들이라니.

쓱

그런데 가만 보면 고칠 생각을 안 하는 것 같았다. 무식과 촌스러움에서 벗어나지 못하는 것이면서도 마치 안 벗어나려는 것 같은 묘한 낌새. 심지어는 그걸 정당화하려는 듯한.

정당화할 걸 해야지. 그런데 얼렁뚱땅 스리슬쩍 정당화하려고 했다. 그냥 쓱 그러려고 했다. 그러니 내가 출몰하지 않을 수 없었던 것.

촌스럽고 무식하고 정교하지 않은 것들을 뭉개 넘겼다. 쓱. 오래 그리해왔고 그리 써왔다는 이유로. 그리 살아왔다는 이유로. 세상에서 어떤 말을 어떻게 쓰든 창말에는 창말의 발화법이 있는 거고 그건 그렇게 쉽게 버리고 고치고 그럴 성질의 것이 아니라는 걸까.

그래서 효서를 시소로 불러놓고도 아무렇지도 않은 듯 쓱 시치미를 떼는 것일까. 그래. 당당하다면 애써 시치미 뗄 것도 없지 않은가. 자격지심 같은 것도 불필요한 거 아닐까.

그런데 그게 아니다. 다르다. 뭔가 있어. 석연치 않거든. 말해놓고 스스로 멋쩍어하고, 멋쩍음을 감추려고 먼 산을 쓱 바라보거나 공연한 고욤나무를 발끝으로 툭 치거나 구름도 없는 하늘을 또 쓱 올려다보고 그러니까. 그럴 때마다 출몰을 거듭해야 하는 나는 바쁘고.

유성이나 관성이라는 이름에도 그랬다. 지유성은 옹진 군수를 지냈던 이의 아들 이름이고 박관성은 두레 농악에서 태평소를 부는 술주정뱅이였는데, 그들의 이름은 창말에서 각각 지유세이 박관세이였다.

어쩌다 지유세이를 지유성이라 하고 박관세이를 박관성이라고 하면 그리 제대로 호칭한 사람을 잠깐 빤히 쳐다보았는데 창말에서는 이런 무례가 정당화되었다는 말이다. 빤히 쳐다보는 무례가.

정씨를 정씨라 하지 않고 증씨라 해서 정남식도 증남식이고 정남국도 증남국이었다. 남식이도 남국이도 제 이름을 그리 불렀다. 안 그러면 사람들이 빤히 뚫어지게 바라보니까.

한두 경우가 아니었다. 이름 말고도 많았다. 김치를 금치라고 하고 강냉이를 강내이라고 했다. 어머니를 어머이, 구덩이를 구데이, 김을 짐, 꿩을 꽁, 게를 그이, 위를 우이, 개를 가이라고 했다.

호미 하나가 모자란다는 말을 호미 하나이 모자란다고 했다. 어느 지역이든 사투리라는 게 있기 마련이고 아직도 중세의 국어가 쓰이는 곳이 있으니 이상하다 할 일은 아니었다.

그러니 그냥 쓰고 말면 될 텐데, 어째서 창말 사람들은 내가 쓱 출몰할 틈을 주는 것일까. 사투리를 쓰는 것 자체가 자신을 촌에다 스스로 국한시키는 꼴이겠으니, 음, 그러니까 좀 멋쩍어하고 애써 시치미 떼려는 것까지야 그럴 수 있겠다 싶은 것이다.

그런데 거기서 그치지 않고 은근하면서도 완고하게 창말의 발화법을 정당화하려는 낌새를 보이는가 하면, 정확히 발음하는 사람을 아닌 척 쩨려보아 분위기를 알다가도 모를 쪽으로 만들어서 기어코 내가 쓱 등장하게 하는 까닭은 무얼까.

이와 관련하여 빼놓을 수 없는 이름이 있었다. 창말 사람들이 이름을 부르고 이름을 듣고 그것들에 반응하는 독특한 분위기에 관련하여.

여자. 쑥구렁의 여자였다.

늘 비워두어 귀신 나오는 집이라고 했던 쑥구렁 집의 여자. 실제로 그 집은 손가락처럼 뻗어 내린 기다란 산자락들 사이에 위치하고 있어서 음하고 습했다. 터를 잘못 잡은 집.

그래서 비어 있기 일쑤이다가 타지에서 흘러 들어온 사람이 제 집을 짓기 전까지 잠시 잠깐, 아니면 화재나 어떤 사태 등으로 집이 없어진 가구가 급한 대로 머물던 집이었다. 그 외에는 늘 비어 있었던 집.

여자는 그러나 그 집에서 어린 딸과 오래 살고 있었다. 10년 넘게. 내 생각에는 아무래도 이름 때문인 듯했다. 그 여자의 이름.

그 여자의 이름은 여자였다. 그냥 여자. 마을 사람들이 그 여자를 여자라고 하니 그 여자의 이름이 여자일 수밖에 없겠으나, 그렇다고 해도, 여자가 이름일 수 있을까.

여자에게는 그러니까, 이름이 없는 거지. 하지만 이름이 처음부터 없을 수 있을까. 어떤 이유로 중간에 없어진 거겠지. 이름이 없어진다는 건 뭘까. 이름이 없어질 수 있나?

어디 먼 타지에서 온 사람도 아니라던데. 여자도 창말에서 태어났다던데. 본인이 자기 이름을 안 써서? 본인이 안 쓰더라도 남들이 쓰면 없어지지 않는 거 아닌가.

자꾸 말이 길어지기만 하니 한마디로 줄이자면, 여자의 이름은, 잃어버리거나 본인이 안 쓴 것이 아니라, 지워진 거였다.

이름이 어떻게 지워지나. 호적의 이름을 지운대도 이름을 기억하는 사람들이 있어 불러주는 한 끝내는 지워지지 않는 거 아닌가. 그러니 간단하다. 호적의 이름이 지워지지 않았어도 여자의 이름을 아무도 불러주지 않으면 지워지는 것.

창말 사람들은 그녀를 여자라는 호칭 이외의 어떤 이름으로도 부르지 않았다. 여자라는 이름 아닌 이름으로 여자의 진짜 이름을 지운 것.

어째서 그리되었던 것입니까?라고 묻는다면 마을 사람들은 물은 사람을 빤히, 박관세이를 박관성이라 발음한 사람을 바라보듯 빤히 바라보다가, 되도록 먼 산자락 끝으로 슬그머니(이때가 내가 쓱 등장하는 순간이다) 눈길을 돌릴 것이다. 입을 꾹 다문 채. 쓱.

창말 사람들이 대답을 피하는 이유는 이름이 지워진 까닭을 몰라서도, 모르는 걸 촌스럽게 여겨서도 아니었다. 대답

쓱

을 피하는 게 정당하다고 여기기 때문일 것이다. 어디에, 무엇에 정당한가.

물어도 역시 대답하지 않겠지만 누군가는 속으로 말하고 싶을 것이다. 마을의 안녕을 위해서라고. 마을이 다시 위태로워지는 것을 원치 않기 때문이라고.

사람들은 입을 열어 속맘을 겉으로 드러내지 않았다. 침묵은 창말의 한가운데에 커다란 구멍으로 자리 잡았다. 뻥 뚫리거나 뻥 터져서 아무 흔적도 없는 것처럼 보였으나 구멍은 마을의 안녕을 위협하는 모든 것들의 진원이었다.

효서나 겨끔이가 태어나기 몇 년 전에 있었던, 전쟁과 관련된 마을의 전사前史. 그것과 어떻게든 연루되지 않기 위해 사람들은 알아도 모르는 척 우둔하고 어눌한 척하며, 명료하거나 분명한 것들과는 완고하게 담을 쌓고 침묵과 외면으로 거리를 두거나 쓱 지나쳤다. (창말과 전들부락 사이에 있는 새기재 고개의 '80년 구데이'도 실은 '80명 구덩이'였다. 구덩이를 구데이라는 사투리로 쓱 넘어갈 때 덩달아 80명을 80년으로 얼렁뚱땅 쓱 넘어가버렸다. 불편한 사실과 대면하지 않으려고.) 내가 창말 사람들 사이에 서식하며 빈번하게 출몰하게 되는 까닭도 이러해서였다.

여자의 이름이 지워져 없어진 것도 전사와 관련돼서겠지. 아니라면 어째서 이름이 지워져 없어진 까닭에 모두들 쓱 입을 다물겠는가.

관련도 관련이겠거니와 여자는 아무래도, 자세한 사정은 모르겠으나, 그 시절 마을 사람들로부터 어떻게든 큰 원망을 샀던 것 같다. 마을 사람들이 입만 다물고 있는 것이 아니지 않은가. 그녀의 이름을 지우는 데 모두들 철석같이 공모하고 있지 않은가.

여럿이 한 사람의 이름을 지워버리는 것은 몹쓸 집단 따돌림이겠으나, 어쩌면, 그녀를 마을의 일원으로 계속 인정하기 위한 최소한의 징벌이었는지도.

마을의 안녕을 위해 한 시절의 일을 사력을 다해 침묵하듯이 외로운 모녀를 차마 내칠 수 없어 이름만 지운 건지도 모르니까. 잘못이 있다면 벌을 주고 벌을 받아야 피차 떳떳해지는 것이므로. 추방이 아닌 수용을 전제로 하는 벌이라면 처벌의 다른 이름은 배려일지도.

그러나 모든 게 나의 추측일 뿐 분명한 건 없다. 눈빛과 표정, 말을 하고 멈추는 느낌, 눈을 내려 땅을 보고 고개 들어 먼 하늘을 보는 순간의 낌새들, 그럴 때마다 나는 사람과 사람들 사이에서 발생하여 짧게 짧게 허공을 누빌 뿐이다. 그리 오래되지 않은 비밀의 냄새를 한껏 맡으며.

여자도 침묵과 제명의 뜻을 거스르지 않았다. 이름을 내세우거나 복원을 꾀하지 않았으니까. 내가 일으키는 기적들로만 여자는 마을의 사정을 알아차렸다.

여자는 겨끔이의 이름마저도 겨끔이로 유지했다. 그런 처

쏙

신이 마을에서의 정주定住를 가능케 한다는 사실을 알았겠지. 딸에게서 수치와 모멸의 이름을 떼어내는 일이 생존보다 먼저일 수 없다고 여자는 생각하는 것 같았다.

이름 따위는 아무것도 아니야.

겨끔이가 제 이름이 이상하고 맘에 안 든다고 했을 때 여자가 한 말이었다. 이름에 관해 여자는 겨끔이에게 아무것도 말해주지 않고 쓱 지나쳐버렸다.

내 딸이면 되는 거야.

라고 말한 뒤 여자는 살아야 하니까, 라고 겨끔이 몰래 혼자 뇌까렸다.

여자의 이름을 지운 것도 마을 사람들이었고 아이에게 겨끔이라는 이름을 지어준 것도 마을 사람들이었다.

너는 이제부터 겨끔이다. 이런 식의 명명은 아니었다. 여자의 이름도 선언적으로 지은 것이 아니었다. 언제 누가 시작한 것이 아니라 어느 틈에 쓱 그렇게 되어버렸으니까.

특정한 사람의 뜻과 마음이 여럿에게 전해졌다기보다는 여러 사람의 마음이 동시적으로 발생하고 작동한 것이니 이심전심보다는 심심상인心心相印이라는 말이 이 사태에 더 어울리겠다.

겨끔이도 마을 사람들끼리 쉬쉬하며 부르던 이름이었다. 애비가 누굴까. 꽃서방은 당연 아니고 정말 닷근일까? 휴전 뒤에 태어났으니 인민군은 아닌 것 같고 국방군일까. 겉보기로도 흑인이나 백인의 살붙이는 분명 아니고. 그럼 마을의 청년들일까. 아니면 시침 떼고 있는 저 흉악한 마을의 남편들일까⋯⋯. 이러면서 아이를 쓱 겨끔이라고 불러버렸다.

겨끔이라는 말은 서로 번갈아 한다는 뜻이었다. 겨끔내기. 서로 번갈아 하되 '그걸' 서로 번갈아 한다는 말이었다 겨끔이라는 이름에 관련해서는.

한 남자와 자주 하든 여러 남자와 순서를 바꾸어 차례로 하든, 그리고 날을 두고 번갈아 바꾸어 하든 한날한시에 한꺼번에 바꾸어 하든, 겨끔이라는 이름에 해당하는 뜻은 한 여자가 여러 남자를 번갈아 상대한다는 의미였다.

꽃서방은 여자의 남편이 되자마자 전쟁에 나갔다가 어쩐 일로 6년 만에야 돌아왔는데, 돌아오자마자 살해되었다. 그가 뒤늦게 마을에 나타났을 때 아이는 갓 한 살이었는데, 그동안 여자와 아이를 돌보던 벙어리 사내 닷근이가 꽃서방의 목을 낫으로 찍었다. 다음 날 닷근이도 벽오동에 목매 죽었고, 여자와 겨끔이는 쑥구렁 집에 남았다.

말 많기로 소문난 순칠 어미 홍 씨는 아이의 아비가 닷근일 수도 있다고 말했는데 하여튼 그런 말이 나올 때마다 빠짐없이 등장하는 것이 전쟁과 관련된 꽃서방과 닷근의 참사가 아닐 수 없었다.

그러나 이 얘기 말고도 마을을 휩쓸었던 흉흉하고 끔찍한 전사前史는 얼마든지 많아서, 예쁜 겨끔이는 필시 그 많고 끔찍했던 전사의 와중에 여자의 몸을 겨끔내기로 드나들었던 사내들의 아이일 뿐, 못생겨도 한참을 못생긴 닷근이의 핏줄은 아니라는 의견이 좀 더 우세한 편이었다. 닷근이 닷근인 까닭은 그의 입술이 하도 못나게 두꺼워서 썰어놓으면 닷 근쯤 될 성싶었기 때문이었다.

아무려나 겨끔이라는 이름은 그런 이름이었는데 마을 사람들조차 쉬쉬하며 부르던 이름을 여자는 딸의 이름으로 삼아버렸다.

여자는 알았을 것이다. 전사를 겪으며 말할 수 없이, 그리고 너나없이 수치스러웠던 것을 여자와 겨끔이에게로만 싹 다 몰아붙이고 어쨌거나 어쨌거나 살았어야 했던 마을 사람들의 심정을. 그리고 그것을 받아들여야만 자신도 살아갈 수 있다는 사정을.

앞에서 말했듯, 여자 모녀가 쑥구렁 집에서의 생존을 10년 넘게 지속할 수 있었던 것은 아무래도 이름 때문인 것 같았다. 없는 이름 때문. 이름 없음 때문. 이름 없음을 지키고, 대신 수치스러운 이름을 유지한 때문. 말없이. 마을 사람들의 침묵에 동참하며. 그러니 말도 소리도 아니고 먹는 것도 물건도 아닌 나, 그러면서도 세상의 모든 것들이 움직일 때마다 쓱쓱쓱 기척과 서슬로 발생해야 하는 나만 무지 바쁜 것이다.

하긴, 바쁜 거라면 또 한 놈 있긴 하다. 순칠이. 희생물을 향한 동물의 견딜 수 없는 공격 욕구가 사랑 이전의 성적 폭욕暴慾과 섞이어 시도 때도 없이 혼란스러워지는 순칠. 어찌 안 그러겠는가. 여자는 마을의 안녕을 위해 바쳐진 아직은 젊고 예쁜 인신공희人身供犧였으니.

꽃

순칠이가 술에 취했다. 많이 취했다. 하아하아 가쁜 숨을
몰아쉬면서 말했다.

군대 가면 어? 야, 담배를 더 피워야 하잖아.

또 그 소리였다. 어디서나 그 소리. 가쁜 숨에 담배 연기
가 섞여 흩어졌다.

응.

경칠이가 겨우 콧소리를 냈다.

화랑담배를 피워야지.

응.

안 그러면 응? 내가 말했잖아. 깔본다구. 기합 받는다니
깐. 담배를 말야 어? 멋지게, 잘 피워야지. 애들처럼 보이면
안 돼.

응.

늘 듣는 순칠이의 말에 늘 하는 경칠이의 대꾸였다. 사촌이라는 죄 때문에. 안동네에서 딱히 어울릴 상대가 없다는 이유로. 안 어울려주면 사실 더 괴로우니까.

둘은 인화리 전들부락으로 넘어가는 새기재 풀숲에 벌렁 누워 5월의 하늘을 바라보았다. 해설픈 말간 하늘. 풋내와 담뱃내가 섞였다. 먼 새소리가 나른했다.

여기저기서 뭇 봄꽃이 벌어졌다. 삭은 잠방이가 엉덩이를 못 이겨 터지듯, 툭툭, 하릴없이 꽃잎이 벌어졌다.

나는 그렇게, 봄볕에 헤프게 벙그는 꽃이다. 따스하면서도 한갓지고 으슥한 곳, 순칠이나 경칠이뿐 아니라 창말의 청년들이 종종 핸드플레이를 치는 새기재 풀숲 여기저기 피어나는 꽃.

우린 사촌이잖아. 너는 경칠이고 응? 나는 순칠. 칠 자 돌림.

지겹게 하던 말을 순칠이가 또 지겹게 말하니,

어.

경칠이는 건성으로 대꾸할밖에.

두 살 차이야, 우린.

응.

월남에는 갈 거지?

또 그 소리.

…….

야, 경칠아. 경칠아, 갈 거지?

꽃

어.

경칠이는 이를 사리물고 지겨운 걸 참았다. 그러는 것 같았다. 지금껏 참아왔는데 오늘 하루 더 못 참을까. 참아줘야지. 그런 낯이었다 경칠이는. 순칠이가 어깨띠를 하고 있었으므로.

어깨띠는 더러워질 만큼 더러워져 있었다. 흙도 묻고 순칠이의 침도 묻고 땀도 묻었으니까. 종일 그걸 두르고 마을을 돌며 어른들께 송별주를 얻어먹었으니까.

흰 어깨띠에는 검고 굵은 붓글씨가 쓰여 있었다. 가슴 쪽에는 武運長久, 등 쪽에는 入營壯丁. 욕골 조 구장의 솜씨였다. 순칠이는 입영 영장을 받은 것이다. 경칠이가 더 아무 소리 않는 것도 그 때문.

배 터지게 떡과 술을 얻어먹고, 게워내고 다시 얻어먹고, 더는 못 먹겠다 싶어 인화리와 창말의 경계인 새기재에 벌렁 누운 거였다.

꽃인 나는 알았다. 한때 꽃서방이라고 불렸던 사내가 武運長久 어깨띠를 두르고 마을을 돌며 술과 떡을 대접받았던 일을. 꽃인 내가 어찌 꽃서방을 모를까. 꽃서방이기 이전에도 꽃도령이었던 그를 꽃인 내가 어찌. 저런 순칠이하고는 '끕'이 달랐지.

하지만 그는 전설 속의 인물. 그것도 누락분이 많은 석연찮은 설화의 주인공 같았다. 꽃서방. 필요하거나 결정적일 때 그의 사정은 생략과 은폐 그리고 침묵과 공백이 되어버렸다.

그래서 수상하기만 할 뿐 아주 자세히는 다 알지 못하나 내가 누군가. 창말의 꽃이지 않은가. 그러니 그나마 좀 아는 것이다 내가.

예쁘기가 정말 꽃과 같아서, 사내아이지만 꽃도령이라 불렸던 그는 장가를 든 뒤로도 이름에서 꽃이 떨어지지 않아 꽃서방이 되었다.

때 묻은 어깨띠를 두르고 경칠이와 벌렁 누워 하아하아 취한 숨을 토하는 순칠이를 보자니 장도에 오르던 꽃서방 생각이 아니 날 수 없었던 것. 어깨띠 때문에.

순칠이는 군대에 가는 것이지만 꽃서방은 이미 터져 있던 전쟁에 나가는 거였다.

꽃도령은 꽃과 같이 아름다워서만 꽃도령이 아니었다. 실제로 아이는 꽃거름으로 재배한 곡물과 채소를 먹고 자랐으니 다른 별칭이 붙을 수 없었다.

창말에서 인화리로 이어지는 긴 고개에는 큰 가마터가 있었단다. 땅 밑에 깨진 사기가 많아서 사람들이 고개를 넘으면 사각사각 소리가 난다고 하여 사기재(새기재는 창말 사투리)가 되었는데 사각사각 소리 같은 건 잘 모르겠고 새기재가 봄마다 꽃대궐을 이룬다는 것만은 분명했다.

전쟁 전에는 먼 곳에서 사람들이 소풍도 오곤 했으나 전쟁 뒤로는 그럴 만한 사정이 생겨 꽃이 만발해도 스산하고 으슥하고 흉흉한 곳으로 여겨졌으며, 꽃향기에 몸이 달아오른 청년들만 제 손으로 은밀한 욕구를 처리하기 위해 찾는 곳이 되었다.

그러니 새기재 꽃대궐의 운명이 꽃서방과 닮았다고 말하는 사람들을 탓할 수 없게 되었던 것이다. 전쟁을 전후로 새기재 꽃대궐과 꽃서방의 운명이 모두 확연히 달라졌으니까.

전쟁이 일어나기 전까지 새기재의 봄은 말 그대로 꽃대궐이었다. 겨울 빼고 모든 계절에 꽃이 피어났으나 미친 듯이 피고 한꺼번에 쏟아지고 미어지듯 고이고 쌓이는 것은 봄이었고, 실제로 꽃도령을 위한 밭농사에 쓰일 꽃거름은 봄 한철 낙화만으로도 충분했다.

꽃은 산수유 개나리 진달래 철쭉 영산홍 산벚꽃 아까시순이었는데 피는 것도 그랬고 지는 것도 그랬다. 한 종류의 꽃이 피고 뒤이어 다른 종류의 꽃들이 피었듯이, 한 종류의 꽃이 지면 뒤이어 다른 종류의 꽃들이 순차적으로 졌다.

꽃들은 여기저기 자기가 서 있는 곳에서 각각 피었으나, 진 꽃잎은 바람에 불리고 뒤척이다 한데 모여 수북해졌다. 산수유 개나리 질 때는 노란 달걀지단이 땅 위에 깔렸고, 진달래 철쭉 영산홍이 질 때는 붉은 수수와 해팥가루가 덧쌓였으며, 산벚꽃과 아까시가 지면 흰 떡가루로 풍성해졌다.

낙화의 시차에 따라 무지개떡처럼 층층이 빛깔을 내며 쌓이던 꽃잎들이 시나브로 시들고 마르고 비를 맞게 되면, 하얗던 술밥이 누렇게 익으며 모주 향기를 내듯 오래 고여 눅눅해진 꽃잎에서도 솔솔 거름 내가 났다.

새기재의 꽃거름은 함부로 쓸어내서도 안 되었고 한 사람을 제외하고는 아무도 그것을 옮길 수 없었다. 그것을 옮길 수 있는 유일한 사람은 윗샛말 공 첨지댁 늙은 일꾼 덕시뿐이었다. 덕시는 촘촘하게 짠 바소쿠리에 꽃거름을 알뜰하게 옮겨 담아 지게로 여러 차례 지어 날랐는데 한 줌이라도 흘릴까 조심하는 모습이 안쓰러웠다.

꽃거름은 꽃도령을 위해 그의 어미가 특별히 마련해둔 밭으로 옮겨져 매년 고운 흙에 섞였다. 창말의 흙 좋기로 이름난 땅은 거의가 공 첨지댁 소유였거니와 꽃도령을 위한 밭은 그중에서도 흙빛이 가장 검고 윤기가 났다.

새기재도 공 첨지댁 소유의 산림이었다. 창말에서는 공 첨지댁 땅을 밟지 않고는 한 발짝도 움직일 수 없다는 말이 있었다. 해방 직후 토지개혁 바람이 일어 하마터면 땅의 절반 이상을 잃을 뻔했으나 다행히 전쟁이 터졌고, 전쟁 이후로는 토지개혁 이야기가 쏙 들어가 공 첨지댁은 해방 전의 토지를 고스란히 건사할 수 있었다.

꽃거름으로 싹트고 자란 꽃도령의 곡식과 채소들은 여느 밭의 것들과 달리 실했을뿐더러 예쁘고 다소곳했다. 그렇다고 사람들은 믿었다. 흙도 흙이고 거름도 거름이지만 하늘에서 내려오는 볕까지 달라 보였다고.

그래서인지 꽃도령도 자신의 밭에서 자라는 작물만큼이나 싱그럽고 지순했다. 그는 '무슨 일을 해도 용서되는 아이'로 자랐으나 사람들은 그가 용서받을 일을 아예 하지 않을 거라고 믿었다. 그리하여 그가 하는 모든 일은 용서받을 일이 아니게 되었던 것이다. 무슨 일을 하든.

그토록 곱고 귀하게 자란 꽃도령이 창말 태생의 여자를 연모하게 될 줄 그들의 부모는 꿈에도 생각지 못했다.

창말 태생의 여자라는 말은 곧 가난하고 보잘것없는 집의 여식이라는 뜻이었다. 창말에서 공 첨지댁을 빼면 부자라고 일컬을 집이 하나도 없었으니까. 게다가 여자에게는 늙고 병든 어미뿐이었고, 아비에 대해서라면 어미에게서조차 듣지 못했다.

여자의 의중 따위는 아무 필요도 상관도 없었다. 공 첨지댁 꽃도령이 여자를 연모한다는데 무엇이 더 필요하냐는 거였겠지.

꽃도령은 여자가 좋아 여자의 의중과 상관없이 고꾸라지듯 앓아누웠고, 도령의 어미도 따라 누워 함께 속을 끓이다가 자식 살리는 셈 치겠다며 3일 만에 벌떡 일어났다.

그러니 여자의 의중 따위는 더더욱 소용없어진 것. 천연스레 혼사를 추진하는 꽃도령의 어미를 보고 마을 사람들은 얼른 믿지 못했다. 꽃도령 어미의 속내를 혀를 차며 궁금해할 뿐 마을 사람들에게도 여자의 의중이라는 것은 애당초 관심의 대상이 아니었다.

그래서 사람들은 꽃서방의 신부가 된 뒤로도 여자가 한사코 웃지 않는 이유를 알지 못했다. 그럴 만한 이유가 있었겠다는 짐작을 순득이 할머니만 겨우 할 뿐이었다. 여자의 어미가 숨을 거둘 때 곁을 지켰던 사람이 순득이 할머니였으니까.

'뼈에 사무쳐서, 그 뼈가 일백 번 진토 되지 않고서는 도무지 잊힐 수 없는 말……'

이것이 여자의 어미가 죽으며 남긴, 중동무이된 말이었다. 꽃도령 어미한테 들은 말이라는데 여자의 어미는 끝내 그 말을 저승까지 품고 가버렸고 여자도 끝끝내 입을 열지 않았다.

순득이 할머니가 전한 말이라고는, 여자의 어미가 그 말을 할 때, 몇 달간 겨우 입만 달싹거리다 힘없이 죽어가던 사람이 마치 뭍으로 뛰어오른 잉어처럼 온몸을 펄떡거리며 고통스러워하더라는 것이었다.

꽃도령 어미의 말이 무엇이었는지 아무도 몰랐다. 다만 자신의 아들이 하는 모든 일은 용서라는 말 따위와는 애당초 상관없으므로, 그리하여 용서라면 여자나 여자의 어미 같은 부류에게나 해당하는 말이므로, 아들을 혼미케 한 죄를 용서한다는 명분으로 여자 모녀에게 한마디 했을 거라

짐작하는 것은 어려운 일이 아니었다. 그 한마디가 무엇이었든, 모녀의 뼈에 사무친 것이고.

욕이거나 속된 말은 아니었을 것이다. 꽃을 누구보다 좋아한다고 믿는 그녀였기에 나도 나름 그녀를 아는 것이다. 꽃도령의 어미 말이다.

그녀는 평생 큰소리를 내지 않고 인상을 쓰지 않으며 언제나 부드럽게 말하고 웃는 귀부인이었던 것이다. 안 그러고는 못 견디는. 그래서 여자와 여자의 어미는 더 견딜 수 없었을 테지. 사무치기로 말한다면 오히려 웃는 낯빛과 작은 목소리로 퍼붓는 모욕이 훨씬 깊은 상처를 남기는 법이니까.

꽃서방의 장도壯途도 뼈대 있는 집안의 마땅한 의무 중 하나로 이루어진 것이었다. 임진왜란과 병자호란에 자진하여 자식을 내보낸 호국의 가문이라고 누차 자랑해왔던 터여서, 외동이었지만 꽃서방도 무운장구 어깨띠를 두르고 앞날을 알 수 없는 전장에 나섰던 거였다.

그리고 정말 그의 행방을 알 수 없게 되었다.

전쟁이 끝나고 포로 교환이 이루어진 뒤로도 그는 돌아오지 않았다. 소개疏開와 폭격과 점령과 살육, 그리고 부녀자들에 대한 이루 말할 수 없는 참혹한 수모가 마을을 휩쓸고 지나갈 동안 여자를 보호했던 건 마을 일꾼 벙어리 닷근이었다.

어깨띠를 두르고 마을을 떠났던 꽃서방이 마침내 돌아오긴 했으나, 전쟁이 끝난 지 6년이나 지난 어느 날이었고, 그때는 이미 여자에게 겨끔이라는 한 살배기 딸아이가 생긴 뒤였다.

그리고 꽃서방은 마을로 돌아온 다음 날 닷근이의 낫에 목을 찍혔다.

전쟁 포로였다던 꽃서방이 남쪽 정부에 인계된 뒤로도 어째서 3년이나 더 군교도소 신세를 져야만 했었는지, 그리고 닷근이가 꽃서방을 조선낫으로 후려친 사정이 무엇이었는지, 그런 것들이 바로 생략과 은폐가 많은 석연찮은 전설의 누락분에 해당하는 것이었다.

사람들은 침묵했고 침묵은 창말 한중간의 뻥 뚫린 공백으로 남았다. 죽은 꽃서방의 행방처럼.

꽃서방의 시신은 끝내 찾지 못했다. 그를 묻은 닷근이가 다음 날 벽오동에 스스로 목을 맸기 때문이었다. 벽오동 가지에 대롱대롱 매달린 닷근이가 어찌나 길게 혀를 빼물었던지 혀끝이 땅에 닿았다더라는 또 하나의 기이한 전설만 남았다.

이제 새기재 꽃거름은, 나를 일도 나를 사람도 없어서 그 꽃잎을 떨군 꽃나무들의 자기 거름이 될 뿐이었다.

꽃거름을 나르던 늙은 일꾼 덕시 대신 윗샛말 공 첨지댁에 새로 온 사내가 하는 일이란 여자에게 묻고 여자를 때리는 일이었다. 사내는 오로지 그 일로만 고용된 사람 같았다. 어디요? 꽃서방 유기 장소를 묻고 여자가 도리질하면 사내는 커다란 손을 펴서 여자의 얼굴을 때렸다. 그럴 때마다 온 산의 쓰르라미 소리마저 일제히 멈추게 하는 마찰음이 났다. 짝과 퍽과 툭의 중간이거나 짝, 퍽, 툭을 한데 반죽한 것 같은 소리.

꽃서방의 운명이 그러하였듯이 전쟁이 끝나면서부터는 새기재 또한 꺼리는 곳이 되었다. 봄에는 흰 꽃으로 덮이고 7, 8월에는 붉고 탐스러운 산딸기가 먹음직스럽게 흐드러져도 아무도 그 딸기를 따 먹으려 하지 않았다.

전쟁을 겪으면서 새기재는 꽃대궐을 기억하게 하는 아름다운 이름 대신 '80년 구데이'라고 불리기 시작했으니까. 실은 '80년 구데이'가 아니라 '80명 구덩이'인데 창말 사람들 특유의 적당히 얼버무려 쓱 넘기는 식으로, 다치니까 자세히 알려고 하지 마라라는 식으로, 굳이 '80년 구데이'라고 부르는 것이었다. 잘못됐다는 걸 알면서도 굳이.

'80명 구덩이'는 80명의 시신이 묻힌 곳이라는 뜻이, 너무, 명백해지니까. 꽃이 만발해도 새기재가 스산하고 으슥하고 흉흉한 곳으로 여겨지는 사정이라는 것이 바로 이 때문이었다.

난 귀신 잡는 청룡 갈 거야, 넌?

순칠이가 물었다.

……．

경칠아, 넌?

어.

어가 뭐야?

나……도.

정말?

어.

근데 왜 빨리 대답 안 해?

순칠이의 입에서는 여전히 술내가 났다. 해설픈 하늘도 그대로였는데 어떤 꽃은 한창 벌어지고 어떤 꽃은 슬슬 잎을 닫기 시작했다. 더러워진 데다가 구겨지기까지 해서 어깨띠의 長과 ﾉ가 髮처럼 보였다. 꾀꼬리인 듯한 먼 새의 울음도 발, 발, 거리는 것 같았다.

귀신 얘기 하니까.

경칠이가 말했다.

귀신이 어때서?

하필 여기서냐구?

여기가 어때서?

아이씨.

이 새끼 봐. 어디서 씨래?

여기서 사각사각 소리 난대잖아!

경칠이가 울먹이며 소리를 질렀다.

옛날에 사기막 있던 고개라서잖아. 그게 왜?

사금파리 소리가 아니래잖아.

그럼?

아이씨. 뼈 소리래잖아. 뼈. 사람 뼈. 저 속에.

경칠이가 '80년 구데이'를 가리켰다.

새애끼. 해병대 간다는 새끼가.

아, 해병대는 해병대고 씨발.

아무려나 나는 꽃인 것이다. 꽃. 예나 지금이나 새기재에 피고 지는.

때

창말에서는 효서를 회서 혀서 효소 쇼셔 시소라고 불렀지만, 어떻게 부르든 효서는 효서였다.

혀서가 누구냐?

하고 물으면,

저기 저, 뒤통수 납작한 애요.

라고 대답했다.

쇼셔가 누구더라?

라고 말하면,

백마건빵이라면 사족을 못 쓰는 놈 있잖아요.

하고 대답했다.

시소는 어떤 애야?

하고 궁금해하면,

배 아프다고 만날 벤또 밥 남기는 애잖아요, 걔.

라고 상기시켜주었다.

혀서 쇼서 시소라고 물었지만 대답하는 사람이 가리키는 것은 언제나 효서였다. 만날 배 아프다고 벤또 밥 남기면서 백마건빵이라면 사족을 못 쓰는 뒤통수 납작한 애가 효서였으니까.

흔한 이름도 아니어서 창말에는 효서가 효서 하나뿐이었다. 밀가루 음식이 속에 좋지 않다고 어미가 노래를 해도 몰래몰래 달걀 훔쳐다 백마건빵을 사 먹고야 마는 놈도 효서밖에 없었다.

벤또 밥을 남기는 건 배가 아파서가 아니라 무짠지나 새우젓무침 같은 알량한 벤또 반찬이 맘에 안 들어 간간한 멸치볶음이나 오징어포 같은 걸 유도해내기 위한 꼼수고 엄살이었다. 오징어포를 벤또 반찬으로 싸 주는 날은 밥풀 한 알갱이 남기지 않고 홀랑 싹싹 핥아 먹어버리는 것이 효서라는 아이였다는 말이다.

이처럼 효서는 어떤 이름으로 불리든 다 그 효서였다. 구효서.

그런데 나는 그 반대인 것이다. 그래서 나도 내가 헷갈릴 때가 많다. 한 번의 예외도 없이 나는 언제든 누구의 입에서든 '때'라고 정확히 발음되었다.

탕 먹을 때 안 됐나?

복날? 장마 그치는 때쯤일걸.

읍에 갔다 올 때 미리 아지노모토도 좀 사다 놔야겠는걸.

장우 아비든 하군이 어미든 학교 선생이든 면서기든 다 때를 때라고 하지 않는 사람은 없었다.

그럼 헷갈릴 게 뭐 있을까. 효서를 시소라고 하는데도 헷갈리지 않는데 때를 때라고 하는데 뭐가?

순칠이 아비 귁 씨가 잠깐 강후국민학교의 교사가 된 적이 있었다. 말없이 논두렁을 걷다가 갑자기 학교 선생이 되었으니, 알 만한 사람 빼고는 모두 깜짝 놀랐다. 귁 씨가 고등교육까지 받은 사람이라는 걸 그때 처음 안 사람이 많았다. 그랬으니 놀랄밖에.

그런데 귁 씨의 교사 재임 기간이 매우 잠깐 동안일 수밖에 없었던 사연에 내가 개입돼 있었던 것. 때인 내가. 귁 씨가 어째서 그토록 빨리 학교를 그만두었어야 했을까, 재학생은 물론 창말 사람들 모두 의아해했다. 빨라도 너무 빨랐으니까. 끝내 석연해지지 않았다. 내가 나를 헷갈려 한 것도 그래서였다.

음, 때가 때라서……

교장이 말했다.

때가 어떻다는 겁니까?

귁 씨가 물었다.

지금이 어떤 때라는 건 거 참 귁 선생도 잘 알잖소.

어떤 때라는 건지 잘 모르겠습니다.

곽 선생! 이러면 곤란해요. 곽 선생 같은 분이 때를 모르다니요? 지금이 어느 때요? 국가재건최고회의가, 말처럼 끝난 거라고 봐요?

그러고서 교장은 자신의 입을 자신의 손바닥으로 막으며 기겁했다. 놀라 퉁방울만 해진 눈으로 사방을 두리번거렸다. 금방 총 맞을 사람처럼.

이런 대화가 있은 다음 날, 곽 씨는 다시 논두렁을 걷는 사람이 되었다.

애들을 가르치는 데 미숙했기 때문에 잘린 거라고 말하는 사람들이 있었다. 곽 씨는 아닌 게 아니라 좀 싱겁게 가르치긴 했었다. 애들을 때리지도 않았고 야단치지도 않았고 히죽히죽 자꾸 웃었다.

갑자기 교사가 된 게 스스로도 멋쩍었을까. 수업 시간에도 히죽히죽 웃는 바람에 수업이 싱겁다는 인상을 주었다. 곽 씨의 동네인 안동네 아이들과 마주치면 더 그랬다. 곽 씨도 실실, 안동네 애들도 실실.

애당초 시한이 정해진 임시 교사였을 뿐이라는 설도 있었다. 그러나 교사 결원이 있었던 것도 아니었고 출산휴가 중인 여교사도 없었다. 그러면 왜 갑자기 채용되었다가 갑자기 그만두게 되었던 것일까.

채용된 내력까지는 모르겠으나 그만둔 사정은, 나로서는 아무래도, 나 때문이 아니었을까 생각할 수밖에. 교장과의 대화에서 '때' 이외의 말은 없었지 않는가.

내 이름인 '때'라는 것이, 누구의 입에서든 똑같이 발음되지만 발음만 같을 뿐 그 뜻은 각각인 거 아닐까.

말하자면 효서의 경우와는 반대.

효서는 사람에 따라 각각 달리 불려도 언제나 효서를 정확히 가리키는 반면, 나는 언제나 같은 이름으로 불려도 그것이 의미하는 내용이나 대상은 말하는 사람에 따라 제각각?

그때부터 나는 나에 대해 헷갈리기 시작했던 것 같다.

그런데 '때' 논쟁이랄까 시비랄까 그런 것이 한 번 더 있었다. 욕골 조 구장의 때와 퀵 씨의 때가 부딪혔던 것.

지금 때가 어느 땐데…….

퀵 씨가 한 말이었다. 지금이 어떤 때인지 모르겠다고 교장에게 대들던 퀵 씨가.

때는 무슨 때? 발가락 때?

조 구장이 비아냥거렸다.

퀵 씨는 좀 묘한 데가 있었다. 대학을 나오고도 논두렁이나 오가는 것도 그랬고, 논두렁에 오줌 누다가 말 많은 순득이 어미한테 보여 소문으로만 큰 자지가 된 사정도 그랬고, 그것 때문에 애꿎은 순칠이만 깻막에서 숨넘어가게 한 것도 그랬다.

그런가 하면 세상사를 다 아는 것 같은 눈빛으로 가끔씩,

창말 사람들의 은밀한 침묵의 연대가 부당하다는 듯 냉소했는데, 조 구장에게 했던 말도 그중 하나였다.

전쟁을 치르고 숱한 시신들이 식기도 전에 정신들 못 차리고…….

라고 귁 씨가 말했고,

10년이 지났어. 강산도 변한다잖아.

라고 조 구장이 말했다.

변한 건 하나도 없어. 있는 놈들은 해방 전이나 뒤나 달라진 게 없고 전쟁 전이나 뒤나 달라진 게 없어. 안 보여, 저들이? 지금 때가 어느 땐데 말야.

언제까지 전쟁을 떠올릴 거야? 빨리 잊고 새로 살아야 할 때야.

당초에 애먼 땅을 지들 맘대로 반 토막 낸 놈들 때문이야. 미국 놈 믿지 말고 소련 놈에 속지 마라 일본 놈 일어난다는 말이 딱 맞았지.

그런 말 할 땐가, 귁 씨?

못 할 땐가?

귁 씨는 그런 사람이었다. 묘하고 이상하고 그랬는데 어떨 때는 실없는 사람 같다가도 어떤 때는 서슬 퍼런 말을 뱉어냈다. 그런 점 때문에 학교에 발을 붙이기도 전에 쫓겨난 거 아닌가도 싶고.

하여튼 조 구장과 귁 씨가 나를 가운데 놓고 신경전을 부

때

리게 된 것은 주말마다 서울에서 내려오는 낚시부대 때문이 었다.

울긋불긋한 관광버스로 줄지어 몰려오는 서울의 낚시꾼 들. 그들은 창말 사람들이 '갯고랑'이라고 부르는, 그들 말로 '수로'라고 하는 곳에 진을 쳤다. 붉은 옷에 노란 장화를 신 은 그들은 창말 사람들에게서 거나한 식사를 주문해 먹으며 연신 깡통 맥주를 마셨다.

마을 정미소 외관을 장식한, 이어 붙인 깡통의 정체가 바 로 그것이라는 것을 알고 아이들은 신기해서 낚시꾼들이 버 린 맥주 깡통 구멍에 코를 대고 벌름벌름 냄새를 맡았다.

그들을 맞이하고 따르고 짐을 날라주고 이런저런 부탁 을 들어주고 점점 굽실거리며 몇 푼의 돈을 받는 애들의 모 습은 주말의 일상 풍경이었다. 그것이 점점 어른들에게까지 번져가자 그걸 꼴사납게 여겼던 귁 씨가 때를 운운하며 쓴 소리를 했는데 조 구장이 티껍게 받았다. 티껍게 받은 까닭 은 조 구장도 막 그 풍경으로 슬며시 미끄러져 들어가려던 참이었기 때문이었다.

때가 어느 때라고.

귁 씨가 말하면,

자넨 때를 잘 알아서 학교에서 쫓겨났능가?

조 구장이 말했다.

낚시 관광객들 때문에 창말 사람들 사이에는 어색한 기류가 흘렀다. 아이들은 알지 못했다. 어른들이 그러거나 말거나 일요일 아침 관광버스가 줄지어 모습을 나타내면 아이들은 눈을 번득였다. 몇십 원은 족히 벌 수 있는 절호의 기회였으니까. 좋은 벌이를 다른 아이들에게 빼앗기면 안 되었으니까.

낚시꾼들이 버스에서 내리면 아이들은 기세 좋게 달려가 짐을 빼앗아 들었다. 괜찮다고 해도 아랑곳 않고 묵묵히 앞서 걸었다.

낚시꾼들은 애들을 두억시니 보듯 했다. 짐 심부름 값은 10원이 적정선이었으나, 부탁한 짐도 아니었으니 적게 줄 수도 안 줄 수도 있는 문제였다. 그러나 낚시꾼들은 그러지 못했다. 애들에게 잘못 보였다가는 '뽀인뜨'를 차지하지 못했다. 조황 좋은 덕을 두루 꿰던 건 창말 아이들이었으니까.

그래서 돈을 더 얹어줄망정 안 주거나 깎는 일은 좀처럼 없었다. 낚싯대 하나쯤 아예 애들에게 맡길 때도 있었는데 출조 주최 측에서 월척에 한해 만만찮은 상품을 걸기 때문이었다. 대리낚시라는 편법을 써서라도 기념할 만한 월척을 낚으려는 사람들이 많아지면서 관광 낚시꾼 사이에서 유명 인사로 통하는 아이들이 생기기 시작했다. 이른바 소년 낚시귀신.

이 아이들은 애써 눈을 번득일 필요 없었다. 낚시꾼들이

때

먼저 쉬쉬하며 귓속말로 낚시귀신을 찾았으니까. 다른 애들보다 두세 배의 돈을 받고도 못 이기는 척 따라나서는 소년낚시귀신의 오만한 자태라니. 정말 월척이라도 낚으면 생전처음 보는 '쪼꼴렛'에 온갖 과자며 칭송의 말들이 아이 앞에쏟아졌다.

한 아이는 월척을 낚은 뒤에 쪼꼴렛도 좋고 과자도 좋지만 깡통 맥주를 하나 먹어보고 싶다고 했다. 워낙 큰 고기를잘 잡는 아이였으므로 쪼꼴렛과 과자가 익숙해져서였을까.어쩌면 맥주 냄새 때문이었는지도.

아이들은 낚시꾼들이 남기고 간 빈 맥주 깡통 구멍에다코를 대고 흠흠 냄새밖에 못 맡았는데 그 냄새가 참 묘하게도 구미가 당긴다고들 했다. 창말에는 없는, 어딘가 유복하고 낯설고 도시적이고 낭만적인 무조건 좋은 냄새였다.

그래서 깡통 밑에 고양이 오줌만큼 남아 있는 김빠진 맥주를 마셔봤는데 정말 오줌 맛이었다. 정말 그렇더라고, 마셔본 애들이 모두 고개가 부러지게 끄덕였다.

아, 김 안 빠진 맥주는 어떨까. 그 맛은 어떨까. 그러니까몽매에도 그것이 궁금해서 그랬던 것이다. 깡통 맥주 하나먹어보겠다고. 월척 낚은 아이가.

어떻더냐고, 묻고 싶었겠지 다른 아이들이. 그래 맛이 어떻더냐? 물었더니 아 씨발 소태보다 써, 라고 맥주 먹은 아이가 말했다. 그 아이의 얼굴이 어쩌나 그럴싸하게 일그러지던지 다른 아이들은 안 먹어보고도 얼마나 쓴지를 남김없이 짐작할 수 있었다. 서울서 울긋불긋한 관광버스 타고 낚시 오는 인간들이 자신들과 얼마나 멀고 얼마나 다른지를 쓰디쓰게 맛본 셈이었고.

그런 잔치와 난리는 하여튼 애들의 차지였을 뿐인데, 창말의 어른들은 저만치서 혀나 차며 세월 좋은 낚시꾼들을 몹시 아니꼬운 눈으로 바라볼 뿐이었는데, 그랬었는데, 오래가지 않았다.

어른들도 하나둘 슬금슬금 저들에게 다가가서, 아주 다가가지는 않고 서너 발짝 거리를 두고서는, 어디 뭐 좀 제대로들 하나 깔보듯이, 왼 어깨 너머로 흘끗흘끗 바라보았다. 그랬었는데, 그것 역시 오래가지 않았다.

즘승들은 어쩌려나?

하고 낚시꾼들에게 들릴 똥 말 똥, 못 들었으면 말고 식으로 한마디 쓱 던졌다. 쓱. 즘승은 물론 점심의 창말 사투리고.

이렇게 던진 첫마디가 밥이 되고 술이 되고 찌개가 되고 마침내 화려한 쌈밥 들밥이 되고 '아아, 그 집 밥과는 글쎄 비교 자체를 말라께요'라는 차별성 경쟁의 새 국면을 맞게 되었다. 오래 걸리지 않았다.

오래 걸리지 않았으나, 끈질기게 혀를 차며 떫은 눈으로 낚시꾼들을 바라보는 사람들은 여전히 있었고, 그들의 떫은 눈은 낚시꾼들뿐만 아니라 알량한 돈 받고 낚시꾼들에게 밥

해 갖다 바치며 아양 떠는(그렇게 보였겠지) 이웃에게까지 훨훨 날아가 꽂혔다.

그러거나 말거나 조 구장처럼 이왕 밥 주문을 받기 시작한 사람들은 개의치 않았다. 밥 주문 받지 않는 사람들의 눈초리 따위 쓱 무시했다. 무시했을 뿐만 아니라, 너희도 실은 우리들처럼 밥 주문 받고 싶으나 애초에 저들을 아니꼽게 보았던 자존심 때문에 선뜻 못 나설 뿐이지 않느냐는 심보로 대했다. 자존심이 밥 먹여주냐는 심보로. 그러니 밥 주문 안 받는 사람들은, 지랄, 우리가 다 너희들같이 밸이 없는 줄 아느냐는 식으로 꼿꼿하게 대하게 됐던 것이고. 이것이 창말에 흐르게 된 어색한 기류라는 것의 정체였다.

때가 어느 땐데……. 지금 저게 안 보이나?

꿕 씨는 비지와 콩물을 분리하는 데 쓰는 광목 자루를 손가락으로 가리켰다. 오늘도 빈 광목 자루는 빨랫줄에서 펄럭거리며 마르고 있었다.

저들한테 우리처럼 살라고 말할 땐가 어디?

조 구장이 꿕 씨의 눈치를 봤다. 광목 자루 한가운데에는 악수하는 손, 손 위로는 네 개의 별, 아래로는 일곱 개의 붉은 줄이 세로로 그어져 있었다. '미국 국민이 기증한 밀로 제분된 밀가루. 22KGS. 팔거나 다른 물건과 바꾸지 말 것. 대선제분주식회사'라는 글자와 함께.

그래도 그렇지 쪼꼴렛에 맥주나 마시며 희희낙락 흥청망

248

청할 땐가? 벽촌에 와서? 놈들 살리려고 청대 같은 청춘들이 전쟁에 나가 목숨을 바친 줄 아나? 구악일소舊惡一掃 한다더니 흥, 군복 벗고 대통령 해먹을 생각에 저런 놈들 방치하고…….

어허 어허 이 사람, 지금이 어느 땐데 참말로.

교장이 그랬듯 조 구장도 통방울만 해진 눈으로 곽 씨를 바라보았다. 총 맞을 사람 보듯.

틀린 말 했나?

누가 듣겠어.

들으라지. 확 뒤집어졌어야 하는 건데.

<u>으으으으</u>, 이 사람 정말 시방 그런 말 할 땐가?

못 할 땐가?

나는 다만 때여서, 이때이기도 하고 저때이기도 해서 참 애매하고 애꿎다. 곽 씨의 때이기도 하고 교장의 때이기도 하고 조 구장의 때이기도 해서. 누구의 때도 될 수 있는 내 팔자라는 게 참 거시기하다.

그에 비하면 혀서 쇼셔 시소라고 불려도 언제나 영락없이 효서가 되고 마는 효서라는 이름의 팔자가 나보다 훨씬 나은 것 같다.

그나저나 지금은 정말 이럴 때일까 저럴 때일까? 이래야 할 때일까 저래야 할 때일까? 나는 정말이지 어떤 때이고 어

떤 때여야 하나? 참 애꿎다. 애꿎고 애꿎은 때다 나는. 하필
이 나라 이 마을의 이때란 말인가.

쎄

나는 쎄인데 저놈들은 내가 왜 쎄인 줄 알까?

긍칠, 장우, 하군이, 개똥이가 날 보았다. 보더니 무서워서 줄행랑을 놓았다.

워낙 놀라서 벌벌 떨었다. 다리가 후들거려 놈들은 멀리도 도망가지 못하고 저만치 감자밭 귀퉁이에 처박혔다. 처음 보는 거였을 테니까 나를.

아우, 아씨, 뭐야, 아우, 뭐지? 으아아, 씨발.

먼저 입을 연 건 개똥이. 뭔가 분하다는 낯빛. 입술에 묻은 밭흙을 핥아 탁 뱉었다.

개똥이는 공 잘 차고 잘 달리고 참외 서리 밤 서리에 늘 앞장을 섰다. 넷만 놓고 보자면 개똥이가 맨 앞장, 그다음이 긍칠, 그 뒤로 장우, 하군이 순이었다. 밭흙에 고개를 너무 세게 처박아 바보 같은 하군의 엉덩이만 보였다.

나를 보긴 봤겠지만 제대로 보진 못했겠지. 보자마자 후
닥닥 도망을 쳐댔으니 뭐에 놀라 도망친 줄도 몰랐던 것. 그
러니 개똥이 자존심이 말이 아닌 것이다. 으아아, 씨발. 욕도
나올 만했겠지 누구보다 자기한테 먼저. 중뿔나게 도망부터
치고 말았으니.

뭐야, 뭐지?

궁칠이가 개똥이 말을 흉내 내며 고개를 들었다. 하늘은
맑고 구름은 높았다. 멍석만 한 감자밭 하나 말고는 사방이
온통 상수리나무였다. 빽빽한 상수리나무 숲. 나무와 나무
사이로 푸른 하늘이 올려다보였다.

모르겠어. 몰라.

장우가 말했다.

돌아버릴 만큼, 어, 무서웠어. 어, 어.

밭에서 무를 뽑듯 자기 머리통을 뽑으며 하군이가 말했다.

거 좀 새꺄 어어 거리지 좀 마라 씨발 놈아.

개똥이가 하군이한테 분풀이했다.

그렇잖아도 놈들은 산 너머 더덕밭에 다녀오던 길이었을
것이다. 안 봐도 알았다. 산길이라고는 그쪽으로 난 길 하나
뿐이었으니까.

더덕을 캐려던 것보다는 심심해서 갔겠지. 푸르고 푸른 것
들이 심심해서. 가서 더덕 몇 뿌리 캐고, 그래도 심심하고 지
루하니까 염하 건너에다 대고 공연한 욕을 펄펄 날렸겠지.

간나아 새끼들 밥은 처먹었니아아?

괴뢰도당들아 한판 붙으을래애?

멀리까지 말이 날아가야 하니까 길게 길게 목청을 빼며. 그러면 '저어쪽' 말도 염하를 타고 건너왔을 터.

그지 새끼들 밥밖에 모르냐이?

미국 놈덜 똥구멍이나 빨아라이.

늘 던지고 받던 말이었으니 오늘도 그랬을 것이다. 욕의 뒤끝이 아직 닫히지 않아 개똥이든 누구든 욕부터 나오는 거겠지 지금도.

결국 네 놈이 내 앞에 섰다. 나로 말하자면, 나무에 목을 맨 사람의 입에서 빠져나온, 혀다.

저쪽 아랫녘에서는 혀를 쎄라고 한다지만 그건 그쪽의 일이고, 창말에서는 혀를 쎄라고 하지 않았다. 딱 한 경우만 빼고. 나무에 목매 죽은 사람의 입에서 빠져나온 것을 가리킬 때만 빼고.

아우, 길다. 길어.

장우가 차마 똑바로는 못 보고 외로 서서 말했다.

배꼽까지 내려왔어.

긍칠이가 말했다.

말은 똑바로 해 새꺄. 빠클까지잖아.

개똥이가 말했다.

다시는 보고 싶지 않은 것을, 다시 볼 필요도 없는 것을,

놈들은 기어이 비칠비칠 다가와 내 앞에 서서, 나를 올려다봤다. 왜 그래야 하는지 놈들은 알지 못했다. 알지 못하면서도 끔찍한 것들을 봐내고야 말았다. 창말 애들은 그랬다.

메기를 물고 있는 것 같아.

메기보다 더 길고 까매.

푸르스름하기도 해.

겉이 좀 말랐다. 그치?

저게, 와, 저렇게 긴 건가 원래?

다섯 뼘도, 응, 넘겠어.

보니까 사람 몸이.

사람 몸이 뭐?

새끼줄에 달랑 하나 매어 말린 시래기 같다.

그때까지 줄곧 돌아서 있던 하군이가 돌아선 채로 덜덜 떨며 말했다.

쎄, 쎄빠지게 이, 일한다고 하잖아 어, 어른들이.

그러지. 걸핏하면.

주, 죽어라 일한다는 말이네. 저, 저토록.

하군이가 용케도 내가 어째서 쎄인지 알아차렸다.

그러네.

그러네 아으, 씨발.

하군이를 제외한 아이 셋은 나에게서 실눈을 떼지 않고 욕 섞은 침을 탁탁 뱉었다.

쎄의 역사라고 할 것까지는 없지만 창말에는 쎄의 출현이 줄곧 있어왔다. 구한말 동학과 관련한 쎄가 몇 차례 있었고 남한 정부수립 직전에도 있었으며 그것은 남북전쟁 때의 쎄로 이어졌다.

전쟁 뒤에는 벽오동에 걸린 닷근이의 쎄가 있었는데, 공터에서 공적으로 이루어졌던 이전의 것들과는 달리 은밀한 숲속에서 스스로 목을 맨 사적인 것이었다.

이번의 쎄도 사적인 것이라고 할 수 있을지. 창말 사람들의 의견이 분분했다. 이번 쎄의 주인이 언묵이었으니까. 언묵이. 상수리나무 숲에서 마른 시래기처럼 매달린 채 발견되기 여드레 전에 언묵이는 마을에서 자취를 감추었다.

어디를 갔을까 얘가?

언묵이 아비는 사기구슬처럼 멀어버린 한쪽 눈을 번득이며 나이 든 아들을 찾아다녔다. 찾을 수 있을 거라고는 생각하지 않았을 것이다. 논에서 피를 뽑다가도 검은 지프가 나타나면 논물에 설렁설렁 씻은 맨발을 묵묵히 고무신에 꿰던 언묵이었다.

그렇게 지프에 실려 가면 이틀이고 사흘이고 감감무소식이었다. (언묵이 배가 조류에 밀려 북한 땅에 억류되었다가 판문점을 통해 돌아온 뒤로 계속되는, 일종의 연례행사였다.) 어디를 갔는지 모를 아비가 아니었다.

그런데 이번에는 엿새가 지나고 이레가 지났다. 어디를

갔을까 얘가? 어디를 갔을까요 우리 애가? 언묵이 아비의 물음은 울음이었을 뿐이다. 복수가 차 불룩해진 배를 끌어 안고 이 사람 저 사람 붙잡고 그토록 물었던 것은.

더는 바다에 나가지 않게 된 언묵이는 논밭일을 하거나, 창말과 이웃 마을의 도수屠手를 자청했다. 벼 포기 사이를 느리게 오가며 김을 매거나 밭흙을 발뒤꿈치로 눌러 콩 알갱 이나 심는 일로는 성에 차지 않았을 것이다. 그러고 말기에는 뱃일로 다져진 그의 성한 뼈와 근육이 지나치게 실했다.

게다가 그의 말 못하는 울분을 딴 데로라도 용을 쓰지 않 으면 실한 뼈와 근육이 제 힘 때문에라도 몸을 터뜨려버릴 지 몰랐다.

마을의 도수를 자청하고 나섰던 것도 그래서였겠지. 도수 에겐 무엇보다 힘이 필요했으니까. 뿐만 아니라 생명을 앗 고자 하는 살의가 필요했다.

그 둘을 적절히 발휘하는 데는 얼마간의 울화와 손 기술 이 도움이 되었을 것이다. 언묵이는 그 모든 걸 갖춘 사람이 었고.

도수 일을 할수록 시나브로 말이 줄었고 말이 줄어들수록 도수 일에 달려들었다. 힘들여 짐승을 잡는 사이에 안에 갇 혀 있던 말들이 배 속에 그대로 납작하게 쌓여버리는 것인 지 그의 입에서는 하나둘 말이 사라지기 시작했다.

겨우 남은 말이라고는 "넣어요" 같은 것 정도. 돼지의 멱

을 따고, 선지를 받고, 그러다 돼지의 숨통이 완전히 끊어져
버리면 언묵이는 팔뚝의 힘을 서서히 빼며 낮고 굵은 목소
리로 "넣어요"라고 말했다.

드럼통의 설설 끓는 물에 돼지를 넣고 털을 뽑으라는 말
이었다. 미군이 버리고 간 유류 드럼통을 반으로 자르면 훌
륭한 야외용 가마솥이 되었는데, 까맣던 돼지가 그 속에서
하얗고 뽀얀 돼지로 변했다.

언묵이에게는 넣어요, 놓아요, 됐어요, 먹어요, 술 줘요,
졸려요 따위의 말들만 남았다. 돼지, 소, 오이, 쟁기, 거름, 하
늘, 하늬바람 같은 것들만. 그의 입에서는 나라, 선거, 사회,
평화, 사상 같은 말들이 완전히 자취를 감추었다.

협력, 노동, 자주, 민족 같은 말들과 생각한다, 판단한다,
우세하다, 발전한다 같은 말들까지 사라졌다. 여간해서는 좋
다, 나쁘다, 라는 말도 하지 않았다. 그의 말은 매우 적고 짧
아서 하루 종일 쓴 말을 다 적어도 공책 한 바닥을 채우지
못했다. 그가 평생 쓸 단어의 목록을 적는대도 공책 한 바닥
이 안 될 것 같았다.

그는 다만 김을 매고 무를 뽑고 돼지를 잡았다. 그가 하
는 일은 말하는 일이 아니라 힘쓰는 일이었다. 돼지와 눈을
맞추고 뱃가죽과 귀와 콧잔등을 쓰다듬었다. 네발 묶인 돼
지의 몸부림과 콧김이 수그러들 때까지 그는 차분히 기다렸
다. 그와 돼지를 바라보던 마을 사람들과 어린아이들도 숨

을 죽였다. 의식을 치르는 곳에나 있을 법한 침묵의 숙연함.

언묵이는 지쳐 탈진한 돼지의 멱을 네 개의 왼손가락 끝으로 정교하게 더듬었다. 쓰다듬고 더듬고 쓰다듬고 더듬고. 단번에 숨통을 끊되 선지를 최대한 얻을 수 있도록 말랑한 멱을 정확히 찾아 구멍을 냈다. 구멍을 내는 일은 칼을 쥔 오른손의 몫이었다.

멱을 제대로 감지한 언묵이의 왼손가락은 얼마간 더 간질이듯 돼지의 목을 여유롭게 쓰다듬었다. 그리고 아무도 예상하지 못한 순간에 퍼렇게 벼린 부엌칼 끝을 멱 깊숙이 찔러 넣었다.

들어갔어? 언제? 들어갔다고? 어른과 아이들은 속삭이듯 탄성을 질렀다. 칼끝이 멱을 파고드는 짜릿한 순간을 놓치지 않으려고 잔뜩 기다렸으나 이상하게도 구경꾼들은 언제나 그 장면을 놓치고 말았다. 눈 깜작하는 사이에.

능력자의 능력이라는 것은 그토록 범부의 둔한 눈에는 띄지 않는 것일지도. 언묵이는 창말과 인근 마을의 유일하고도 명실상부한 '도수'였다. 구경꾼들이 보는 것은 매번 이미 돼지의 멱에 깊숙이 박혀버리고 만 칼이었다.

들어갔어? 언제? 들어갔다고? 수군거리는 짧은 시간이 숙연한 침묵의 마지막이었다. 그다음은 비명이었으니까. 칼이 들어갔나 싶어 다 놀라기도 전에 돼지의 긴 비명이, 별립산 꼭대기 하늘부터 서쪽 바다 하늘까지를, 검은 무지개처럼 거대한 톱처럼 일곱 번을 오가며 찢고 찢고 찢었으니까. 마을 사람들과 어린애 할 것 없이 땅 위의 모든 것들이 단말마의 궁륭에 갇혀 퍼렇게 질렸다.

언묵이의 눈빛도 벼린 칼빛처럼 퍼렇게 튀었다. 칼만 빼면 많은 양의 선지가 한꺼번에 쏟아질 수 있도록 그는 멱 깊숙이 칼날을 넣은 채 몇 차례 휘저었다.

칼을 빼는 것도 넣을 때와 다르지 않았다. 빼는가 싶었는데 순식간에 피 묻은 칼이 허공에서 혼자 떨고 있었다. 뚫린멱에서 쏟아져 뻗치는 핏줄기는 설핏 기운 햇살을 받은 다홍빛 인조견처럼 눈부시게 예뻤다.

피는 커다란 빠께쓰에 한가득 담겨 부글거렸다. 그것은 무언가의 절정이었고, 그래서인가 애나 어른이나 찡그린 얼굴이었을망정 실눈을 감는 법이 없었다. 끝까지 봐내고야말았다. 기어이.

비명도 지쳐 멈추고 돼지는 다만 생의 마지막 숨을 뚫린멱 구멍으로 푸우푸우 몰아쉬었다. 핏방울이 안개가 되어언묵이의 얼굴을 점점이 적셨다. 지나던 개들이 영문을 모르고 꼬리를 내린 채 끙끙 설쳤다.

어른들은 어째서 아이들의 구경을 말리지 않았던 걸까. 그럴 겨를이 없었을까. 무언가 비명을 지르고 피를 뿌리고 숨이 끊어지는 장면을 보는 일이 그들에겐 아무려나 더 간절했던 걸까.

어쩌면 짐승의 비명을 듣고 피를 보는 일이, 더 끔찍했던 머지않은 과거 한때의 기억을 감당하게 할 거라고 믿었던 걸까. 감당하게 해달라고 빌었던 걸까. 그러느라 애들 따위는 눈 밖이었나.

또 모르지. 미리미리 봐둬라. 피하지 말고 봐둬라. 그리하여 세상에 어떤 일이 일어나도 놀랄 일은 아니라는 것과, 놀라지 말 것과, 어떠한 일이 있어도 그 일의 피해자로는 남지 말라는 뜻을 은근히 전하려던 것이었을까 애들에게.

설마 그런 뜻이었을까. 어떤 참경에도 모질게 꿋꿋해지라는 것이었을까. 적자생존의 목숨 건 싸움은 생명으로서의 숙명이니까? 좁은 땅을 서로 차지해야 하는 너무나 많고 너무나 다양하고 너무나 에너지가 넘치는 억조창생億兆蒼生 간의 거친 힘겨루기는 타고날 때부터 정해진 거니까? 비명을 지르고 피를 뿌리고 죽고 죽이고 먹고 먹히는 것을 피할 수 없는 순환으로 여기게끔 시연해 보이는 것을 그래서 제의라 말하는 것일까. 그럼 언묵이는 제사장이었을까.

그렇다면 어째서 그는 상수리나무에 목을 맸을까. 다섯 뼘이나 되는 검푸른 쎄를 빼물고 한 줄기 시래기처럼 공중에 매달린 까닭은 무엇일까.

그의 배 속에 납작하게 쌓여 사라져버렸다고 믿었던 많은 말과 울화 때문에 그리된 것은 아니었을까. 사라진 게 아니라 너무도 오랫동안 세게 억눌린 나머지 한꺼번에 터져 나오며 애꿎은 나를 밖으로 밀어내고 밀어내고 밀어낸 것은 아닐까. 안에 갇혔던 말의 부피와 무게만큼 나의 길이가 자꾸 길어진 것은 아닐까. 꾸역꾸역.

그의 말들은 공책 한 바닥 채우기 힘들 정도로 줄어들었던 게 아니라 수백 수천 권의 책이 되고도 남을 만큼 고스란히 쌓였을 것이다. 켜켜이. 백정 도수 노릇으로도 어찌할 수 없을 만큼 불길하게.

어, 참, 정말 기네.

내 앞에는 이제 애들 말고 어른 셋이 멍청히 서 있었다.

응. 길어.

하나는 작년에 은퇴하고 담배 가게 하는 조 순경이었고 나머지 둘은 길재 아비와 장우 아비였다.

어떻게 내리나 저걸?

일단 누가 올라가야지. 낫을 들고.

끈을 끊으라구?

끊어야지 어떡해.

떨어지는 걸 밑에서 받으라구?

내버려둬야지 땅에 떨어지게.

에이 그러면 쓰나? 그러지 말고, 새로 긴 끈을 갖고 올라가. 올라가서 저 목줄에 매서 연장하고, 그 연장한 줄을 가지에 한 번 걸어서 아래로 늘어뜨려. 아래서 줄을 잡고 있을 때

처음에 맸던 목줄을 끊어. 그런 뒤 슬슬 내리는 거야. 슬슬.

이야, 역시 순경이라, 음, 생각이 다르네.

한두 번 해보나 이 사람들아.

조 순경은 땅바닥에 침을 탁 뱉었다. 하늘은 여전히 푸르고 구름은 높고 바람은 불고 상수리 나뭇잎은 살랑살랑 흔들렸다.

왜 죽었을까 마을 사람들이 여직 술렁이던데.

타……살일지도 모른다고?

딴 데서 갖다가 걸어놓은 걸지도 모른대잖아. 죽여서.

기관에 워낙 많이 불려 다녔잖어. 그 기관이라는 데가 무시무시하대매.

설마 죽였을라구.

죽이려구 했겠어. 조지다가 실수로 죽였을 수도 있잖어.

이 사람들아, 죽은 거 갖다 걸면 쎄가 저렇게 안 나와.

안 나와?

안 나오지. 개구리 혓바닥만큼도 안 나와.

그럼 왜 죽었으까?

누가 알랴 나 말고. 그가 자기 자신을 제물로 바친 슬픈 제사장이었다는 걸.

떼

효서가 즌들에 왔다. 전들인데 창말 사람들은 전들이라 발음하지 않았다. 즌들. 이것도 쓱 비끼는 발음에 속하는 것이다. 전기를 즌기, 김치를 금치, 김을 짐이라고 하는 것처럼. 하여튼 창말에서는 곧이곧대로 딱 부러지게 발음을 했다간 따돌림당했다.

전들이 무슨 뜻인지 모르겠다. 밭이 있는 들판이라는 뜻일까. 밭이 많기는 했다. 하지만 딱히 논보다 많다고 할 수 없었다.

전들은 논도 밭도 많은 곳. 창말에서 새기재 하나만 넘으면 전들이었다. 들판 끝에는 탁한 염하가 흐르고 염하 너머는 저어쪽이었다.

언묵이가 떠밀려 갔던 곳. 만날 박정희 괴뢰도당이라고 큰 스피커로 떠드는 곳. 전들이라는 이름이 논밭과 관련된 것인지는 모르나 창말 사람이든 전들 사람이든 다 즌들이라고 부르는 것만은 분명했다.

효서가 즌들에 오고부터 즌들 애들의 움직임이 심상치 않아졌다. 걸음걸이와 눈빛이 달라졌다. 은밀하고 번득였다. 어딘가 설치는 데가 있었다. 떼를 짓기 위한 움직임이라는 걸 효서는 눈치채지 못했다.

즌들 애들은 수숫대 사이를 새끼 멧돼지처럼 빠르게 오갔다. 담장 뒤에 모여 자기들끼리 수런거렸다. 소낙비가 닥치기 직전 눈에 띄지 않게 작물들의 이파리를 흔드는 소슬한 기운 같은 것. 바람 같은 것. 없으면서 있고 있으면서 없는, 낌새 같은 것. 무언가가 마을을 설설 휘감고 있는데 사람의 감각이 미처 알아차리지 못하는 것. 아주 못 알아차려지는 건 아니지만 얼른 알 수도 없는 조짐.

즌들 아이들이 반쯤 숨어 재바르게 움직일 때마다 그런 기미들이 점점 크고 농밀해져갔다. 그리고 그것은 머잖아 효서로서는 해득이 불가능한 알나리깔나리가 되었다.

아이시, 어~저~냐?

이런 이상한 말로 즌들 아이들이 효서를 놀렸다. 아이시, 어~저~냐?

효서만 놀렸던 건 아니었다. 효서는 군욱이네 집 안에 있었는데 군욱이네 집 안에는 효서 말고도 군욱이와 기욱이가 있었던 것. 셋을 향한 알나리깔나리였으나 효서는 왠지 자기에게만 해당하는 알나리깔나리로 들었다.

군욱이네 집 낮은 담장에는 커다란 호박들이 누렇게 익어
가고 있었는데 즌들 아이들은 그 담장 밖에서 고개를 내밀
었다 숨고 숨었다 내밀면서 아이시, 어~저~냐? 기이한 가
락을 넣어 합창했다.

군욱이는 즌들에 살았다. 담장 밖 아이들은 군욱이의 친
구였다. 하지만 창말 사촌인 기욱이와 사돈인 효서가 즌들
을 찾아왔기에 군욱이는 함께 집 안에 있었던 것이다.

효서는 그날 큰누이와 큰누이의 아들인 기욱이와 함께 큰
누이의 시댁인 즌들 군욱이네 집에 왔었던 것. 오래도 안 있
고 해 지기 전에 창말로 돌아갈 것이었는데, 즌들 아이들이
그새를 못 참고 떼를 지었던 것이다.

아이시, 어~저~냐?

무슨 말이야 저게? 효서가 물었으나 군욱이는 대답하지
못했다. 아이시까지는 짧고 빠르게 끊고 어~저~냐?는 길
고 느리게 뽑는, 어딘지 아주 기분 나빠지는 소리는 그러나
그냥 그런 소리일 뿐이었다.

아이씨, 어쩌냐?라는 말과 비슷하기는 해도 아이시, 어~
저~냐?는 이미 그런 의미의 차원을 벗어난 말이었다. 알나
리깔나리의 즌들식 변형에 불과한 것이었다. 그러니 그것은
말이 아니라 소리일 뿐이었고 소리 중에도 기분 나쁜 소리
였던 것.

설마 동네 친구인 군욱이를 놀리려는 것일까. 지금은 창
말에 살지만 즌들에서 태어난 군욱이의 사촌 기욱이를 놀리
려는 것일까. 즌들 아이들이 놀리려는 건 오로지 자기뿐이
라고 효서는 느꼈을 것이다. 군욱이와 기욱이는 그저 곁에
함께 있게 되었던 것뿐이고.

아이시, 어~저~냐?

그런데 무얼 놀리는 거지? 무슨 말이야 저게? 내가 어쨌
다고? 재차 삼차 효서가 물었으나 군욱이는 묵묵부답이었
다. 알 수 없었을 테니까. 뜻 없는 말이고, 다만 놀리는 소리
이며, 놀릴 까닭과 이유 없이도 놀리는 소리가 그 소리였을
테니까. 굳이 효서가 아니더라도 다른 마을 다른 동네에서
온 낯선 아이라면 누구라도 피해갈 수 없는 알나리깔나리였
을 테니까.

아이시, 어~저~냐?

외국어나 마찬가지였다 이것은 효서에게. 통역이 안 됐
다. 새기재 하나를 넘었을 뿐인데.

그러고 보니 즌들 아이들은 강후국민학교 애들도 아니었
다. 양사국민학교를 다녔다. 새기재 하나를 넘었을 뿐인데
즌들은 다른 나라였다. 새기재가 준령도 아닌데.

아이시, 어~저~냐?

라고 소리 지르면 지를수록 아이들의 합심이 슬슬 주술적
괴력을 보였다. 소리는 더 커졌고 더 날카로워졌고 더 무서

워졌다.

어쩌면 효서는 소리를 이렇게 들었을지도. 넌 뭐냐, 나가라, 까불면, 뭉갠다, 밟는다, 말할 때, 여기서, 나가라, 죽인다, 넌 뭐냐, 꺼져라…….

떼를 지어, 떼가락에 맞춰, 발을 구르며 떼창하는 것의 가공할 위력. 어린아이들의 목청이었으나 소리는 날카롭게 솟구치고 솟구쳐 구름을 찢고 하늘을 쿵쿵 울렸다. 귀를 막고 고개를 젓는 효서의 낯빛이 푸르게 질렸다.

그토록 낯설까? 낯선 곳일까 즌들은? 낯선 아이일까 창말의 효서는? 높지도 험하지도 않은 새기재 하나를 사이에 두었을 뿐인데. 정말 다른 나라인가?

즌들 애들의 소리를 창말 아이가 알아들을 수 없다니. 그럼 저어쪽과 이쪽은? 깊지도 넓지도 않은 염하 하나를 사이에 두었을 뿐인데.

새기재든 염하든, 높든 깊든, 문제는 그런 것에 있는 게 아니라 떼에 있는 것 아닐까. 떼. 떼를 짓는다는 것. 작든 크든 떼를 이루어 떼창하며 떼로 죽이고 떼죽음을 당하고 하는 것.

아이시, 어~저~냐?

저 소리는 떼의 위력을 위협적으로 과시하려는 것일 뿐 소통의 의지를 담은 언어 따위가 아니질 않은가. 그러나 가만 보면, 가만 보면 그 위협이라는 것이 사뭇 흥미롭다. 담장 아래 몸을 숨긴 위협이라니.

　지레 겁먹은 비명인가? 겨우 효서 하나 때문에? 효서가 어떤 아이인 줄 알고? 모르잖은가? 즌들 애들은 다만 '낯선 것'에 무작정 겁먹고 떠는 걸까?

　왜? 낯선 것에 의해 외상外傷이라도 단단히 입었던 걸까. 애들에게 그런 일이 없었다면 혹시 그들 부모에게? 아니면 즌들이라는 마을에?

　그러고 보니 효서는 즌들에 오기 위해 단지 새기재라는 고개를 넘은 것만은 아니네. 떼를 넘은 거네. 거기도 떼가 있었네. '80년 구데이'로 불리지만 실은 여든 명의 시신이 떼로 묻힌 새기재. 새기재를 밟고 넘으면 땅 밑에서 서걱대는 소리가 났는데 그게 바로 떼로 묻혀 육탈된 뼈들의 소리라고 했다.

　전쟁 전에는 사금파리 소리라고 했다. 오랜 옛날 사기막이 있던 곳이었다니까. 새기재라는 이름도 '사기막이 있는 재'에서 유래된 거라고 하니까.

　그랬던 그곳이 전쟁 뒤 '80년 구데이'가 되면서, 버석거리는 소리의 정체가 땅 밑에 떼로 묻힌 주검의 뼈라는 소문이 나게 되었다.

　그곳은 자연스레 사람의 왕래가 적게 되었고, 산딸기가 먹음직스럽게 흐드러져도 아무도 안 따 먹게 되었고, 그래서 꽃과 과실이 넘쳐나는 곳이 되었다.

재를 넘는 산길에는 낙엽이 수북했다. 갈퀴로 갈잎을 박박 긁어 너나없이 땔감으로 썼으므로 웬만한 산자락에서는 낙엽 구경하기가 쉽지 않았다.

그러나 새기재는 으스스한 곳이었기 때문에 여전히 낙엽이 수북했고, 그 낙엽 밟히는 소리마저도 뼈 버석대는 소리로 착각해 줄행랑을 치고는 했다.

다리가 후들거려 줄행랑도 못 치는 사람은 낮도깨비에 홀려 새기재를 벗어나지 못하고 몇 시간이고 산에 갇혀 버르적거렸다. 돌밭과 가시넝쿨과 조릿대에 부딪히고 찔리고 베여서 피걸레가 된 몸으로 마을로 굴러 내려왔다.

그래서 사람들은 밤도깨비보다 낮도깨비가 무섭고 집도깨비보다 산도깨비가 무섭다는 걸 알았는데 낮도깨비면서 산도깨비가 바로 새기재도깨비였던 것이다.

종종 혈기방장한 창말의 청춘들이 씨발 도깨비가 어딨어? 한껏 깡을 부리며 새기재에 스며들기도 했는데, 실은 인적 뜸하고 꽃향기 미어지게 무르녹는 곳에 숨어 진탕 수음이나 하려는 속셈이었다.

하여튼 그런 새기재를 넘어온 것이었다 효서는. 물론 큰누이와 기욱이와 함께였지만 생각할수록 아찔한 일이었겠다.

정말 그곳에 여든 명이나 되는 사람의 뼈가 묻혔을까. 한날한시에 따따따따 따발총에 맞아 숨졌다는 것이 사실일까. 사람을 죽이기 전에 먼저 커다란 구덩이를 팠다는데 땅속에 돌이 많아서 여든 명이 묻힐 땅을 다 파는 데 열 시간이나 걸렸다고 했다.

그런가 하면 그 구덩이를 판 사람들이 바로 그 구덩이에 묻힌 여든 명의 사람들이라고 말하는 이도 있었다. '80년 구데이'에 관해 이런저런 말을 하는 사람들이 있었으나 그곳에서 죽은 사람은 그날 거기서 다 죽었고, 그들을 죽인 군인은 모두 자취를 감추었기 때문에 누구의 말도 얼른 믿기 어려웠다.

말만 떠돌았을 뿐 사건 현장을 직접 목격했다는 사람은 나타나지 않았다. 어느 쪽 군인이 어느 쪽 사람들을 죽였는지도 분명치 않았다. 그래서 아이들은 옛날 옛적에로 시작하는 이야기와 별다를 거 없다고 여겼다.

그런데 '80년 구데이'가 '80명 구덩이'인 것이 맞았다. 그들의 혼령을 위로하는 커다란 순열비가 새기재 초입에 세워졌기 때문이었다. 순열비 세우는 일에 찬서가 참가했었기 때문에 찬서의 동생인 효서도 그 일을 잘 알았다.

근동에 찬서만큼 붓글씨를 잘 쓰는 사람이 없어서 그에게 비문필사를 부탁할 수밖에 없었는데 찬서는 겨우 중학교 2학년생이었다. 비석 앞면의 큰 글씨와 옆면의 중간 글씨는 강후국민학교 곽 선생이 쓰고 찬서는 뒷면의 잔글씨를 썼다.

얼마 뒤 찬서는 정우라는 동창에게 명성을 빼앗기고 끝내 되찾지 못했는데, 서예를 아는 사람들은 장차 이 나라의 명

필이 될 놈은 찬서가 아니라 정우일 거라고 했다.

어쨌거나 순열비가 세워짐으로써 새기재의 학살은 소문
이 아닌 사실이 되었고, '80년 구데이'가 아닌 '80명 구덩이'
가 되었다. 정확히는 83명 구덩이. 그리고 가해자 측과 피해
자 측도 분명해졌다.

그때 효서도 보았을 것이다. 비석에 새겨질 사망자 명단
의 원본을. 그리고 알았을 것이다. 명단에는 주소가 창말인
사람들뿐만 아니라 즌들인 사람들도 있었다는 것을. 즌들
사람들도 한때 그렇게 떼죽음을 당했다는 것을.

아이시, 어~저~냐?

점점 악머구리가 되어갔다 애들은. 해가 한참을 기울었
는데도 떼창은 멈추지 않았다. 즌들이라는 마을에도 창말과
같은 어둡고 무서운 상처가 있었던 것이다. 어느 날 무언가
떼로 쳐들어와 사람을 떼로 잡아다 죽였던 것.

그때는 모두 떼였겠지. 떼로 몰려오고 떼로 몰려가고 떼
로 잡혀가고 떼로 죽고. 국방군, 인민군, 중공군, 미군, 영국
군, 터키군, 호주군. 그들이 몰려올 때마다 마을은 혼비백산
했을 것이다.

80명이 떼로 죽는 일만 있었을까. 마을에 남아 있던 아이
들과 부녀자들은 어땠을까. 논밭에 자라던 작물들은 성했을
까. 저쪽 이쪽 그쪽의 무장한 군인들이 번갈아 밀려오고 밀
려날 때 소와 돼지와 닭들은 온전했을까.

얼마나 혼겁을 했겠으며, 얼마나 기가 질려 소리조차 내지 못했을까 다들. 지금 저 애들이 겪은 건 아니지만 머지않은 과거 한때 마을을 짓누르던 공포와 어른들이 겪었을 참담을 어찌 모를까. 배우지 않더라도 그런 것은 핏줄처럼 절로 이어지는 거 아닐까. 피어린 땅에 그들의 자식으로 태어나 자라는 이상은 어쩔 수 없게.

아이시, 어~저~냐?

자기들도 모르는 사이에 애들은 떼에 대한 두려움을 떼에 의한 위협으로 대응하는 것일까. 절로 그리되는 것일까. 물론 효서는 떼가 아니라 홀로지만.

떼를 보고 놀란 가슴 효서 보고 놀란다? 마을이 놀란 가슴 애들도 놀란다? 억지 해석이라기엔 알나리깔나리는 집요했고 시간이 흐를수록 서늘해졌다.

아이들의 단순한 장난이나 놀림이라기엔 너무 무섭고 참람한 데가 있었다. 스스로 멈출 줄 몰랐으니까. 아이들이 눈빛을 번득이며 종일 놀란 닭처럼 소리를 질렀지만 이상하게도 그걸 말리는 어른이 하나도 없었다. 오히려 빙긋 웃으며 애들 곁을 그냥 지나쳤는데, 그 풍경이 더 무서웠다.

효서는 결국 군욱이네 집 밖을 한 걸음도 나오지 못했고, 해가 질 무렵 시름시름 쓰러져 일어나지 못했다. 종일 질려 있던 몸이 늘어지며 깊이 곯아떨어지고 말았다.

그대로는 창말 집으로 갈 수 없게 되었으므로 효서의 큰

누이이며 기욱이의 어머니 봉순은 시댁에서 하루 묵어가기로 했다.

일찍 곯아떨어졌던 효서가 잠에서 깨어 마당으로 나왔다. 오줌이 마려워서. 저어쪽의 스피커가 박정희 괴뢰도당 우렁우렁했으므로 밤이 깊지는 않은 시각이었다. 한밤중에는 스피커도 잠을 잤으니까.

효서는 그곳이 즌들이며 군욱이네 앞마당인 줄 몰랐다. 창말 자기 집 마당인 줄 아는 것 같았다. 비척비척 마당가로 나가 바지를 내리고 오줌을 누었다.

오줌을 눌 때마다 효서는 난닝구를 가슴께까지 걷어 올리고 볼록한 배를 습관처럼 벅벅 긁었다. 아아흠, 하품을 하며.

그러고 있는데, 어떤, 기척이 났다. 오소리나 너구리 지나가는 소리라면 안심이었다. 놈들은 사람에게 달려드는 짐승이 못 된다는 것쯤 어린 효서도 알았다.

하지만 기척의 정체가 무엇인지 효서는 몰랐다. 오줌 누고 있는 곳이 자기 집 마당인 줄 아는 효서였으니 더 그랬겠지.

하지만 그 기척에 온몸이 절로 얼어붙었던지 효서의 고추에서 흘러나오던 오줌 줄기가 놀라듯 찔끔 끊겼다. 기척이라는 것이, 정도를 지나쳐도 한참을 지나친, 그래서 한편 어이없으면서도 끝내는 너무 심상치 않아 몸이 절로 수꿀해지고 마는 어떤 것이라는 걸 효서는 미처 몰랐을 것이다. 정말 몰랐을 것이다. 피마자나무 검은 그림자 밑에 배를 깐 채 그

때까지 집요하게 효서가 나타나기만을 기다렸던 소리를 듣기 전에는.

초저녁 가을 추위에 지쳤는지, 소리는 살짝 쉬고 떨리며 느리고 매가리가 없었다. 입안에 오래 머금고 있던 소리는 추위에 얼어서 이미 낮을 대로 낮아지고 늘어질 대로 늘어졌으나, 그래도 오줌 누러 나온 효서를 보자 마지막 사명을 다하듯 그것은 입 밖으로 흘러나왔다. 이제 더는 떼도 뭣도 아니게 된 두세 아이의 입에서. 추위에 취한 검은 뱀처럼 느리게.

아이시, 어~저~냐?

백

개구리를 잡는 세 가지 방법.

막대기로 때려잡는 것. 손으로 움켜쥐는 것. 낚시로 낚는 것.

막대기로 때려잡는 것이 수확면에서는 최고였다. 짧은 시
간에 많이 잡을 수 있었으니까.

어른들이 개구리 잡아 오라고 아이들을 윽박지를 때는
(어른들이 아이들에게 뭔가를 시킬 때 살살 어르거나 달래
거나 구슬리는 건 창말의 질서가 아니었다) 이 방법밖에 없
었다.

개구리는 훌륭한 닭의 먹이였다. 개구리를 잡아다가 헌
도마 위에 놓고 자귀로 자근자근 다져 닭장에다 휙 흩뿌리
는 것이다. 아주 자디잘게 다져서. (자귀를 아는가?) 닭들은
미친 듯이 달려들었다. 곡물을 던져줄 때와는 비교도 되지
않았다. 눈이 확 뒤집혔다.

허접한 잡곡이기는 해도 곡물이 워낙 귀한 때였으니 그 마저 닭과 나누어 먹는 게 싫었겠지. 가축 중에 가장 고급한 먹이를 먹는 것이 닭이었다. 그래서 애들한테 개구리 잡아 오라고 성화였을 것이다 어른들은. 개구리로 대신하면 곡물 도 아끼고 닭도 좋고 하니까 두루두루.

개와 돼지는 음식물 쓰레기에 해당하는 저급한 먹이를 먹 었으나 개와 돼지도 어쩌다 개구리를 먹었다. 개구리를 푹푹 삶아 바가지로 퍼주었다. 김이 무럭무럭 나는 것을. 개나 돼 지가 병에 걸려 아무것도 안 먹고 시름시름 앓을 때 그랬다.

스스로 흥이 나면 한껏 신나던 일도 누군가 시키면 소태 처럼 싫어하는 게 애들이라, 막대기를 들고 개구리 잡으러 나설 때부터 심사가 여간 꼬이는 것이 아니었다.

그러니 애꿎은 개구리한테 화풀이를 할밖에. 눈을 부릅뜨 고 닥치는 대로 후려쳤다. 꼬챙이 세 개를 꽉꽉 채워 오라고 하니 더욱더.

개구리들은 도망가다 젖은 땅 위에서, 기어가다 풀숲에 서, 튀어 오르다 허공에서 막대기를 맞고 졸지에 비명횡사 했다.

그러나 어차피 죽을 거라면 비명횡사가 천만번 나을지도 몰랐다. 온몸이 강철처럼 경직되면서 바르르 떠는 개구리를 아이들은 코뚜레 꿰듯 꼬챙이에 꿰었다. 그럴 때 약간의 쾌 감이 없지 않았는데 쾌감은 개구리를 쥔 손아귀의 몫이었다. 매우 뻣뻣해진 것에서 전류처럼 찌르르 흐르는 떨림.

그러나 손으로 직접 개구리를 움켜쥐어 잡는 법에 비하면 그런 찌르르는 아무것도 아니었다. 살금살금 뒤에서 다가가 개구리를 와락 움켜잡았을 때, 그러니까 놀란 개구리가 손아귀를 벗어나려 필사적으로 몸부림칠 때의 느낌이라는 것은 정말, 뭐랄까, 하여튼, 이루 말할 수 없는 생살여탈권자의 흥분, 그것이 손과 팔을 거쳐 온몸을 짧고 빠르게 훑고 지나갔다.

막대기에 맞아 죽은 것의 전율 따위가 아니지 않은가. 아직 완강하게 살아서, 살아 있는 것으로서의 마지막 절체절명의 몸짓이었으니, 움켜쥔 게 사람의 손아귀라 해도 순간 방심했다간 놓쳐버릴 수도 있는 문제였다.

사력을 다해 용을 쓰는 그 만만찮고 징그럽고 모진 저항에, 혹은 절박한 생명이 뿜어내는 엄숙한 기운에 애들은 살짝 무서워하기도 했는데, 잠깐이나마 무서움에 떨게 한 그 미물이 괘씸하여 더 꽉 그러쥐었다.

그러자니 한편 불쌍하고 가책이 들기도 할밖에. 하지만 공연한 연민과 가책을 자아내게 했다 하여 또 죽어라 움켜쥐었으니 이래저래 암담한 건 한낮의 심심한 아이들의 손에 잡힌 개구리일 수밖에 없었다.

버르적거리는 개구리의 네 다리가 손아귀를 비집고 낙지처럼 손가락들을 휘감았다. 그러면 그럴수록 아이들은 한 목숨을 좌우할 그 흔들릴 수 없는 생살여탈권이 다름 아닌 자신들에게 온전히 주어졌다는 황홀한 우월감에 휩싸여 콧구멍 밖으로 흐으 흐으 희열의 더운 김을 내뿜었다. 무서움과 미안함과 우월감이 뒤섞인 뜨뜻하면서도 비릿한, 딱히 쾌감이라고만 할 수 없는, 그보다 훨씬 복잡하고 오묘한 느낌이 압도하듯 밀려올 때 저도 모르게 내뿜게 되는 콧김. 흐으 흐으.

게다가 손으로 개구리를 움켜잡을 때는 닭의 먹이 따위 생각할 필요가 없었다. 앞에서 말했잖은가. 닭의 먹이를 생각했다면 막대기로 후려칠 일이었다.

어른들의 명령 같은 구질구질한 생활의 의무에서 자유로울 수 있었던 것. 그러니 애들이 누리는 즐거움은 전적으로 즐거움을 위한 즐거움이었다. 많이 잡아야 한다는 강박으로부터 멀찌감치 벗어날 수 있었으니까.

막대기나 낚시가 아닌 맨손으로 개구리를 잡는다는 것에는 이미 시간적 여유와 유희적 환경이 암시되어 있지 않은가. 원시성까지도. 한두 마리만 갖고도 충분히 오랜 시간 열광했다. 그랬으니 개구리의 입장에서는 더욱 참혹하고 절망적일 수밖에.

창졸간에 붙잡힌 개구리는 자신의 힘을 과장하려고, 애들의 손아귀에서 악착같이 몸피를 넓혔다. 몸 안에 빠득빠득 바람을 품었다. 황소와 개구리 이야기에 나오는 개구리처럼 배를 자꾸자꾸 불렸다. 사지를 버르적거리며. 팽팽해진 살갗 밖으로 미끈거리는 점액을 뿜어내며.

빡 소리의 연원이 거기에 있었다.

아이들은 알았다. 얼마나 어떻게 쥐어야 개구리가 자기의 몸피를 최대한 넓히는지를. 애들은 짐짓 용인하는 거였다. 개구리가 제 몸에 맘껏 바람을 넣기를. 그래야 원하는 소리, 최고로 경쾌 통쾌한 소리인 '빡'을 얻을 수 있으니까.

개구리의 몸이 더할 나위 없이 부푼 순간을 애들이 놓칠 리 없었다. 한두 번 놀아보나? 이때다 싶을 때, 개구리를 쥔 팔을 도리깨처럼 휘휘 몇 바퀴 크게 휘둘러, 지체 없이 땅바닥에 패대기쳤다. 그리고 누구 것이 가장 큰 빡 소리를 냈나, 누가 잡은 개구리가, 스스로 살고자 품었던 바람 때문에 오히려 가장 큰 소리를 내며 비참하게 혼절했는지를 가렸다.

서로 자기 것이 컸다고 애들은 싸웠다. 풍선처럼 부풀었던 몸이 땅바닥에 모질게 부딪히는 순간, 역시 살고자 앙다물었던 목구멍의 작은 틈 사이로 빠져나오는 공기의, 몸서리치는 소리. 빡. 파장도 같은 데다 순간에 지나지 않았던 그 소리들에 애들은 기어코 등수를 매겼다.

가장 큰 소리를 내는 것은 언제나 하나뿐인 법이어서, 나머지 개구리들은 다시 회생하여 2차 시험에 시달렸다.

2차 시험에 내몰린 개구리들은 그러나 더는 소리를 낼 수 없을 만큼 피폐해져서 소리 대신 경직도를 따졌다. 되살려

다시 패대기쳤을 때 누구 것이 얼마나 빳빳하게 뻗는가.

가장 빳빳하게 뻗는 것이 가장 성실하고 원기 있게 회생한 개구리로 간주되었으니까. 2차 시험에서도 1등을 하지 못한 개구리는 3차 시험에…….

죽고 살아나고 다시 죽고 살아나는 개구리의 특성 때문에 아이들의 장난은 시간 가는 줄 몰랐다.

창말엔 전통적으로 만신이 셌다. 교회는 발도 못 붙였다. 그런데 웬 십자가였을까. 사지를 뻗었던 개구리가 곧 흐물흐물해지면 애들은 개구리의 새하얗고 반들거리는 배때기가 하늘을 향하도록 젖혀놓았다. 그러고는 풀잎 두 개를 뜯어 그 위에다 푸른 십자가 모양으로 놓았다.

풀잎 두 개가 교차하는 곳에 가만히 침을 흘려놓았던 까닭은 무엇이었는지. 침에 살균 기능이 있다는 걸 알고 그걸 죽음의 기운까지 무찌르는 순수한 피사避邪의 상징으로 여겼던 걸까. 아니면 그것으로 생명의 피를 대신하고자 했던 걸까. 피처럼 뜨뜻하고 끈적거리는 그것으로? 애들은 널브러진 개구리 앞에 무릎을 꿇고 두 손을 모았다. 기도하는 것이다.

야야, 그렇게 해서 어디 살아나겠냐?

일찌감치 1등을 한 아이는 느긋해져서 다른 아이들의 개구리 회생기원에 참견했다. 대개는 개똥이가 1등을 하기 마련이었다. 걔는 노는 것에서라면 대체로 1등이었다.

아 거 좀 조용히 해.

개똥이가 참견을 하면 궁칠이가 핀잔을 주었다. 궁칠이는
이런 일에서는 언제나 꼴찌 아니면 꼴찌서 두 번째.

허리 숙이고 응? 어깨를 더 굽혀야지 인마.

개똥이는 물러서지 않았다. 가장 큰 빡 소리를 내서 개똥
이가 1등을 하는 데 공을 세운 개구리는 그 은전으로 풀숲
에 방생된 뒤였으므로 개똥이는 심심했다.

할 일 없으면 저짝에 가서 깨꽃이나 빨아 시발노마.

이러는 건 장우였다. 노는 재주는 궁칠이와 형님 아우 할
만큼 삐까삐까였지만 장우는 개똥이와 동갑이어서 말로는
지지 않았다.

한심한 놈덜.

되게 삐기네 십새.

살리려면 밤새겠다.

가서 깨꽃이나 빨라니까.

잡생각 말고 치성을 다해야지 응?

걱정 말아 인마.

하군이가 잘한다.

조용히 하라니까.

저 봐, 하군이 꺼 움직인다.

아, 그 새끼 참.

그러면서 장우는 하군이의 개구리를 슬쩍 훔쳐보았다.

움직이기는 니미.

장우는 시부렁거리면서도 자기의 치성이 모자라는가 싶어 개똥이의 참견을 은근히 따랐다. 두 손바닥을 힘 있게 붙이고, 두 눈을 질끈 감고, 하군이나 긍칠이의 개구리보다 제발 내 것이 먼저 움직여주기를. 붙인 손바닥을 슬슬 비볐다. 창말 만신이 고사 시루 앞에서 그러듯.

이 놀이가 다른 놀이에 비해 맛이 달랐던 것은 부활의 기도가 있었기 때문일까. 죽은 것을 살려내는 일이었으니까.

벌은 벌집 구멍에 불붙은 짚단을 쑤셔 넣으면 그만이었고 뱀은 삽으로 깡깡 토막 내버리면 그만이었으며 메뚜기는 다리를 하나씩 차례로 꺾거나 날개를 하나씩 떼어 날려보다가 신통치 않으면 밟아 죽였다. 한 번 당하는 것으로 그것들은 목숨을 다했다. 다시 살아나지 못했다.

하지만 개구리는 달랐다. 된통 패대기를 쳐도 풀잎 십자가를 그리고 침을 뱉고 간절하게 치성을 드리면 꾸물꾸물 거짓말처럼 살아났다. 그래서 개구리와 노는 맛이 색달랐겠지. 덩달아 다른 놀이에 비해 더 잔인해졌던 건지도.

1등을 하여 일찌감치 심심해지는 것보다 좀 더 개구리를 갖고 노는 쪽이 낫지 않았을까 싶지만 아이들은 언제나 1등하기를 바랐다. 1등을 하고 심심해 죽더라도 1등. 그래서 뻗어버린 개구리를 다시 살려내는 데 혼신의 힘을 다했다.

이번만은 1등을……. 그러다 보면 어느 순간 개구리가 꿈틀 움직였고, 네발을 버르적거렸고, 오랜 잠에서 깨듯 눈을 뜨고, 마침내는 몸을 뒤집어 바른 자세로 엎드렸다.

그렇게 어떤 날의 2차 시험에서 1등을 한 개구리는 하군이의 거였던가. 뒤이어 장우의 개구리와 긍칠이의 개구리가 움직이며 정신을 차렸으나 각각 2등과 3등.

그래서 다시 한 번 패대기치고 3차 시험이 시작됐다. 꼴등만은 면하겠다는 일념으로 장우와 긍칠이는 급히 풀을 뜯어다 십자가를 그리고 침을 뱉고 다시 간절해졌다.

그러나 세 번 패대기쳐진 개구리는 좀처럼 깨어나지 못했다. 그러는 사이 하루가 가고 하늘 끝자락이 어두워지기 시작했다. 차라리 막대기 한 방에 비명횡사하고 마는 것이 천만번 낫다고 했던 까닭은 사정이 이와 같아서였다.

길고 긴 여름 한낮 심심해 죽는 아이들의 손에 잡힌 개구리의 말로라는 것은 목불인견불인정시目不忍見不忍正視라는 말 말고 어떤 말로도 대신할 수 없는 것이었다.

개구리는 이른 봄 수놈이 암놈의 등 위에 올라타 암놈의 배를 꾹꾹 힘 있게 압박해 산란을 도왔다. 머루 송이처럼 생긴 머루 송이만 한 개구리 알이 못자리 준비가 한창인 뜨뜻한 논물 속에서 이리저리 밀려다녔다.

알에서 깨어나 개구리로 자라면 모기며 파리 멸구 각다귀를 잡아먹기 때문에 농부들은 뭉클거리는 개구리 알을 발끝으로 슬슬 밀어놓을 뿐 걷어 내버리지는 않았다.

아이들은 유리알처럼 동그랗고 투명한 점막 속의 까만 마침표가 점차 꼬리 달린 쉼표로 변하는 것을 지켜보았다.

가끔 어른들이 쉼표로 변하기 전의 마침표 개구리 알을, 한 대접씩 숨도 안 쉬고 후루룩 마셔버렸는데, 구운 뱀도 마다 않는 개똥이마저 개구리 알만큼은 고개를 설설 저었다.

꼬리가 점점 커진 검은 쉼표는 마침내 투명 보호막을 찢고 나와 헤엄을 쳤다. 아가미로 숨 쉬는 올챙이가 된 것이었는데 그 모양이 참으로 귀엽고 앙증맞아 아이들의 놀잇감이 되었다. 물이 든 고무신 안에서 헤엄치는 작은 올챙이 무리는 보고만 있어도 절로 간지러워 깔깔깔 웃음이 나왔다.

개구리가 올챙이 적 생각을 못한다는 말이 있는데, 아이들이야말로 개구리가 올챙이였을 때의 귀여움을 까맣게 잊었다. 까맣게 잊고 낚시로 그것을 낚았다.

몽둥이로 때려잡는 것과 손으로 움켜쥐는 것의 중간쯤이 낚시로 낚는 거였다. 손으로 잡는 것보다 많이 잡을 수 있고 막대기로 때려잡는 것보다 재미있고.

미끼가 필요 없는 것이 개구리 낚시였다. 개구리 눈앞에다 빈 낚싯바늘을 살살 흔들어주기만 하면 개구리는 날름 혀를 뻗어 그것을 채 갔으니까.

개구리의 혀가 워낙 껌처럼 길게 늘어나고 끈적거리기까지 해서 웬만큼만 흔들어줘도 낚싯바늘은 개구리의 입에 들어갔다. 그래도 빈 낚시로 잡는 것이 좀 미안하긴 했는지 애들은 낚싯바늘 끝에다 까마중 한 개를 예의랍시고 꽂았다.

낚는 데 오래 걸리지도 않았다. 눈앞에서 서너 번 까딱까딱 흔들어주면 개구리는 긴 혀를 쏘아 까마중을 삼켰다. 삼키자마자 맹렬하게, 미친 듯 몸부림쳤고. 개구리의 무게와 처절한 몸부림이 낚싯줄을 타고 낚싯대 끝에 다다랐다가 낚싯대를 타고 손아귀에 전해졌다. 흐으 흐으. 아이들에게서는 절로 희열의 콧김이 흘러나왔다.

개구리 잡은 손을 휘저어 땅바닥에 패대기칠 때의 빡 소리가 딱총 소리라면, 낚싯대와 낚싯줄로 확장되어 마치 상모처럼 길어진 낚싯줄 끝의 개구리가 태양을 도는 지구의 궤도만큼이나 쉬익쉬익 멀리 돌다가 패대기쳐질 때의 빡 소리는 최소한, 한 방 쏘면 개머리판의 반동으로 어깨가 탈골된다는 미제 '에무완M1' 총소리였다.

빡 소리는 사실 개구리보다는 맹꽁이나 두꺼비가 훨씬 크고 차졌다. 하지만 맹꽁이나 두꺼비가 개구리에 비해 흔치 않아서 아쉬운 대로 개구리로 빡 소리 내기 시합을 하였다.

맹꽁이나 두꺼비는 개구리보다 훨씬 성깔이 있었는데 성깔을 더 돋우기 위해 발끝으로 놈들을 살살 찼다. 살살. 톡톡. 그러면 맹꽁이나 두꺼비는 독이 올라 한껏 동그랗고 탱탱해져, 튕기면 정말 공처럼 튀어 오를 만큼 되었다.

그때를 놓치지 않고 아이들은 있는 힘껏 점프해 온몸을 허공으로 튕겨 올렸다가, 내려오는 힘을 발바닥에 모아 냅다 놈들을 밟아 터뜨렸다.

빡 소리가 확실히 개구리보다 크고 차졌다. 하지만 낚시로 잡아 낚싯줄째 쉬익쉬익 돌리다가 패대기치는 소리라면 개구리라도 맹꽁이나 두꺼비의 빡에 못지않았다.

병신 같아. 흔들어만 주면 삼키다니.

어느 날 개똥이가 말했다.

흔들리는 건 무조건 삼킨댔잖아. 선생님이.

장우가 말했다.

그러니까 병신이지 개구리는.

그렇게 돼 있는 걸 어떡해?

그러니까 병신이라니까.

개구리만 그럴까.

또 뭐가 그래?

고양이도 그러잖아. 흔들면 눈빛이 확 달라져.

고양이도 병신.

사람은 안 그럴까?

사람이 흔들면 삼키냐?

사람도 뭘 스윽 어떻게만 하면……. 까딱까딱해주기만 하면.

흔들어주면?

죽는 줄도 모르고 날뛰지 않을까.

미친 새끼.

빡

그러니까 많이 죽었지.

뭔 소리야?

그러니까 많이 죽였지.

뭘 어떻게 하면 그렇다는 얘긴데?

몰라.

모르면 잠자코 찌그러져 있어 시뱀아.

병신이 아니면 왜 그렇게 죽고 죽였을까.

전쟁 나면 다 그러는 거야.

뭘 어떻게 했으니까 전쟁이 난 걸 거야. 스윽. 까딱까딱했

으니까.

뭘?

뭘 어떻게만 하면 사람은 무조건 전쟁을 일으키는 거지.

뭘 어떻게 하는 건데?

뭐든. 까딱까딱.

완전 맛이 갔군.

사람이 사람을 때려잡아.

그만해라.

개구리 잡듯 어쩌면 너도 나를……

아, 기분 드럽잖아 새꺄. 개구리 잡으면서 별 그지 같은

소릴.

장우가 개똥이를 똑바로 바라보며 시익 웃었다.

어어, 왜 봐? 왜 웃어?

개똥이가 소리치며 물었다.

전쟁 나면 너도 나를 죽일 거냐?

대답은 않고 장우는 계속 웃었다. 말없이. 눈은 안 웃고
입으로만 웃었다.

뻐

창말 산천의 옥토는 숱한 초목과 짐승과 벌레가 썩어 검게 얼버무려진 것. 창말뿐일까. 세상의 모든 기름진 땅은 다 그렇겠지. 꽃이든 사람이든 땅 위의 것들은 시나브로 생명이 다하면 땅 아래 어둠에 깃들어 또 다른 생명의 영양이 되는 것. 그러는 것. 흙에서 난 것은 흙으로.

썩는 거야 다 썩는 거지만 그래도 빠른 것과 더딘 것이 있으니, 썩는 것 중 가장 나중 것이 뼈라, 이것이 곧 내 이름이다. 뼈 중에도 음, 사람의 뼈.

나는 미련처럼, 풀리지 않는 응어리처럼 더디게 분해되긴 해도 끝내는 모조리 썩고 말지. 이내 그러고 마는 거지 어쩌겠어. 다만 이미 진토 된 것과 아직인 것이 섞여 있을 뿐.

먼 옛날에 묻힌 것과 묻힌 지 오래지 않은 것이 있을 테니까. 희미한 것과 뚜렷한 게 있다는 건데 아무래도 오래되어 모양마저 미미한 것은 정신도 희미할 것이요, 이제 막 육탈을 마친 생생한 뼈는 기억도 아픔도 뚜렷할 테지. 말하자면 나는 대체로 그런 쪽의 뼈라는 것. 뚜렷한 쪽.

어두운 하늘에 별이 있다면 어두운 땅속에는 뼈가 있어 크고 작고 희미하고 뚜렷한 것 또한 밤하늘의 별과 다를 것이 없었다.

효서가 배우는 자연책에서는 밝기에 따라 별을 6등급으로 나누는데 뼈도 희미하고 뚜렷한 걸로 나누자면 여섯 등급 정도 되지 않을까. 그걸 뭐하러 나누냐고? 그러게. 그냥 이런 저런 다양한 뼈들이 땅속에는 많다, 음, 그런 말 하려는 거지 뭐. 아스라한 것이 있는가 하면 가물거리는 것이 있고, 뒤채는 것이 있는가 하면 언제까지고 선연한 것이 있다는 말.

시간이 먼 쪽의 것으로 보자면 호란胡亂의 뼈가 있었다. 그마저도 어떤 것은 진토 되어 흔적조차 없지만, 갈게들이 제 구멍으로 새카맣게 드나드는 창말 개펄의 진득하고 깊은 어둠 속의 뼈들 중에는 아직도 선연한 호란의 뼈가 꽤 있었다.

섬을 지키려고 청나라 군사에 맞서 싸우다 개펄을 온통 피로 물들이며 죽는 바람에 나문재가 그토록 붉어졌다는 전설의 주인공들. 그들의 뼈는 종종 갈게를 잡기 위해 어깨까지 개펄에 쑤셔 넣는 창말 장정의 팔뚝을 스치거나 손끝에 닿으며 선연해졌다.

샛말 너머 공 첨지댁 사내가 달빛 아래 홀로 게를 잡았던 날도 몇몇 호란의 뼈가 그의 살갗을 스쳤다. 삼백 수십 년이 흘렀어도 짜디짠 소금 기운 때문에 예리한 뼛조각 끝이 쉬 무디어지지 않아 게 잡는 사람들의 살갗에 상처를 남기기 일쑤였다.

강화도 개펄 속의 갈게가 칼슘과 철분 덩어리라고 알려진 것도 섬을 지키려다 청나라 군사에게 몰살당해 그 자리에 수장당한 조선 의용군의 숱한 뼈들 때문은 혹 아니었을까. 칼슘과 철분 덩어리라니.

짠 개펄 속의 것 말고는 그토록 오래도록 제 본래의 밀도를 유지하는 뼈는 없었다. 있다면 비교적 최근의 것들뿐. 일테면 창말 개간지 수로 밑바닥에 서로 뒤엉켜 누워 있는 남녀의 뼈 같은 것.

수로의 물이 빠지는 때를 기다려 공 첨지댁 사내가 한 발이나 되는 꺼먹장어를 막 건져 올렸을 때, 바로 직전까지 그 꺼먹장어가 완강하게 제 몸을 숨기고 버티며 의존했던 물체가 그다지 오래되지 않은 남녀의 시신이었다. 살이 물과 흙에 뒤섞이며 풀죽처럼 흐무러지는 동안 뼈들도 제자리를 잃고 흩어지기 시작했으나 그들의 뼈만큼은 여전히 단단하고 선연했다.

여기서 자꾸 '선연하다'라고 하는 이유가 있다. '선연하다'라는 표현 하나 때문에 공안기관에 붙들려가 고초를 겪었던 땜재이를 기억하는가. 고무신 땜재이.

저 개간지 수로 밑에 주검으로 검게 웅크린, 해를 걸러가며 가출하여 온 나라를 두루 떠돌다 돌아오곤 하던 막촌 이상한 아낙의 흐무러진 시신과 하나인 듯 붙어 있는 시신이 바로, 그 땜재이였기 때문이다. 뼈인 내가 그걸 모를 리 없지. 뼈가 뼈를 모르면 말이 되는가.

누구의 뼈가 어디에 묻혔는지도, 산 사람은 몰라도 죽어 뼈가 된 나는 알지. 죽어 뼈가 된 우리는 알지.

쑥구렁의 여자를 때리기 위해 고용된 공 첨지댁 사내는 여자를 때리기 전에 물었다. 그러나 여자는 한 번도 대답한 적이 없었고, 그래서 사내는 더 묻지 않고 때리기만 했다. 그의 손찌검은 그러니까 질문이 포함된 폭행이었던 것. 그가 물었던 말은 짧았다.

어디야?

그게 다였다. 여자는 고개를 저었다. 여자는 그가 무엇을 묻는지 잘 알았으니까. 묻힌 곳이 어디야?라고 묻는 것이었다. 뼈가 있는 곳이 어디야?라고 묻는 것이었다. 공 첨지댁 삼대독자인 꽃서방의 뼈가 묻힌 곳.

여자만이 그곳을 알고 있다. 공 첨지댁 쪽에서는 그렇게 믿었다. 그러나 정말 그런지는 아무도 알지 못했다.

사내는 이따금 쑥구렁에 쳐들어와 다짜고짜 여자를 때렸고 여자는 말없이 맞았다. 꽃서방의 뼈는 쑥구렁에서 그다지 멀지 않은 곳에, 근자에 죽은 여러 뼈들처럼, 육탈은 되었으나 선연하게 묻혀 있었다.

근자에 죽은 뼈들 중에 그 수효가 가장 많고 가장 어지럽고 가장 선연한 것은 아무래도 '80년 구데이'의 뼈들이었다.

많은 사람들을 아무렇게나 죽여 아무렇게나 묻어버렸으니 구겨진 뼈는 깨진 사기 조각들처럼 서걱거렸고, 혼령이 떠나도 끝내 떠나지 않고 남은 지하 인골탑의 분노와 억울함은 땅속 어둠에서도 별처럼 푸르게 빛났다.

'80년 구데이'의 먼 원인은 이 땅에 터진 전쟁이었으나 가까운 원인은 석관이의 죽음이었다. 뽕나무에서 떨어져 숨이 밥물처럼 땅으로 잦아들던 영랑 아낙의 외아들 석관. 그 석관이의 뼈가 '80년 구데이'에서 멀지 않았다. 서로 건너다보이는 자리였으니까.

'80년 구데이'의 뼈 중 하나가, 그러니까 그 뼈가 살아 있을 적에, 석관이를 죽여 뼈가 되게 했다는 정보가 있었다.

말이 좀 어려운가? '80년 구데이'에 묻힌 사람 중 하나가 석관이를 암살했다는 말이다. 인공 치하 창말 인민위원회 청년위원장이었던 석관이를. 아비를 징용으로 내몰았던 악질 친일분자 공 첨지가 해방 뒤에도 빳빳하게 고개 들고 다니는 세상을 뒤엎겠다던 석관이를.

마을에서 인민의 군대가 물러갈 즈음의 일이었는데, 석관이를 죽인 사람이 누구인지는 밝혀지지 않았다. 무슨 상관이란 말인가. 마을이 국군과 유엔군의 천하가 되었는데. 석관이 정도라면 누가 살해해도 죄가 되지 않았다. 죄는커녕 포상을 받아야 했겠지. 어쨌든 그렇게 지나가려나 했는데 한겨울에 다시 인민군이 밀고 내려왔다. 중공군과 함께.

부활한 인민위원회가 석관이를 죽인 자를 색출하기 시작했다. 포상을 한대도 나서지 않았던 사람이 죽여버린다는데 나서겠는가.

인민위원회는 석관이를 살해했을 가능성이 깻묵 가루만큼이라도 있다고 여겨지는 사람들을 모조리 잡아들였다. 그리고 그들의 명단을 지역 주둔군 소좌에게 넘겼다. 83명이었다.

인민위원회 천하는 겨우 두 달뿐이었다. 급히 퇴각을 하게 되자 83명을 새기재에 쓸어 넣었다. (학살은 그들을 가두었던 창고 안에서 한낮에 이루어졌고, 밤이 되어 시신을 새기재로 옮겼다는 설도 있었다. 전쟁의 흉측한 흔적들을 없애버리면서 애먼 창고도 자취 없이 사라지고 다시는 입에도 담지 않게 되었다는 설. 창말에 창고가 없게 된 유력한 설.)

여하튼 새기재는 그들이 모든 것을 '처분'하고 철수해야 하는 마지노선이었던 것이다. 3월의 새기재였으니 어마어마한 꽃대궐을 이룰 꽃봉오리들이 한껏 물을 머금을 때였다.

원인이 무엇이고 결과가 무엇이었든 석관이도 석관이 아

닌 사람도 지금은 지척의 땅속에 푸른 뼈로 누워 있는 것이다. 그 위로 뭇 꽃잎이 소나기처럼 쏟아지고. 주먹만 한 산딸기가 불타듯 익어가고.

뼈를 두고 '선연하다'라는 말을 썼듯이 나는 뼈를 말할 때 '진토'라는 말도 썼다. 진토란 티끌과 흙을 일반적으로 아우르는 말이지만 뭐니 뭐니 해도 진토는 정몽주의 진토겠고, 그래서 그것은 사람의 살과 뼈가 썩어서 된 티끌과 흙이라는 느낌으로 다가온다. 특히 뼈. 백골이 진토 된다고 하지 않는가. 백골이 진토 되어 넋이라도 있고 없고.

뼈가 한번 썩어 티끌과 흙이 되려면 엄청 시간이 걸리는데, 그런 시간이 백 차례나 되풀이된다면 얼마나 긴 세월이려나. 그러니 넋마저 없어질 지경. 그런데도 못 잊겠단다. 임 향한 일편단심이 얼마나 지극했으면.

그런데 여자의 어미가 죽어가며 말한 진토는 정몽주와는 반대. 일백 번 고쳐 죽을 것도 없는 진토. 빨리 진행되어 무엇이든 다 감쪽같이 잊어버리게 되는 진토. 1분 1초라도 더 기억하고 싶지 않은 말이 뼈에 사무쳤다니까. 뼈가 흔적도 없이 사라져야 뼈에 사무친 말도 흔적 없이 날아가버릴 테니까.

무슨 말이었을까 그게. '뼈에 사무쳐서, 그 뼈가 일백 번 진토 되지 않고서는 도무지 잊힐 수 없는 말……'이라고만 했지 정작 그 말이 무슨 말이었는지는 여자 어미의 임종을 지킨 순득이 할머니마저 몰랐다.

말을 전한 사람마저 모르는 말이었으니 아무도 모르는 말이 되었다. 다만 그게 여자 어미의 뼈에 사무쳤다는 것이고 그 뼈가 지금 별립산 산자락에서, 진토는커녕 온전하고 뚜렷하고 선연하다는 것이다.

무슨 말인지는 몰라도 그 말이 누구 입에서 언제 나온 건지는 다 알았다. 꽃서방이 여자가 아니면 장가도 뭣도 안 가는 것은 물론이요 열조烈祖 앞에서 칼을 물고 죽겠다고 신열에 들떠 미친 듯 어미를 옥박지른 뒤에, 그러니까 그의 어미가 아들의 겁박을 들은 뒤에 결혼 반대 입장을 철회하며 여자의 어미에게 했다는 말이었다.

당신네의 근본 없는 여식을 며느리로 받아들일 수밖에 없겠다고 말하면서. 그럴 수밖에 없었던 공 첨지댁 안주인으로서는 얼마나 분하고 억울했을까.

그러니 여자의 어미에게 했다는 그 말이 얼마나 고약하고 끔찍했을까. 그런데 여자의 어미는 그 말을 그대로 전하지 않고 '뼈에 사무쳐서, 그 뼈가 일백 번 진토 되지 않고서는 도무지 잊힐 수 없는 말……'이라고 넌지시 덮고 죽어버렸으니 공 첨지댁을 향한 마을 사람들의 공분은 갖은 상상이 더해져 치를 떠는 지경에 이르렀다.

어쩌면 별립산 산자락에 누워 있는 여자 어미의 뼈도 치를 떠느라 진토는커녕 육탈조차 제대로 안 된 것일지도.

닷근이의 뼈도 말 안 할 수 없겠다. 닷근이가 죽을 때 언묵이처럼 엄청나게 긴 쎄를 빼물었었는데 둘 다 스스로 나무에 목을 맺기 때문이었다.

언묵이는 마을의 도수를 자청해 제물로 쓸 돼지를 도맡아 잡다가 스스로를 제물로 바치는 비운의 제사장이 되었고, 닷근이는 6년 만에 창말로 돌아온 꽃서방을 낫으로 찍어 죽이고 자신도 스스로 목숨을 끊었다.

꽃서방이 좀 더 일찍 마을로 돌아왔다면, 휴전 직후에라도 돌아왔다면 꽃서방도 닷근이도 목숨이 성했을까. 여자에게서 겨끔이가 태어나기 전이었다면 그랬을까. 아비를 알 수 없어 겨끔이라는 민망한 이름이 붙긴 했으나 닷근이는 겨끔이를 제 자식으로 여겼다.

꽃서방이 뒤늦게 돌아왔다. 평안북도 강계 포로수용소에 갇혔던 그는 포로 교환 명단에 올라 있지 않았던 것. 송환협정 당국의 조사에서 그는 남쪽으로의 송환을 거부하는 포로로 밝혀졌다.

이는 잘못된 것이었다. 남쪽에서 이승만이 반공포로를 석방하는 바람에 북한에서도 송환 거부 포로를 선별하기 시작했던 것. 더러는 송환을 거부하는 포로가 있었으나 꽃서방은 아니었다. 그는 언제나 자신의 어여쁜 아내가 기다리는 고향으로 누구보다 먼저 돌아가고 싶어 했다.

행정상의 오류라는 사실을 인정받고 기록을 수정하는 데 오랜 시간이 걸렸다고 했다. 그러나 그는 남으로 송환된 뒤로도 쉽게 귀향할 수 없었다. 송환 거부자 명단에 올랐던 이유를 스스로 해명해야 했는데 방법은 하나뿐이었다.

송환 거부자였으나 뒤늦게 마음을 바꾸었다는 사실을 인정하는 것. 전향 확인서 한 장 쓰는 것쯤 아무것도 아니었으나 가문의 숙원을 풀기 위해 자원입대한 꽃서방으로서는 그것을 인정한다는 게 쉬운 문제가 아니었다. 친일을 벗으려다 빨갱이 옷 입는 격이었으니까.

전향 확인서를 끝까지 쓰지 않고 기어이 행정 오류의 피해자로 창말로 돌아오고야 만 꽃서방. 그러나 그를 기다리고 있었던 것은 쑥대밭이 된 마을과 아비 모를 계집아이를 품에 안은 아내였다. 그리고 겨끔이와 여자를 한꺼번에 잃을까봐 반미치광이가 된 닷근이었다.

반대하던 결혼을 하던 해, 전쟁이 터졌고 꽃서방은 집안의 친일 죗값을 씻고자 의용 입대하였다. 꽃거름으로 재배한 작물로만 성장한 그가 가문의 숙원에 보답하는 길은 그뿐이라고 생각했던 듯.

입영하는 그의 어깨띠에는 武運長久 말고도 愛國愛族이라는 글자가 커다랗게 새겨져 있었다. 그러나 그는 돌아오지 않았고, 그가 없는 동안 마을은 네 차례나 뒤집혔으며, 뒤집히는 데 일곱 나라 이상의 사나운 병사들이 포격과 함께 일진일퇴하며 마을을 마냥 쑥대밭으로 만들었다.

그냥 쑥대밭이라고만 하자. 성인 남자들은 흔적도 없이 미리 자취를 감추었고 노인들은 소개령에 쫓겨 다니다 더러는 머리가 터지고 더러는 다리를 꺾였으며 아녀자들은 차마…… 차마 말로 다 할 수 없는 치욕과 수모를 당했다.

그러니 여러 소리 할 것 없이 그냥 쑥대밭이었다고만 하자. 성하고 온전한 사람 하나 없는 지옥의 참경에서 그래도 낫과 쇠스랑과 삽을 무기 삼아 혼자 분투하며 여자를 끝까지 지켜낸 것이 벙어리 닷근이었다. 멧돼지처럼 씩씩거리며 여자를 덮치던 병사들의 등을, 국적 불문 내려찍으며.

꽃서방의 귀향을 더는 기다려도 소용없다고 여겼음 직한 시점에서 겨끔이가 태어났고, 겨끔이가 막 두 살이 되려는 여름날에 꽃서방이 돌아왔다. 그리고 그 여름 어느 한 날, 꽃서방과 닷근은 제삿날이 같은 황천객이 되어버렸다.

닷근이가 황망간에 수습한 꽃서방의 시신은 쑥구렁 아래쪽 수수밭에 몰래 묻혔다. 쎄를 빼물고 벽오동에 매달린 닷근이의 시신은 여자가 발견하여 자귀나무 아래에다 여자 혼자 묻었다.

연분홍 수염의 자귀나무 두상화는 6월마다 피어 꽃향기가 짙었다. 낮에 찍혀 묻힌 꽃서방의 수수밭은 쓸쓸한 가을 풍경과 어울렸다. 목 잘린 수수들이 푸르고 높은 하늘을 배

경으로 허허롭게 서 있노라면 검붉은 핏자국이 수숫대마다
낭자했다.

　창말 산천의 옥토는 숱한 초목과 짐승과 벌레가 썩어 검
게 얼버무려진 것. 멀고 희미한 것에서부터 가깝고 뚜렷한
것까지. 나는 미련처럼, 풀리지 않는 응어리처럼 다른 것에
비해 더디게 분해되긴 해도 끝내는 모조리 썩고 말겠지.
　그러는 거겠지. 갯고랑 물 밑에 흐무러진 남녀도, 개펄 속
침향 같은 호란의 뼈도 다. 새기재의 83명도 그럴 거고, 아
직은 아니나 끝내는 진토 되고 말 여자 어미의 유골도 그럴
테지. 영랑의 외아들 석관이도. 수수밭에 묻힌 꽃서방도, 자
귀나무 아래 잠든 닷근이의 뼈도.

뻑

새문대서 꽝꽝 총을 쏘니 온, 아메이.

길재 아비가 말했다.

쏘는 대로 다 대주나뺴 총알을? 총알이 썩나 온, 당최.

하군 아비가 말했다.

두 사람은 개간지 한복판을 뱀처럼 가르는, 창말 사람들
이 갯고랑이라고 부르는 수로에서 낚시를 하고 있었다.

애덜 보는 데서 참 뭔 총질이랴 허구한 날, 아메이.

애덜 다칠깨비 걱정이야.

걱정이야.

걱정이구말구.

하지만 아닌 것 같았다. 걱정이라니. 두 사내는 지금 어딘
가 낙낙한 것이다. 김매기까지 마친, 여름을 지나는 처서. 짧
지만 얼마간은 낚시를 해도 좋을 만큼의 여유가 생긴 것.

그 여유를 여유답게 즐기려 하니 낚시가 제일인 것 같고, 낚시를 하되 아무 까닭이나 실속 없는 대화 정도는 나누어 주어야 제격인 듯해서 하는 말들이었다.

뜸부기는 잡아서 뭐허게 만날 저런대 저러긴.

머루주에 담았다 가서는 뭐라드라, 털 빼구 구우면 싯이 먹다 뭐라드라, 넛이 죽어두 모른대매.

까짓 뜸부기가?

그렇댜. 뜸부기가.

조 순경이 그래?

그러더라구 조 순경이.

헹, 총 맞은 뜸부기 같은 소리지 뭔가.

내 말이.

뜸부기 그거 쬐끄매서 총알 맞으만 살은 다 날아가구 홀렁 털 껍데기만 남을 텐디?

아, 글쎄 내 말이.

두 사람의 말이 잔잔한 수로의 수면 위로 졸린 듯 미끄러졌다. 날은 아직 더웠고, 짧지만 어쨌든 심심할 만큼 여유로운 오후였고, 물고기는 잡히지 않았고, 애꿎은 찌 위에는 자꾸 잠자리만 내려앉았고, 그러거나 말거나 멀리서 가끔 꽝꽝 총소리가 들렸다. 한 차례 들리고 얼마큼 조용해지고 다시 한 차례 들리고 얼마큼씩 조용해졌다.

그 조용해지는 중간중간, 수로 밑바닥에서 작은 공기 방울 같은 것이 올챙이처럼 꼬리 치며 솟아올라 수면 위에서 가볍게 터졌다. 터졌는데, 그때 생기는 수줍은 듯한 소리가 바로 나였다. 뽁. 어쩌면 저 길재 아비도 하군 아비도 듣지 못했을.

그들이 나를 들었든 못 들었든, 나는 물 밑에서 솟구쳐 올라와 수면에서 터질 때마다 그들의 하릴없는 대화를 들었다. 창말 특유의 사투리와 억양을.

그들의 '온'은 원이다. 나 원 참 할 때의 원. 그리고 '새문 대서'는 사방에서, 여러 군데서, 아무 데서의 뜻으로 겨우 해석이 될지 모르나 '아메이' 같은 말은 무슨 말로 대신할 수 있을지 나도 모르겠다.

감탄사라고 해야 할지 허텅지거리라고 해야 할지. 아무튼 마음이 썩 좋지 않아 어떤 대상을 얕보고 야유하고 싶을 때 절로 붙는 말이었다. '아메이~.'

그것도 저 개풍과 연백과 강화도를 잇는 한강 하류 삼각 지역의 독특한 억양으로만. 어찌 되었든 분명한 것은 두 사람에겐 늦여름 한철의 오롯한 오후가 나름 기껍다는 거였다. 조 순경의 총질은 총질이고.

조 순경도 여름 하루가 지루하고 답답했던 걸까. 애들 앞에서 보란 듯이 뜸부기나 쏘아대라고 나라에서 총알을 대주는 게 아닐 텐데도 조 순경은 걸핏하면 논두렁에 엎드려 카빈총을 당겼다.

애들은 뜸부기보다는 식겁할 만큼 귀를 째는 총소리에 환장을 해서 조 순경을 뜸부기 새끼처럼 줄줄 따라다녔다. 총쏠 때 귀를 막는 놈은 사내새끼도 아닌 것. 그런 여름이었다 내가 물 밑에서 올라와 보게 되는 창말의 여름은.

근데 내가 어디서 생기는 소리냐면, 음, 물론 작은 공기 방울이 터지면서 나는 소리였다. 저 물 밑에서, 막 부화한 올챙이처럼, 아니면 실거머리처럼 꼬물꼬물 올라와서 터지는 소리. 뽁. 저 길재 아비 하군 아비는 듣지도 못할 작은 소리. 뽁.

그런데 그 공기 방울의 시작이 어디냐면, 그냥 물 밑이 아니라 물 밑바닥의, 검은 개흙으로 구겨져 있는 외로운 넋이었다. 집 나간 아낙의 몸. 한 해는 창말에서 살고 한 해는 어딘지 모를 곳에 나가 있다가 감쪽같이 돌아오던 막촌의 신기한 아낙. 그 아낙의 검게 뭉크러진 주검이 부패하며 내는, 가스의 일종이었다.

그러니까 가스와 방울과 소리는 한 몸인 셈이었다. 그중 내가 가장 나중에 찰나적으로 모습을 드러내는 것일 뿐. 방울이 소멸하며 가스가 흩어지는 순간의 존재가 나였다. 뽁.

그러니 방울도 가스도 짧은 일생을 원망 마라. 나에 비하면 너희들은 길고도 긴 일생이었으려니.

일찍이 저 창말의 '뻘'이 얘기해주었듯이 수로 밑바닥의 주검은 하나가 아니었다. 검은 개흙처럼 뭉크러진 것의 반은 물론 아낙의 것이었지만 나머지 반은 멀지 않은 마을에 잠깐 살던 어떤 남자의 것이었다. '뻘'은 그래서 아낙의 넋이 외롭지 않을 거라고 했던가.

'뻘'의 말이 이해가 되지 않는 것은 아니나 좀 자세히 전할 필요가 있을 것 같다. 두 사람의 사연을, 두 사람의 몸에서 직접 발생하는 가스나 방울이나 소리만큼 잘 아는 자가 있을까?

'뻘'에 의하면 막촌의 아낙은 무단히 남편을 떠나 어딘가에 숨겨둔 남정네와 한 해를 살고 돌아오는 희한한 여자였다. 그런 느낌이 들게 말했다 '뻘'은. 한 해를 바깥에서 살고 한 해를 남편에게 돌아와 산 것은 사실이었으니 그리 말한대도 틀린 말은 아니겠다. 아낙이 그토록 찾아 헤맸던 인물이 가족도 친지도 아닌 한 남자였기 때문에, 죽어도 못 잊을 사랑이었기 때문에, '뻘'이 그런 투로 말했던 거겠지.

하여튼 아낙은 전국을 돌며 오직 한 사람을 찾아 헤맸을 뿐이고, 지쳐서 더는 걸을 수 없게 되었을 때 스스로 돌아오거나 남편에게 붙들려 돌아왔다. 그러다 또 나가고 나가는 게 대충 2년에 한 번꼴이었다.

스스로 돌아오든 잡혀 끌려오든 남편은 제풀에 제가 지칠 때까지 아낙을 때렸고, 죽도록 때렸고, 그런 뒤에는 널브러진 아낙의 몸 위에 쓰러져 콧물 흘리며 병신처럼 펑펑 울었다. 너 없이는 쌍년아 하루도 못 살아.

아낙은 눈 딱 감고 징한 남편의 충심에 기대어 기약 없는 사랑을 잊어볼까 잊어볼까 이를 사리물기도 했으나 1년을 버티지 못했다.

그러던 어느 날, 집 나간 아낙을 찾아 역시 전국을 떠돌던 남편이 충주에서 더 젊은 여자를 데려와 살림을 차렸다.

들리기로는 새 여자는 남편에게, 죽을 때까지 집 밖을 나서지 않겠다고 맹세했다는 거였다. 남편을 보자마자 한 시간도 안 되어서 그리 말했다는 거였다. 정확히는 남편이 전국을 떠도는 사정을 듣고는 5분도 안 되어서.

이건 충주라는 먼 곳의 사정이었기에 잘은 모르겠으나 하여튼 남편이라는 자가 데려온 여자는 아낙보다 더 젊고 작고 싹싹하고 믿을 수 없을 만큼 예뻤다.

귀신일지도 모른다며 다들 술렁거렸으니까. 지금껏 술렁거리니까. 아낙 없이는 하루도 못 살겠다고 펑펑 울던 남편은 언제 그랬냐는 듯 새 여자와 잘 살았고. 남자의 충심이라는 게 원래 그런 거긴 하지만.

(그 남편이라는 자가 제 꼬락서니와는 달리 선선하면서도 매우 속 깊어 보이는 아낙—스스로 삼팔따라지라고 하던, 피붙이 하나 없는 평안도 곽산 출신의 여자—을 꾀어 함께 살았던 것도 수수께끼였고, 젊고 예쁜 충주 여자를 멀리도 끌고 와 시덕시덕 잘 사는 것도 수수께끼였다. 그래서 창말 사람들은 여자를 눕히는 은밀하고도 용빼는 비법이 그에

게 있거나, 아니면 비열하게 약점을 잡고 겁박하는 남다른 수완이 있거나, 그것도 아니라면 충주 여자가 귀신인 게 아니라 그가 바로 귀신일지도 모른다고 생각했다.)

일이 그렇게 되다 보니 아낙의 죽음이 마치 충주 여자의 출현 때문인 것처럼 보였을 테지만 천만에. 아낙의 옆에도 다른 남자가 있었으니 그런 식으로라면 피장파장.

아낙을 죽음에 이르게 한 것은 회복할 수 없는 실의였다. 그리고 지금 아낙의 곁에 있는 남자의, 조금은 믿기 어려운 그녀에 대한 지극한 배려 때문이었다.

믿기 어렵다고 하는 것은, 아무리 배려라고 해도 정말 그럴 수가 있을까 싶기 때문. 누군가를 위해 내 목숨을 내놓을 수 있을까. 누군가 죽으려 할 때, 그 죽음에 깊이 동의하는 것을 넘어 그 죽음을 돕기 위해 죽음에 동행할 수 있을까.

남자는 아낙의 죽음의 의지에 깊이 공감했고 그녀의 죽음을 돕기 위해 죽음에 동행했다.

이것이 내 판단이지만 사람들이라면 그리 생각하지 않았을 듯. 아낙과 남편과 충주 여자의 관계를 바라보는 식으로 둘의 관계를 보았을지도. 에이, 그 남자와 아낙 사이에 뭔가 응? 응? 있었겠지.

하지만 마을 사람들은 아낙이 어디로 갔는지 어디에 있는지 알지 못했다. 남자가 어디로 갔는지 어디에 있는지 알지 못했다. 수로 밑바닥에 검은 개흙처럼 흐무러져, 느리게 느리게 저승으로 가는 데에, 가스 방울로나마 작은 추진력으로 삼으려는 남녀의 안타까움을 사람들은 알지 못했다.

아낙은 그저 또 역마살이 도져 세상을 떠돌겠지, 남자는 그저 땜질 일감이 많은 쪽으로 발길을 잡았겠지 생각할 뿐이었다. 그랬다. 아낙의 곁에 함께 흐무러진 또 하나의 주검이 바로 땜재이였던 것.

땜재이가 잡혀 들어갔던 것은 '선연하다'라는 말 때문이었다. 마을 사람들은 그렇게 알았다. 남들 잘 쓰지 않는 선연하다는 말을 쓰는 그가 수상해서 잡혀 들어간 것이라고.

아이들 앞에서 '헌 신발 표면의 이물질이 완전 제거되고 또 살짝 우둘투둘해져서 표면적도 넓어지는 효과가 생기니까 접착이 잘되는 거란다'라는 투의, 창말 어른들은 좀처럼 쓰지 않는 말을 하는 데다가 태생이 '저어쪽' 사람이어서 저어쪽 말을 쓰며, 하여튼 보통 땜재이는 아니라는 사실과 느낌 그런 것 때문에 공안기관에 잡혀 들어가게 된 거라고 알았다 창말 사람들은.

그러나 그 때문이 아니었다. 그가 저어쪽에 살았을 때 어떤 신분이었으며 무슨 연유로 남쪽으로 내려와 땜재이로 살게 되었는지는 모르나 그에게 친구가 있었던 것만은 사실이었다. 저어쪽에 있을 때의 친구였으면서 전쟁통에 그처럼 남으로 내려왔다는 친구. 공안기관에 의해 북한 공작원으로 잡혀 조사받고 있던 친구.

땜재이는 그러니까 참고인 자격으로 소환된 거였으나 친구와 다름없는 혹독한 취조를 받다가 친구가 조사 도중 심장 정지로 숨지는 바람에 석방되었다.

기관에 끌려가서도 땜재이는 친구를 볼 수 없었다. 그래서 땜재이는 자신이 기관에 끌려갔을 때 친구는 이미 숨진 상태였거나 적어도 빈사 상태였을 거라고 생각했다.

땜재이가 아낙을 본 것은 안타깝게도 석방된 뒤였는데, 아낙이 친구의 사랑이었다는 사실을 아낙을 보자마자 알아차렸다. 함께 남하하다 포격을 피하던 중 잃어버렸다던, 한 번도 본 적 없이 그저 말로만 들었던 친구의 사랑이었다.

어쩌다 들른 선짓국 집에서 그는 저쪽 구석의 생 돼지피를 보고 선연하다는 말을 한 차례 중얼거렸는데, 흔치 않은 그 말의 느낌과 억양이 선짓국을 떠먹던 누군가의 귀에 꽂혀버렸던 것. 혼자 중얼거린 아주 작은 말이었는데도.

강성태를 아십네까?

아낙이 다가와, 삼켜버릴 것처럼 그를 노려보며, 총을 들이대듯 물었다.

십수 년간 전국의 땅을 누볐던 그녀의 기나긴 여정이 끝을 고하는 순간이었다.

친구의 사망 사실이 선짓국 위에서 망극하게 전해졌고 둘 사이에는 언제까지고 침묵만 흘렀다. 더 이을 어떤 말도 없었으니까. 무너진 하늘이 그들 사이에 놓여 있었을 뿐이니까. 더는 허물어져 내려앉을 게 없을 만큼 온전히 깨져버린 하늘이.

그러나, 그들 사이에서 하늘이 한 번 더 무너졌다. 땜재이가 세상을 떠돌며 만나기를 고대했던 사람의 이름이 벌벌 떠는 아낙의 입에서 핏물처럼 흘러나왔던 것. 설마 했던 이름. 고무신 때우기로 세상을 떠돌며, 언젠가는 네 이름을, 이름만이 아닌 네 고운 낯빛과 대면하여 크게 한 번만이라도 부르고 죽어도 죽으리라 염원하던 이름. 꽃다운 그 이름. 역시 전쟁통에 잃은 안타까운 사랑. 그 이름을 고문으로 죽은 친구의 사랑이 알고 있었다니. 게다가 세상에서 더는 볼 수 없는 사람이 되어버렸다니. 허기에 지쳐 겨울나무 밑에서 차돌처럼 얼어 죽었다니.

십수 년 정처 없던 두 사람의 발길이 허름한 선짓국 집에서 한날한시에 거짓말처럼 허망해질 줄 누가 알았을까. 「나그네 설움」의 노랫말도 사치스럽고 그냥 우연도 아닌 쌍우연마저 어이없던 그날 뒤로 그들에게 남은 날들은 어떠했을까.

둘이 함께 수로 밑바닥에 검은 개흙으로 흐무러진 애틋한 사연이 그 얼마 남지 않았던 여생의 날들 속에서 싹튼 거였겠지. 창말의 많은 수수께끼들처럼 그들의 마지막도 수수께끼로 남은 것이다. 남자가 아낙의 죽음의 의지에 깊이 공감했고(어찌 공감하지 않을 수 있겠는가) 그녀의 죽음을 돕기 위해 죽음에 동행했다는 것은 나의 짐작. 그런데 이 짐작은 그의 죽음을 돕기 위해 그녀가 죽음에 동행했다고 해도 하나도 달라지지 않겠지.

언젠가 공 첨지댁 사내가 수로의 물이 다 빠지는 한밤중을 기다려 한 발이나 되는 꺼먹장어를 집어 올렸던 적이 있었다. 수로 밑바닥에서. 커다란 개흙 덩어리에 처박힌 꺼먹장어를 힘껏 뽑아내는 순간 뽁, 하고 경쾌하기까지 한 소리가 났었다. 사실은 그게 개흙 덩어리가 아니고 땜재이 사내와 아낙의 흐무러져가던 넋이었는데.

그때 그 뽁은 아낙의 몸에서 꺼먹장어가 이탈되면서 났던 소리였다. 꺼먹장어는 그녀가 목숨과 사랑을 부지하기 위해 부단히 씹고 삼키고 싸던 소화기관 속에 잔뜩 틀어 앉아 버티고 있었는데 공 첨지댁 사내가 우악스럽게 뽑아낸 거였다. 그때 그 뽁은 지금 나의 뽁과는 비교할 수 없을 만큼 큰 뽁이었다.

나는 아주 작고 여린 뽁이다. 한숨 가라앉은 처서의 여름 풍경에 오롯이 묻히고 마는 뽁이다. 그래도 나는 저들의 넋이 고스란히 저승에 가 닿을 때까지, 여리지만 쉬지 않는 추진력이 될 것이다.

애들두 어디서 났는지 총알을 갖구 댕겨.

길재 아비가 말했다.

그러게. 조 순경이 흘리나? 애들이 훔치나?

하군 아비가 말했다.

이놈덜이 장작을 피워놓구 말야.

자네두 봤어?

뽁.

봤지. 총알을 장작불에 던져 넣구 냅다 도망쳐서 엎드리구 그러드라구, 장난두 온.

그러게. 꽝 하구 터지지는 않구 그냥 픽 하구 터지구 말지만 그거이…….

뽁.

그려. 그게 그러구 마는 거이 아니지. 소리는 작아두 총알은 총으로 쏘는 것하구 맞먹잖어.

똑같은 거여. 그거이. 맞으만 죽지.

뽁.

죽지. 그러는 거지 그게.

그러는 거여 그게.

뽁.

조 순경두 총질을 다했나뵈.

그런가뵈.

뽁.

거 뭣 좀 잡혀?

잡히긴 넨장. 피래미도 없네.

뽁.

어라? 또 꽝꽝 쏘잖아. 저 조 순경.

뽁

그러네, 아메이~.

뽁.

떡

나는 떡인데 이번에는 그중 콩떡이겠다.

떡이 세 군데서나 보였다. 하나는 만신 할망의 고사떡이고 다른 하나는 순칠이 생일 떡. 나머지가 나, 콩떡. 셋 다 시루에 찐 시루떡이었다.

만신 할망은 허구한 날 떡을 했다. 많이는 아니고 아주 조금씩. 고사를 지내야 하니까. 여기저기 탈나고 아픈 사람들을 위해. 그들이 의뢰한 고사를 지내주기 위해.

만신 할망의 떡을 조막떡이라고 했다. 워낙 쪼끄맣게 찌니까. 고사 의뢰자들한테서는 떡쌀을 넉넉히 받아냈다. 그리고 떡은 손바닥보다 작게 쪘다. 그래서 조막떡인 건데 어쩔 수 없는 것이다. 만신 할망도 남는 게 있어야지. 그래야 먹고 살지.

하지만 응? 작아도 너무 작잖아?

귀신이 거 삐쳐서 말 듣겠나?

고사떡 한번 얻어먹지 못한 마을 사람들의 푸념이었다. 만신이란 떡과 술을 차리고 귀신을 불러 달래고 얼러서 저승으로 고이 보내는 사람이었다. 중음천을 떠돌며 산 사람 괴롭히지 말라고 어떨 때는 욱박지르고 어떨 때는 살살 달래서 하여튼 저승으로 완전히 보내버리는 게 고사였다.

그러려면 떡이라도 좀 푸짐해야 귀신이 그거 배불리 먹고 낙낙해져서 순순히 저승길로 접어들지 않겠느냐는 거였다 마을 사람들의 푸념은. 너무 인색하면 귀신이 노여워해 안 간다고 버틸지도 모른다며.

만신의 시루떡은 고운 체로 콩가루 치고 남은, 거친 콩가루가 고물이었다. 고사는 귀신을 불러내서 얼러야 하는 것이기 때문에 귀신 쫓는 팥고물은 쓰지 않았다.

대신 순칠이 어미 홍 씨는 좋은 팥을 골라 잘 삶고 으깨어서 생일 팥시루떡을 쪘다. 고사 지낼 게 아니었으니까. 자식의 명운에 귀신 같은 삿된 망령 따위는 멀리멀리 쫓아버려야 하는 거니까.

순칠이가 열 살 되기까지는 수수팥떡을 찌다가 열 살 넘고부터는 팥시루떡을 쪄왔다. 죽 그래왔다. 그리고 그 어느 때보다 이번 시루떡은 부시게 흰 떡쌀이 잘 익어 푸지고 먹음직스러웠다.

그러나 홍 씨의 낯빛은 떡쌀과는 반대였다. 검은 근심이 그녀의 말상 얼굴에 한가득하여 툭 건드리기라도 하면 바닥으로 근심이 한 말쯤 우수수 쏟아져 내릴 것 같았다.

왜 이 새끼야, 대체 왜 소식이 없는 거냐 이 새끼야.

월남 간 순칠이에게서 연락이 끊긴 지 오래였다. 순칠 아비가 몇 날에 걸쳐 국방부에 다녀왔으나 순칠 아비가 갖고 온 소식은 소식이 아니라 그저 좀 더 기다려보자, 연락 오는 대로 연락드리겠다, 는 국방부의 엿 같은 말뿐이었다. 순칠이의 생일 떡은 그러니까 참…….

만신 할망 것은 말할 것도 없고, 순칠이의 푸진 생일 떡도 나한테 비하면 아무것도 아닌 양이었다. 이번에도 나는 엄청났다. 커다란 시루 세 개로 쪄낸 떡이니까. 마을 사람들 다는 아니더라도 적어도 막촌 수상굿에 모인 사람들은 모두 배불리 먹을 양이었다.

부자인 공 첨지댁에서 얼마간 돈을 댔기 때문이기도 했지만 수상굿에 쓸 떡은 예부터 마을에서 공동으로 거출한 쌀을 썼기 때문이었다.

수상굿이란 물에 빠져 죽은 사람의 영혼을 위무하는 푸닥거리였다. 바다에 접한 마을이다 보니 수상굿은 전통이니 뭐 그런 게 아니라 현재진행형의 선연한 제의였다.

파도와 조류에 휩쓸려 죽고, 술 먹고 헛발 디뎌 빠져 죽고, 일부러 뛰어들고, 누군가를 갑판 밖으로 슬쩍 밀어 넣고, 낚시하다 낚싯줄에 말려들고, 바다 저어쪽에서 날아온 유탄에 맞아 죽은 이들의 진혼굿.

공 첨지댁에서 수상굿에 부조한 것은 이번이 처음이었는데, 수상굿 대상이 공 첨지댁 일꾼이었기 때문이었다. 여자를 때리기 위해서만 고용됐던 사내. 순칠이 맘을 무던히도 괴롭혔던, 손바닥이 발바닥만 같던 사내. 그 손바닥으로 여자의 뺨을 후려치고 효서네 감나무 밑을 지나 샛말 쪽으로 유유히 사라지던 사내.

그 사내가 죽고 월남 간 순칠이의 소식마저 없어 두 남정의 자취가 마을에서 사라진 셈이었는데, 공교롭게도 같은날 떡 찌는 냄새로나마 두 혼령의 기척 같은 것이 구수하고도 서럽게 마을을 떠돌았다.

떡 먹어라 이놈아. 떡이라면 사족을 못 쓰고 떡이라면 환장하던 놈아 이놈아.

순칠 어미 홍 씨의 넋두리가 길게 길게 이어졌다.

떡 마이 했다. 마이 했으니 마이 먹어라. 이거 누가 먹겠냐. 니가 먹어야지. 니가 먹어. 어떡허냐. 니가 먹어야지 어떡해. 이 미친년이 떡을 마이 했구나. 니가 안 돌아오면 어떡허냐 미친 이년이 재수 없고 방정맞은 생각뿐이니 어떡허냐. 이놈아. 와서 이 떡 먹으라니까. 떡이라면 사족을 못 쓰고 떡이라면 환장하던 놈아 이 나쁜 놈아. 어서…….

팥시루떡만 덩그마니 놓인 소반을 앞에 두고 조는 건지 우는 건지 홍 씨가 고개를 끄덕끄떡거리고 있을 때 무언가 그녀의 집 앞으로 휙 지나갔다.

거친 콩고물 조막시루떡을 알량하게 쪄놓고 고사를 지내던 만신이 갑자기 신에 지핀 듯 경중경중 뛰기 시작했다. 집 안에서 몇 차례 정신 사납게 경중거리던 만신이 밖으로 나와 동구로 난 길을 버선발로 뛰기 시작했던 것.

고사상의 떡은 저 홀로 가느다란 실선의 김을 천장 서까래 쪽으로 꼬물꼬물 뻗어 올리다가 제풀에 사그라들었다.

끅끅끅끅.

지금껏 그녀의 어떤 공수에서도 들을 수 없던 소리를 입 밖으로 토하며 만신은 끈 끊어진 연처럼 빠르고 가볍게 동구 쪽으로 흘러 내려갔다.

순칠 어미 홍 씨는 그 광경을 물끄러미 바라보았다.

고사 지낼 때 입는 흰 치마저고리가 구름처럼 만신을 싣고 동구를 향해 미끄러져 갔고, 동구 쪽에서는 푸른 옷 푸른 모자의 사내가 성큼성큼 마주 오고 있었다.

대기였다. 만신 늦둥이의 첫 휴가. 동네 꼬맹이들이 먼저 달려와서 쪼르르 만신에게 전했겠지. 고사 지내는 만신의 등에 대고 말했겠지. 대기가 와요. 샛말 언덕을 넘어와요. 대기가 온다고요.

말을 전한 게 누군지도 모르고(알 필요 뭐 있겠어), 자신이 뭘 하고 있었는지도 모르고(마찬가지), 헐레벌떡 버선발로 끅끅끅끅 내달았던 것. 울음인지 웃음인지, 포함인지 탄

성인지 모를 괴상한 소리가 허연 거품침에 섞여 입 밖으로
튀어나왔다. 끅끅끅끅. 입안으로 기어 들어가는 소리였던가.

순칠 어미는 허깨비 보듯 만신의 버선발을 보았고 토하는
소리인지 미어지는 소리인지 모를 그녀의 기이한 숨소리를
들었다.

뜀박질이 어찌나 빨랐던지. 허기야 이름만 만신 할망이지
아직 할망은 아닌 할망.

만신에게는 늙으나 젊으나 할망이라는 호칭이 붙게 마련
이었다. 정식 무당은 아니나 급한 대로 마을의 동티를 끄고
고사로 병을 치유하는 여자.

끅끅끅끅.

만신은 마침내 아들을 부둥켜안았다. 안은 채로 아들의
얼굴을 손으로 쓰다듬고 얼굴로 비비고 빨고 핥고 깨물었
다. 언제까지고 그랬다. 아무리 예쁘고 귀하고 망극한 자식
이라고 해도 벌건 대낮 마을 한복판 길 위에서 그러는 건 좀
그랬다. 마을이 생긴 이래 처음 있는 일이었다.

늦둥이라서, 아비를 알아보기도 전에 아비가 비명에 간
불쌍한 막내라서 그러기도 했겠지만, 만신은 아는 것이다.
얼마나 많은 사람이 죽고 죽였는지를. 얼마나 많은 청춘들
이 푸른 옷을 입은 뒤로 다시는 돌아오지 못했는지를. 어째
서 죽이는 것도 죽임을 당하는 것도 푸른 옷이어야만 했었
는지를. 자신이 얼마나 많은 사람들의 억울한 혼령을 위무

하는 고사를 지내왔는지를.

아직은 아주 온 것은 아니나 그래도 살아서 휴가 나온 푸른 옷의 아들을 맞는 게 어디인가. 생일 떡 앞에서 넋 놓고 넋두리하는 순칠이의 어미가 바로 저기 있지 않은가.

누가 먹어 누가. 울보 떡보가 먹어야지.

순칠 어미의 하소연은 멈추지 않았다.

징허게도 울었잖냐 니가. 그러다가도 떡만 보면 뚝 그쳤으니 너는 울보가 아니라 떡보지. 떡보가 먼저지. 그러니 누가 먹어. 니가 먹어야지. 어서 와서 먹어야지. 저 길로 너도 냉큼냉큼 걸어 들어와야지. 와서, 엄니 떡 있시꺄 물어야지. 늘 묻던 대로 떡 있시꺄 물어야지…….

그런데 참 나는 안동네의 거친 콩고물 조막시루떡도 아니고 덩그마니 소반 위에 놓인 순칠이의 생일 팥시루떡도 아닌 것이다. 같은 시각 내 위치는 다른 데였다.

막촌. 공 첨지댁 사내가 물에 퉁퉁 불어서 떠오른 막촌의 선착장인 것이다. 만신의 떡이 저 홀로 김을 피워 올리다가 제풀에 사그라들 때, 순칠이의 생일 떡이 홍 씨의 맘을 아랑곳 않고 소반 위에서 꾸덕꾸덕 말라갈 때, 나는 막촌 수상굿판에서 무럭무럭 뜨거운 메주 냄새를 풍기고 있었다.

메주 냄새라서 꿀릴 거 없었다. 메주도 그냥 메주가 아니었으니까. 창말 콩은 장단 콩과 사이좋은 사촌이라서 그 맛이란 게 땅콩 호콩도 울고 갈 정도였다. 창말과 장단에서라면 메주 냄새도 꿀 냄새인데 그 콩으로 떡을 쪘으니 그 떡향이 오죽할까.

물에 빠져 죽은 귀신을 불러 타일러야 하니까 수상굿 떡은 팥떡일 수 없었다. 거친 콩고물 떡도 아니었다. 한꺼번에어서 많이 쪄야 하니까 그저 쉽게 쉽게 만들려고만 했다. 워낙 양이 많아서.

떡쌀과 온콩을 휘휘 뒤섞어서 찌는 것. 층간 없이 백설기찌듯. 거기에 콩만 들어가는 거였다. 물에 빠져 죽는 게 맨남자들뿐이어서인지 수상굿 떡은 남자들이 쪘다. 팔을 걷어붙이고 거친 손으로 쓰윽쓰윽.

메주콩만 넣는 것이 아니어서 거친 떡이라 해도 때깔은좋았다. 창말 메주콩과 서리태와 갈무리해두었던 여러 색깔의 강낭콩과 완두콩을 미리 삶아 설탕물에 푹 담갔다. 불리고 삶고 설탕물에 넣었다가 건져 떡쌀과 함께 쪄냈으니 얼마나 뭉그러질까 싶지만 창말 콩은 안 그랬다.

워낙 작고 오달져서 몇 차례나 물과 불을 거쳐도 흐무러지지 않았다. 씹히면서야 터지는 고소한 맛이 일품이었다. 흰콩 검은콩 노란콩 자색콩 연두콩이 서로 잘 어울려서 보는 것만으로도 떡보들은 제정신이 아니었다.

효서도 은근한 떡보였다. 창말 애들 중에 떡보 아닌 놈이 있으랴마는 효서가 그중 은근한 떡보인 까닭은 애가 콩떡을 좋아했기 때문이었다. 나, 콩떡만을. 모든 떡을 좋아했다면 그냥 떡보였겠지만 콩떡만을 좋아했<u>으므로</u> 떡보만은 아닌 떡보. 그래서 은근 떡보.

효서는 워낙 속이 좋지 않아서 무얼 먹어도 체하고 토하고 그랬다. 특히 명절에는 내내 얼굴이 노랬다. 먹을 건 많고 소화는 못 시키니 매일 먹고 체하고 토하고.

걸핏하면 마당이건 길이건 가리지 않고 쪼그려 앉아 효서는 맷방석만 하게 니침을 쏟아냈다. 배 속의 거위가 싼 오줌이라고도 하는 군침을. 영양실조와 복통 따위로 과다 발생하는 침을.

그런 효서가 콩떡에는 끄떡없었으니 떡보는 아니더라도 분명 콩떡보라 할 만했다. 효서가 콩떡에 보이는 갈망과 집착이 어떠할 거라는 건 그래서 짐작이 가능한 것.

저어기 독수리들처럼 웅크리고 앉아 어서 수상굿이 끝나기만을 기다리는 어른 아이들 중에 비실비실한 효서의 모습이 보였다. 굿이 다 끝나고 키 큰 어른들이 콩떡 시루를 옮기기 시작하면 독수리 같던 무리들이 독수리같이 일제히 시루로 달려들 터였다.

공 첨지댁 사내가 왜 죽었는지 몰랐다. 분명한 건 물에 빠져 죽었다는 것뿐. 민물 수로에 빠져 죽은 시신이 썰물 때 갑문을 빠져나가 짠물에 떠돌다가 밀물 때 선착장에 돌아와 걸려버린 거라고 사람들은 말했다. 옷은 다 뜯겨 나가고 알몸이었다.

누가 죽인 건 아닐까. 떠민 건 아닐까. 사람들은 수군거렸다.

조 순경이 언젠가 쑥구렁 여자와 단둘이 논두렁을 걸었다 더라는 소문이 떠돌았다. 사내가 총에 맞아 뜸부기처럼 죽었 다더라는 말끝에 나온 소문이었다. 그럼 조 순경이? 조 순경 과 여자는 그럼 그렇고 그런 사이? 소문은 소문을 만들었다.

애들이 불구덩이에다 하는 실탄 장난에 사내가 애꿎은 피 해자가 되었다는 소리도 있었다. 그러나 사내의 몸에 총상 이 있었는지의 여부는 확인되지 않았다. 부패하여 양가죽 부대처럼 퉁퉁 부어오른 몸에서 총상을 찾아내기는 어려웠 을 것이다. 팔도 다리도 퉁퉁 부어올랐는데 유독 다리 사이 의 물건만 쪼그라들어 있었다.

의외네.

누군가 말했다. 검시관이 뙤약볕 아래 쪼그라든 사내의 물건을 손가락 끝으로 툭툭 건드리는 걸 보면서.

의외야.

모여 있던 무리 중 또 다른 누군가 말했다.

고릴라 같은 덩치에 비해선 참 그게 영.

누구랄 것도 없이 말했다.

애들은 가라.

하지만 애들을 쫓지는 않았다.

검시관 손가락 굵기만도 못해.

그러게.

웃지 말게.

누가 웃었다고 그래.

흠. 왕근이 것만도 못한걸.

왕근이?

왕근이 이름이 공연히 왕근인 줄 아나?

겨우 국민학교 6학년인데?

한 손으로 다 안 쥐어진다던데.

봤어?

애들이 그래.

애들 손이라서 그렇지.

쥐어본 건 어른이라던데.

누구?

담임.

담임이 왜?

그냥 놀라서래.

놀라서?

쥐고도 계속 와아 와아, 그랬다던걸.

여자나 때리며 밥값을 했던, 그야말로 초라하고 보잘것없는 사내라는 점이 쪼그라든 물건 때문에 더 실감이 나는 모양이었다.

순칠이가 있었다면 가장 의심을 받았을 것이다. 사내를

가장 죽여버리고 싶어 했던 사람이 순칠이었으니까. 그러나 순칠이는 나라를 떠나 생사를 알 수 없게 되었고 식은 생일 떡만 소반 위에서 굳어가고 있었다.

아무도 모르게 여자 뒤를 돌봐주던 자가 있었을 거라는 말이 사람들 입에 솔솔 오르내렸다. 마을 남자 중 하나일 거라고, 그의 소행일 거라고 했으나 그가 누구인지 알지 못했다.

알지 못했으나 그럴 거라 믿는 사람들이 점점 늘어났다. 겨끔이가 정말 겨끔이어서 겨끔이라면, 여자의 몸에 겨끔내기로 드나들었던 남정네들의 존재는 엄연한 거였으니까. 엄연하지 않다면 겨끔내기라는 아이의 이름은 근거 없는 공연한 패악의 결과에 지나지 않는 것일 테니까.

만일 정말 여자의 겨끔내기 중 하나였던 남정네가 있어 여자의 뒤를 줄곧 돌봐주고 끝내는 그녀를 괴롭히는 사내를 죽여버린 것이라면 그 남정네를 어떻게 봐줘야 하는 것일까. 마을의 남자들은 이런 이야기를 아무렇지도 않게 화제에 올렸다가, 갑자기 생각났다는 듯 서로가 서로를 의심의 눈초리로 바라보며 큼큼 멋쩍게 큰기침을 했다.

굿이 끝났나베. 큼큼.

말꼬리를 돌렸다.

그런가베. 큼큼.

사내를 갑문 아래로 떠민 사람이 쑥구렁 여자일 거라고 생각하는 사람은 어째서 하나도 없었던 걸까.

수상굿이 끝나고 콩떡 시루를 옮기는 일은 언제나 키 큰 어른의 몫이었다. 독수리처럼 웅크리고 있던 무리가 달려들기 때문이었다. 키 큰 어른은 콩떡 시루를 어깨 위나 머리 위로 높이 추켜올리고, 달려드는 애들한테 모이 주듯 나누어 주었다.

어른들의 차지는 저쪽 막걸리 상에 따로 준비되어 있었다. 어른들도 서로 눈치를 보며 더 큰 떡과 더 큰 막걸리 잔을 노렸으나 그래도 어른은 어른이라 크음크음거리며 매우 힘겨운 체통을 차렸다. 애들은 그곳에 얼씬도 못했다.

애들은 운동회 날 바구니 터뜨리기 하듯 키 큰 어른의 떡 시루로 몰려들어 떼거리로 손을 뻗었다. 자칫하다가는 키 큰 어른도 시루를 빼앗기거나 뒤로 밀려 자빠질 수도 있었다. 그러면 시루까지도 박살날 터. 각다귀처럼 달려드는 애들을 피하며 적정량의 콩떡을 나누어 주느라 키 큰 어른들은 비지땀을 흘렸다.

은근 떡보 효서는 뭐 하나? 콩떡이라면 제 혀라도 삼킬 만큼 군침을 흘리는 효서는?

그럼 그렇지. 맨 꼴찌였다. 콩떡 시루에 가장 가깝게 육박한 애들은 황소도 살모사도 무서워하지 않는 거친 애들. 힘 있는 애들. 그 뒤는 개똥이 같은 꾀바른 아이들. 맨 뒤가 효서 같은 요령부득의 아이들이었는데 그중에도 효서는 완전 맨 꼴찌.

저요, 저요, 더 줘요, 안 줬어요, 달라니간요, 하며 애들은 받고 또 받고 그것을 주머니에 쑤셔 넣거나 주머니가 다 차면 난닝구 속에다 처넣었는데, 효서는 파리채처럼 가느다란 팔만 겨우 뻗치고 소리도 못 질렀다.

꼬래비에서 팔을 뻗어봤자 떡시루까지는 천리만리. 간절히, 절박하게, 꿈에도 그리웠던 콩떡이었거늘. 손꼽아 기다려왔던 수상굿이었거늘. 떡시루의 떡은 갈수록 줄어들고 떡시루와의 거리는 갈수록 멀어졌으니 세상이 무너질 수밖에. 이럴 때 효서가 할 일은 아무것도 없었다.

그냥 우는 수밖에. 서럽게 우는 수밖에. 울음이 뭘 어떻게 해줄 거라고 믿은 건 아니었다. 그럴 깜냥도 못 됐다. 절로 터져 나온 거지. 서럽고 캄캄하고 분하고 억울해서. 눈물 콧물 범벅이 되어. 우는 것조차 특별히 잘하는 건 아니었으나 워낙 분하고 억울해서 울음소리가 사뭇 커졌다.

울음이 커서 언묵이 아버지가 효서를 본 건 아니었다. 시루를 들었던 게 마침 키 큰 언묵이 아버지였는데, 울음이 커서가 아니라 소리가 낯익어서 효서를 봤던 것.

언묵이 아버지가 효서에게 성큼성큼 다가와 거대한 콩떡 한 덩이를 턱 안겼다. 효서네 고구마밭 가장자리와 언묵이네 집 마당이 맞닿아 있었는데 효서가 고구마밭에서 제 어미를 조르며 징징 짜던 소리를 기억했던 것이다. 고맙고 은혜로운 언묵이 아버지가.

떡

나는 저 주변머리 없는 효서의 품에 안기는 콩떡이 되고
말았다. 효서에게는 아득히 먼 하늘에서 갑자기 휙 떨어져
내린 것만 같은 콩떡이겠지. 그러니까 나는 떡 중에도 콩떡,
콩떡 중에도 이번에는 은총의 콩떡 되시겠다.

끝

사내 둘이 땅을 팠고, 머리 허연 노인 하나가 뒷짐을 진 채 사내들의 움직임을 가까이서 지켜보았다.

효서가 이쪽에서 그들을 보았다. 만신 할망은 저쪽에서 그들을 보았다. 더는 사람이 없었다. 수수가 익어가는 가을 오후였다.

효서에게는 사내 둘이 낯설었을 터. 막촌이나 안동네 사람들이 아니었으니까. 노인이 어디선가 데리고 온 사람들이었다. 고랑을 치고 물꼬를 트는 농부의 삽질이 아니었다. 땅을 파고 사람을 묻거나 땅을 파고 사람의 뼈를 건져내는 것이 직업인 사내들이었다.

구덩이 옆에는 옻칠한 오동나무 관이, 오동나무 관 옆에는 흰 한지가 펼쳐져 있었다. 한지 위에 곧 사람의 뼈가 차례로 놓일 것이고 그것은 그대로 오동나무 관 안에 자리 잡을 것이었다.

두 사내를 독려하는 것은 샛말 너머 공 첨지댁 공 노인. 얼마 전 선착장에 퉁퉁 부은 시체로 떠올랐던 사내를, 여자를 때릴 용도로만 고용했던 자였다.

때리는 게 당초의 목적은 아니었다. 어디에 묻었는가? 시신이 묻힌 곳을 대라. 여자에게 묻고 그 답을 얻는 것이 목적이었다.

그러나 여자는 대답하지 않았고 대답하지 않은 대가로 얻어맞았다. 여자가 대답하지 않으니 나중에는 더도 묻지 않았다. 더도 묻지 않고 사내는 댓바람에 여자를 후려갈겼다. 어디에 묻었는가? 이 질문이 손찌검에 포함돼 있었던 거니까.

닷근이가 죽이고 닷근이가 묻었으니 나는 모르는 일, 이라고도 말하지 않았다. 여자는 고개조차 흔들지 않았다. 때리는 사내를 빤히 바라보며 묵묵히 얻어맞았다.

여자는 모든 것을 닷근이 탓으로 돌리고 싶지 않았을 것이다. 마을이 여러 차례 여러 나라의 군인들에게 점령당하고 죽임을 당하고 차마 말할 수 없는 치욕을 당하던 때에 여자를 보호했던 유일한 인물이 벙어리 닷근이었다.

외국 병사에게 욕을 당했다 하여 공 첨지댁에서 쫓겨난 그녀를 숨기고 먹여 살려낸 것이 닷근이었다. 알려지지는 않았으나 사실 닷근이는 공 노인의 외아들 꽃서방을 살해하기 전에도, 여자를 지켜내기 위해 외국 병사를 두 명이나 찍

끝

어 죽인 적이 있었다.

어쨌거나 아무리 때려도 말 않던 여자였다. 그랬는데 지금 공 노인은 장의사 사내 둘과 함께 땅을 파는 것이었다. 그토록 찾고자 했던 아들의 유해를, 사내가 물에 빠져 죽고 여자가 마을을 떠난 뒤에야 수습하게 되었던 것.

살살 허시게, 살살.

공 노인이 구덩이 파는 사내에게 말했다.

이제 곧 가까워집니다요.

그러니까 살살, 응, 살살 허라는 거 아닌가.

걱정 마십시오. 이 일만 30년입니다요.

구부슴한 뒷모습만으로도 공 노인의 안타까운 심사가 훤히 읽혔다.

육탈은 되었는가?

곱게, 아주 곱게 되었습니다요.

허, 그래야지. 어떻게 자란 몸인데. 그래야 허고말고.

꽃으로 자란 분이라 들었습니다. 그래선지, 예, 꽃향내가 납니다요.

저런 저런. 아이쿠. 허어, 꽃향내라. 그래 꽃향내.

공 노인이 눈시울을 붉혔다.

때리던 사내가 물에 빠져 죽고 여자도 겨끔이를 데리고 마을을 아주 떠났는데 어떻게 공 노인은 아들이 묻힌 곳을 알아냈을까.

―제가 누굽니까요?

만신 할망이었다.

―어찌 알았는가?

공 노인이 물었다.

―귀신을 만나 어르고 달래는 게 제 일 아닙니까요.

―누가 뭐래나.

―그러니까 제가 창말의 만신이라는 말입니다요.

―허어, 이 사람 참. 그래그래. 어떻게 알았누?

―크음. 칠성님이 꿈속에서 딱 점지.

만신 할망이 대답했다.

―허어, 왜 이제야 점지란 말인가? 어째서 이제야.

―첨지댁 어른께서 그간 만신을 소홀히 여기신 까닭에⋯⋯.

―하, 뭐, 그랬었지. 으음. 미안허게도, 그건, 그랬었어.

―근데 일전에 수상굿에 후하게 인심 쓰시는 어르신을 칠성님이 알아보신 게 아닐는지요.

―그러헌가? 허기야 굿이라면 혀를 내둘렀었지. 지금은 아니네.

―지금은 아니시지요. 그러니 칠성님이 딱 점지하셨던 게지요.

―그런가 보이. 그런가 보아.

―그러하오니 이번에도 좀 더 거시기.

―말이라고 허는가. 아들을 찾았네. 내 잘 알았네. 음, 잘

끝

알아들었어.

칠성님 어쩌구가 아니고, 사실은 우연히 여자의 행동을 목격했던 거였다 만신 할망이 사흘 전. 손으로 속땅을 긁어내고 무언가를 급히 묻는 여자를. 그 동작이 하도 은밀하고 빨라서 만신은 뭔가 있구나 싶어 몸을 숨기고 여자의 동작을 살폈다.

여자는 금세 무언가를 묻고 총총히 사라졌다.

여자가 쑥구렁 집 안으로 들어가는 것을 확인한 만신 할망은 들고양이처럼 기었다. 여자가 땅을 파고 무언가를 묻었던 자리는 흙이 다 마르지 않아 거뭇했다.

금방 파고 묻었던 자리라 만신의 손끝이 쉽게 들어갔다. 흙은 부드럽고 촉촉했다. 그곳에는 여러 번 접힌 종이 편지가 비닐봉지에 들어 있었다.

'언젠가는 당신의 선산에 고이 묻히게 되기를 바랍니다. 아직 내게 남은 포한이 나를 옹졸하게 하여 아무에게도 말 안 하고 떠납니다. 순간처럼 짧았지만 그래도 한때는 지아비였던 당신을 위해 이곳에 당신이 묻혔다는 사실을 미래의 누군가에게 알립니다. 머잖아 누군가 이곳의 땅을 일구다가 이 편지글을 발견하여 당신이 공씨 가문의 선산에 바로 눕게 된다면 그것은 당신의 복이겠지요. 그것까지는 막을 수 없겠으나 저 스스로 알리고 싶지는 않습니다.'

만신은 하루를 온전히 다 들여 곰곰이 생각한 끝에 종이를 불태워버렸다. 그리고 공 첨지댁을 찾아갔다. 칠성님의 점지로 꽃서방님 묻힌 곳을 알아냈다며 손을 벌렸다. 제가 누굽니까요?라면서.

공 노인은 읍내 장의사로 사람을 보내 이장 준비를 서두르게 했다.

여자는 동네를 떠났다. 만신이 공 첨지댁을 찾아가 손을 벌리기 하루 전이었다. 창말을 떠나 더는 알 수 없는 곳으로 가버렸다.

갑곶 나루에서 여자가 겨끔이의 손을 잡은 채 나룻배를 기다리더라는 얘기는 그녀가 마을을 떠나고도 몇 날이나 늦게 당도했다. 갑곶에서 염하를 건너면 김포였고, 거기서부터는 어디든 걸어서 갈 수 있는 조선 팔도였다. 작다면 작고 크다면 큰 조선 팔도 깊숙한 곳으로 여자와 겨끔이는 자취를 감추었다.

동네를 떠나던 날 이른 아침, 여자는 종이를 묻었던 곳을 지나며 그 자리가 파헤쳐진 것을 슬쩍 바라보았다. 그리고 말없이 고개를 들어 만신 할망의 집 쪽을 바라본 뒤 겨끔이의 손을 이끌고 마을을 벗어났다. 그녀가 떠나는 모습을 이른 아침의 푸른 안개 말고는 누구도 보지 못했다.

효서는 이불 속에서 들었다. 겨끔이네가 마을을 떠날 거라는 말을. 효서의 부모는 희붐한 새벽어둠 속에서 하품을

끝

깨물며 얘기했다.

백로가 지나니 확실히 춥네요.

이불을 더 끌어 덮지 그래.

겨울 이불로 바꿔야갔어요 이젠.

그러다가 겨끔이네 얘기를 했다 효서 아비가.

뭐랬시꺄?

효서 어미가 물었다.

뭐가?

효서 아비가 되물었다.

동랑이랬시꺄?

음, 그거. 뭐.

그게 뭐이꺄?

사…… 사내를 잡아먹는 여자래. 그런 뜻이래나. 동랑이.

그걸 겨끔 어미한테 새로 붙인다는 거이꺄? 이름을 빼앗드니 그것도 모자라서 이젠 그런 요상헌 이름을 새로 붙여준다구여?

그래야 한대나 뭐래나.

누가여? 누가 그런 썩을 소리를 한대여?

누구긴. 조 구장이지. 한문이래만 아주 혼자 다 아는 척허니까. 한문을 못 써서 안달이니까. 먹을 동 사내 랑이래나 뭐래나.

잘나빠진 한문은 제길, 축문 허는 데나 쓰든가.

그러게.

무슨 사내를 또 잡아먹었다구 그런대여, 참 내.

아, 저, 그, 뭐야. 이번에 순칠이 있잖아.

순칠이 월남 가서 못 온 거이 겨끔 어미 잘못이꺄?

순칠이가 거, 왜, 겨끔 어미라면 사족을 못 썼잖아.

순칠이구 뭐구, 꽃서방두 닷근이두 다 지 팔자 아니갔시
꺄?

뭐 하여튼 그래서 그러는지 겨끔이네도 더는 못 살고 마
을을 뜰 모양이야.

뜬다구여?

그런다는 말이 있어.

동랑 때매?

꼭 그렇기만 하겠남. 우이그 춥다.

겨울 이불 끄내여?

시방 무슨. 이따 저녁에나 끄내지.

그러까요?

그러지.

효서가 자리에서 일어났다.

오줌 누게?

효서는 대답하지 않았다. 듣다 보니 엄마라는 사람이 말
로만 흥분할 뿐 심보는 조 구장과 하나도 다르지 않다고 생
각했던 듯. 그게 신경질이 났고, 그리고 오늘 당장 겨끔이네

끝

가 떠난다는 말로 들려서 효서는 놀라 밖으로 뛰쳐나왔던 것이다.

효서는 새벽 백로 추위에 팔을 쓸어내렸다. 하늘 한가운데가 번하게 밝아왔으나 쑥구렁 여자의 집 주위에는 묘한 어둠이 고여 있었다.

어둠이되 어딘가 가벼워 보이는 어둠. 뭔가 텅 비고 없어서 동굴처럼 뻥 뚫린 듯한 어둠. 효서는 자기도 모르게 쑥구렁으로 난 길로 내달았다.

그리고 얼마 뒤, 효서는 그 길을 되짚어 내려왔다. 이제는 공 첨지댁 사내 따위 다시 오가지 않을 길. 그 사내에 홀리듯 뒤따라가던 순칠이도 다시 걷지 못할 길. 그리고 무엇보다 여자와 겨끔이가 다시 밟지 않을 길을. 쑥구렁 집은 텅 비어 있었다.

아닌 게 아니라 그날이 정말로 여자와 겨끔이가 마을을 떠난 날이었던 것이다. 효서가 이불에서 빠져나오기 바로 전에. 효서가 쑥구렁으로 내달을 때 여자는 겨끔이와 함께 동구를 빠져나가고 있었던 것. 여자가 순칠이네 집 쪽을 향해 의미 모를 묵도를 한 차례 보내고 났을 때 짙은 아침 안개가 통곡처럼 밀려와 삽시간에 마을을 뒤덮었다.

효서는 동구 밖으로 내달렸다. 푸른 안개가 눈앞을 가렸다. 차가운 물방울 알갱이가 이마를 때렸다. 숨을 몰아쉴 때마다 입안으로 안개가 꾸역꾸역 미어져 들어왔다.

348

동구에 다다라 효서는 허리를 꺾고 숨을 토해냈다. 가시 거리 10미터. 푸짐한 안개 사례가 들려 소리도 지르지 못했다. 겨끔아. 이 말은 하얀 숨이 되었다. 겨끔아. 자꾸 하얀 숨만 되었다.

겨끔이의 대답이 있을 리 없었다. 길섶의 이슬 머금은 노란 소국들이 부연 안개 속에서 점점이 고개를 들 뿐이었다.

다음 날 오후 효서는 땅 파는 두 사내를 보았다. 그리고 샛말 너머 공 첨지댁 어른을 보았다.

사내 둘은 흙구덩이 속에 있었고 구붓한 공 노인은 흙구덩이를 들여다보았다. 효서는 이쯤에서 그들을 보았고 만신할망은 저쯤에서 그들을 보았다. 어쨌거나 더는 사람이 없었다.

그런데 두 사내가 파고 있는 자리는 자귀나무 아래였다. 수수밭 가장자리가 아니었다. 핏물을 뒤집어쓴 듯 가을 수수가 얼룩덜룩 붉게 익어가는 곳이 꽃서방이 묻힌 자리였다. 자귀나무 아래는 닷근이가 묻힌 곳.

왜 그랬을까. 복수였던 걸까. 여자는 어미의 한 서린 말을 잊지 않았던 걸까. '뼈에 사무쳐서, 그 뼈가 일백 번 진토 되지 않고서는 도무지 잊힐 수 없는 말'을 꽃서방 어미로부터 들었다던 어미의 마지막 말을 여자는 오래오래 품고 살았던 걸까.

끝

아니면 자신을 더러운 물건 버리듯 내치고 돌보지 않았던 공 노인에 대한 한풀이였을까. 어쩌면 닷근이에 대한 순수한 보답이었을지도. 평생 따뜻한 자리에서 한 번도 편히 자보지 못한 닷근이를 죽어서나마 넓고 양지바른 곳에 넉넉히 누이고 싶었는지도.

아무려나 닷근이는 공 첨지댁 수려한 선산에 고이 묻혀 영원할 것이었다. 공 노인이야 아들의 뼈로 알면 그만이겠고.

순칠이는 안동네로 돌아오지 못하고 곧장 국립묘지에 묻혔다. 포탄에 가루가 되다시피 육신이 찢기어 시신 없이 유품만 묻혔다. 그의 사물함에 남아 있던 청룡부대 마크와 담배와 지포 라이터가 그 대신 동작동에 묻혔다.

경칠이는 월남에 가지 않았다.

무슨 술을 먹을까. 술꾼은 그다지 이걸 궁리하진 않을 것 같아요. 술이라면 뭐든 다 좋아할 테니까요. 그러니 어쩌면 술꾼은 무슨 핑계로 술을 먹을까 그걸 더 궁리하는 사람에 가깝지 않을까요.

작가라는 사람들도 좀 그런 것 같아요. 무슨 글을 쓸까보다는 무슨 핑계로 글을 쓸까 궁리하죠. 어차피 평생을 쓸 거니까. 술 먹을 핑계만 생기면 술을 마시듯 글 쓸 핑계만 생기면 글을 쓰지요.

이번에는 된소리 홀글자를 핑계 삼아 글을 써보고자 했어요. 그러니까 된소리 홀글자는 아무 죄도 없어요. 제가 글을 쓰고자 들이댄 핑계에 지나지 않아요.

된소리 홀글자 하나에 이야기 하나씩. 핑계가 생겼잖아요. 나름 재밌겠다는 생각이 들었어요. 우리말에는 된소리 홑글자로 된 말들이 많아요. 떡, 깡, 뼈, 뽕, 꿀, 뺨, 이런 것들. 그런 것들 하나에 이야기 하나씩을 붙여보자. 야외 백일장에 나가 제목에 맞추어 끙끙거리며 글을 쓰듯. 그랬죠. 글은 끙끙거리며 쓰는 맛이 있어요.

그런데 좀 막연했어요. 된소리 홑글자 하나에 붙일 이야기의 범주가 너무 넓어버리면 싱거워질 것 같았으니까요. 그래서 시공간의 범주를 좁혔지요. 시간은 1965년에서 1970년까지로, 제가 초등학교를 다닌 시기로 딱 한정을 지었습니다. 그리고 공간은 제 고향 마을인 강화군 하점면 창후리 창말로 정했습니다. 그러니까 정확히 58개띠 시골 초등학생 시절의 이야기인 것입니다. 아, 저는 사실 1957년 9월에 태어난 닭띠입니다. 그런데 부모님이 출생신고를 1958년 9월에 했어요. 이놈이 사나 죽나 두고 보다가 1년이 지나 살만할 것 같으니까 출생신고를 한 거죠. 그래서 58년생들과 학교를 다녔습니다. 하여튼 이런 이야기들을 포함한 제 유년의 스산한 풍경을 된소리 홑글자에다 하나하나 실어보는 거지요.

실은 제 고향 강화도 사투리에도 된소리가 많이 들어가요. '진지 잡수셨습니까?'를 강화도 사투리로 하면 '진지 잡쉈씨꺄?'가 되거든요. 짧은 말에 된소리가 네 개나 들어가잖아요. 저한테 된소리는 익숙한 거였죠.

범주를 그렇게 정하다 보니 어떤 풍경이 저절로 생겨나

버렸어요. 한국전쟁이 1953년에 휴전되었으니까 전후 1세대의 유년 이야기가 되더라고요. 시기가 그렇잖아요. 게다가 이북 땅이 빤히 보이고 저들의 대남 스피커 소리에 잠을 깨고 잠이 들던 마을의 이야기라서 전쟁 전후의 시골 마을 분위기가 담길 수밖에 없었던 거죠.

그 엄혹한 시절을 관통해 왔으면서도 나이가 어렸던 탓에, 그리고 어른들이 끝내 말 안 하고 묻어둔 무서운 비밀들이 너무 많았던 탓에 그저 애들은 세상모르고 살았노라는 이야기입니다.

된소리 홑글자에 이야기를 달기는 했는데 그냥 단 것이 아니라 그 이야기의 화자가 된소리 홑글자인 거예요. 말하는 주체가 '떡'이거나 '빵'인 거죠. '뼈'가 얘기하고 '꽃'이 얘기해요. 그들이 얘기를 하다 보니까 그들의 눈에 비친 어린 구효서는 좀 많이 꾀죄죄해요. 어쩔 수 없죠.

그렇게 시점을 사물에다 두어보는 것도 글쓰기의 재미 중 하나니까요. 나의 시선을 벗어날 때 비로소 글이 더 실재적 세계에 가까워지는 것 같은 느낌을 경험할 수 있으니까요. 그러는 김에 사물이라고 하기에도 뭣한 '뚝'이나 '쓱' 같은 기운에다가도 말해보라고 했어요. '뚝'은 계속되던 것이 아주 갑자기 그치는 모양을 나타내는 말이고, '쓱'은 슬쩍 사라지거나 지나가거나 넌지시 행동하는 모양을 나타내는 말이잖아요.

그들에게까지 말해보라고 하니까 말을 곧잘 해요. 그러다 보니 그들이 바라보는 구효서는 꾀죄죄할 수밖에 없고 그들이 바라보는 마을 사람들은 누구랄 것도 없이 미워해요. 특히 전쟁과 관련해서는 왜들 그토록 무지하고 사나웠던지.

'빵'도 말하고 '쓱'도 말해서 제 글이 살짝 애니미즘 판타지 속으로 들어가버리는 것도 같지만, 그러지 않고서는 또 어떻게 그 시절을 떠올릴까 싶네요. 전작 산문집 『인생은 지나간다』도 물동이, 주전자, 도시락, 젓가락 등 스무 개에 이르는 사물들의 이야기였습니다만 주어의 자리에 사람이 아닌 사물을 놓은 것은 이번이 처음이에요. 세상에 말이라는 질서가 생겨나기 전에는 그들 모두가 주어가 아니었을까 싶기도 하고요.

빼앗고 뺏기는 네 차례의 전쟁이 마을을 범람하는 동안 차마 말로 할 수 없는 일들이 있었던 모양입니다. 놀라 입만 벌렸고 다문 입은 다시 열리지 않았으며 그 사이의 일들은 고스란히 비밀로 남아 수상한 기운으로 마을을 떠돌았지요.

그런 시절 그런 마을에 태어나 유년을 보낸 저는 제 입과 말과 글만 갖고는 얘기를 해나갈 수 없을 것 같았지요. 그래서 침묵과 실어와 어눌의 다른 이름인 '깨'와 '빵'과 '쓱'의 입을 빌리고 싶었던 거고요.

저는 그들의 얘기를 들은 거지요. 그리하여 제가 어떤 시간들을 지나왔는지를 조금 더 알게 되었고요. 제 부름에 정겹게 응답해 이 땅의 그늘진 한 시절을 이야기해준 된소리 홑글자들. 고마워요.

2018년 가을

구효서

소년은
지나간다

스물네 개의 된소리 홑글자 이야기

초판 1쇄 펴낸날 2018년 10월 23일

지은이 구효서
펴낸이 김영정

펴낸곳 (주)현대문학
등록번호 제1-452호
주소 06532 서울시 서초구 신반포로 321(잠원동, 미래엔)
전화 02-2017-0280
팩스 02-516-5433
홈페이지 www.hdmh.co.kr

ISBN 978-89-7275-931-7 03810

* 책값은 뒤표지에 있습니다.